Thomas B. Morgenstern
Milchfieber

PIPER

Zu diesem Buch

Seit die zierliche junge Polin Lissy auf den Hof des Bauern Horst Winkler gezogen ist, wollen viele nicht glauben, dass sie tatsächlich aus Liebe handelt. Lockt sie Horst nur in die Ehe, um an seinen Besitz und eine Aufenthaltsgenehmigung zu kommen? Und was hat es mit ihrem Cousin Alex auf sich, der sich immer häufiger auf dem Hof blicken lässt und schließlich sogar bei den beiden einzieht? Als schon bald auf dem Dach eines ausgebrannten Autos eine verkohlte Leiche gefunden wird, ist ein weiteres Mal das ermittlerische Gespür des Milchkontrolleurs Hans-Georg Allmers gefragt.

Thomas B. Morgenstern, geboren 1952, bewirtschaftet mit seiner Familie einen biologisch-dynamischen Bauernhof in der Elbmarsch bei Stade. Der Diplom-Biologe, der auch Germanistik und Theaterwissenschaften studierte, hat mehrere Kinder- und Jugendbücher veröffentlicht. Nach seinem Überraschungserfolg »Der Milchkontrolleur« erschien zuletzt mit »Milchfieber« sein dritter Kriminalroman.

Thomas B. Morgenstern

Milchfieber

Kriminalroman

Piper München Zürich

Mehr über unsere Autoren und Bücher:
www.piper.de

Von Thomas B. Morgenstern liegen bei Piper vor:
Der Milchkontrolleur
Tod eines Milchbauern
Milchfieber

Dies ist eine erfundene Geschichte. Jede Ähnlichkeit mit lebenden oder verstorbenen Personen ist rein zufällig und nicht beabsichtigt.

FSC
www.fsc.org
MIX
Papier aus verantwortungsvollen Quellen
FSC® C083411

Ungekürzte Taschenbuchausgabe
Piper Verlag GmbH, München
August 2013

Umschlaggestaltung: semper smile, München
Umschlagabbildung: 2010 Maximilian Zimmermann/Getty Images; Christoph Eberle/plainpicture; Alexandra Dohse
Satz: digiscreen, Herwig Baak, Stade
Gesetzt aus der Arno Pro
Papier: Munken Print von Arctic Paper Munkedals AB, Schweden
Druck und Bindung: CPI – Clausen & Bosse, Leck
Printed in Germany ISBN 978-3-492-30314-9

„Arthur Dexter Bradley said: I' m really not sure."
Bob Dylan, „Hurricane"

Prolog

Die Feier zu seinem fünfunddreißigsten Geburtstag hatte Horst Winkler seit Wochen genau geplant. Trotzdem verlief der Tag völlig anders als er es erwartet hatte und veränderte sein Leben für immer.

Von Anfang an wusste er, dass es ein Sektempfang sein sollte. Alle Freunde und Bekannten, die ihm gratulieren wollten, lud er ein, an seinem Geburtstag um 11 Uhr auf seinen Hof zu kommen. Eine größere Feier kam für ihn nicht in Frage. Die wollte er sich für seinen Vierzigsten aufheben.

Bei solchen Gelegenheiten, auch einem Fünfzigsten oder Sechzigsten, wurde von manchen Bauern sogar „auf den Saal" eingeladen. Man musste niemandem erklären, in welcher Gaststätte der Saal war, „auf" dem gefeiert werden sollte. Im Dorf gab es nur einen.

Horst Winkler hatte mit mehr Besuchern gerechnet und war ein wenig enttäuscht, dass sich außer seinen direkten Nachbarn niemand eingefunden hatte. Der Sekt wurde nicht weniger und die vielen Flaschen, die er für diesen Anlass gekauft hatte, stapelten sich in seinem kleinen Kühlhaus. Einige der Gäste brachten Geschenke mit. Zwei Grünpflanzen, die so groß waren, dass er nicht wusste, wo er sie hinstellen sollte, eine neue Kaffeemaschine, zwei Mistgabeln und ein Nuckeleimer für die Kälber waren aber eine gute Ausbeute, dachte er, als er am Abend nach dem Melken alles noch einmal in Ruhe besah. Dazu hatte es noch einen Gutschein für den Raiffeisenladen gegeben. 100 Euro hatten die Mitglieder der Musikgruppe, in der er Schlagzeug spielte, zusammengelegt.

Das schönste Geschenk aber machten ihm die Männer von der Feuerwehr, die sich schließlich doch noch bei ihm einfanden und ihn für den Abend in das Feuerwehrhaus einluden.

„Wir haben da eine Kleinigkeit vorbereitet", meinten sie geheimnisvoll, er solle pünktlich sein.

In dem kleinen Haus, in dem der einzige Löschwagen der kleinen Feuerwehrgruppe stand, gab es auch einen größeren Raum, in dem sich die Feuerwehrleute zu Weiterbildungen trafen und nach den wöchentlichen Übungen Bierkästen leerten. Bei Wahlen diente er als Wahllokal und obwohl das Haus nicht als solches erbaut worden war, war es so etwas wie die Zentrale für alle Dorfangelegenheiten. So hatte auch niemand etwas einzuwenden, wenn dort Geburtstagsfeste oder Jubiläen gefeiert wurden.

Horst und sein Bruder Klaus, den alle Klausi nannten, liefen den kurzen Weg zu Fuß. Aus dem Feuerwehrhaus hörten sie schon von weitem die Mischung aus lauten Männerstimmen und noch lauterer Musik.

Horst hätte heute, an seinem Geburtstag, gerne mit seiner Musikgruppe Musik gemacht, ein wenig auf dem Schlagzeug getrommelt, aber die Musiker waren nicht bei der Feuerwehr und deshalb heute Abend nicht eingeladen.

Die Feuerwehrleute brachen in großes Gejohle aus, als Horst ein wenig schüchtern die Tür öffnete. Erstaunt sah er, wie liebevoll die Holztische gedeckt waren, es standen überall Gedecke und Gläser und es gab Kartoffelsalat und Würstchen und viele Kästen Bier. Irgendjemand hatte herausbekommen, dass dies Winklers Lieblingsessen war und einige Frauen der Feuerwehrmänner hatten das Essen vorbereitet und die Tische dekoriert.

Horst war glücklich über die Einladung. Er griff wie ausgehungert zu und die Enttäuschung über den geringen Besuch bei seinem Sektempfang war verflogen.

Die Stimmung erreichte schließlich ihren Höhepunkt, als Dietmar Voß gegen zehn mit dem Löffel an sein Bierglas stieß und dröhnend in den Saal rief:

„Ruhe bitte!" Er musste dies zweimal wiederholen, bis der Gesprächspegel so war, dass er sich verständlich machen konnte.

„Liebe Gäste! Ich habe das besondere Vergnügen, euch nun den Höhepunkt des Abends anzukündigen. Horst ist ja nun schon lange bei der Feuerwehr und deshalb haben wir Feuerwehrkameraden uns etwas ganz Besonderes ausgedacht. Unserem lieben Horst wollten wir eine Freude machen. Deshalb haben wir uns mal ohne Horst zusammengesetzt. Deshalb haben wir uns etwas Besonderes ausgedacht", Voß begann sich zu wiederholen. Die freie Rede war nicht seine Stärke.

„Also lieber Horst", sagte er, „du setzt dich jetzt mal in die Mitte. Du bist ja schließlich der Mittelpunkt heute Abend."

Horst machte keine Anstalten, seinen Platz zu verlassen.

„Horst, jetzt zier dich nicht", Voß wurde ungehalten und seine kräftige Stimme wurde etwas schriller.

Jetzt gehorchte Horst. Er nahm seinen Stuhl und setzt sich in die Mitte des Raumes.

Voß stellte sich neben ihn und begann:

„Wir haben uns gedacht, also wir von der Feuerwehr haben uns zusammengesetzt“, er machte eine hilflose Pause, räusperte sich umständlich und fuhr fort: „Wie gesagt, wir haben uns überlegt, also da sind wir drauf gekommen“, Voß wusste nicht mehr weiter.

Aufgeregt durchsuchte er seine Taschen nach dem Redemanuskript. Als er es nicht fand, begann er seine Hände verlegen zu kneten, bis sie weiß wurden. Er nahm einen neuen Anlauf. „Wir Feuerwehrkameraden hatten da so eine Idee. Ich glaube, sie wird dir gefallen…“ er schaute hilfesuchend zur Tür, „wie gesagt, wir haben uns ja mal zusammen… – Ah, da ist sie ja!“ Voß setzte sich erleichtert.

Das Licht erlosch und eine junge Frau schlüpfte durch die Tür und setzte sich auf einen Stuhl. Als Musik zu spielen begann, erfasste Hans-Georg Allmers die Situation und hatte Angst um seinen ehemaligen Schulkameraden: Die Männer von der Feuerwehr hatten eine Stripperin engagiert, um Horst eine Freude zu machen. Jeder wusste, dass Horst noch nie eine Freundin gehabt hatte und so hatten sie gemeint, es wäre eine blendende Idee, ihm eine öffentliche Nachhilfestunde in weiblicher Anatomie zu spendieren.

Die Feuerwehrleute beklatschten begeistert ihre Idee und ihre Augen wurden groß. Horsts Bruder Klaus saß ein paar Tische weiter und konnte vor Staunen seinen Mund nicht mehr schließen.

Die Frau hatte ein so eng anliegendes Kleid an, dass sich alle ihre Formen darunter abzeichneten und die Männer sich darauf freuten, dass sie aufstand und sich bewegte. Sie war nicht besonders gut und auch nicht besonders aufregend. Mit eingefrorenem Lächeln lieferte sie routiniert ihre einstudierten Bewegungen ab, tanzte eckig zu lauter Musik und setzte sich Horst nach ein paar Runden durch den Raum auf den Schoß. Die Männer tobten. Sie ließ ihre Hüfte auf seinem Schenkel kreisen und kraulte ihm durch die Haare. Horst wurde rot und ein paar Schweißperlen zeigten sich auf seiner Stirn. Seine Erektion explodierte und er hatte Angst, dass alle es sehen könnten. Die Frau sprang auf, rannte zu den Tischen und strich dem einen oder anderen Mann mit ihrem Kleid, das sie während ihrer Runden ausgezogen hatte, durchs Gesicht. Lautes Gejohle war der Dank.

Die Stripperin stellte sich schließlich hinter den schwer atmenden Horst und warf ihm das Kleid über den Kopf. Die Männer johlten noch lauter. Horst regte sich nicht und konnte deshalb nicht sehen, wie sich die Frau mit Bewegungen, die sie für erotisch und aufreizend hielt, vor ihm bewegte. Horst wollte mehr sehen und zog sich das Kleid vom Kopf, obwohl ihm sein Geruch gefiel.

Als sie sich schließlich wieder auf seinen Schoß setzte, nur bekleidet mit knappem Slip und einem sehr knappen BH, aus dem ihre Brüste quollen, begann Horst noch heftiger zu atmen. Schließlich forderte sie ihn unter dem Gekreische der Anwesenden auf, ihren BH zu öffnen. Horst fingerte aufgeregt an dem Verschluss herum, so lange, bis die Frau ungeduldig das Oberteil selbst öffnete und ihm den BH um den Hals legte. Ihre Brust schien erleichtert, aus dem engen Korsett befreit worden zu sein. Sie war eingeschnürt gewesen und nun ließ sie jede Erotik in tiefen roten Druckstellen versinken.

Horsts Kopf schwoll an und kleine Schweißperlen liefen sein Gesicht hinunter. Die Frau stand auf und begann mit ihren Hüften zu kreisen. Dabei zog sie langsam ihren Slip herunter. Bis auf ihre hochhackigen Schuhe war sie nackt. Auf ihrer rasierten Scham klebte ein goldener Stern. Er stach Horst förmlich ins Gesicht. Die Stripperin, Allmers schätzte sie auf Mitte dreißig, umkreiste seinen Stuhl und setzte sich ein letztes Mal auf seinen Schoß. Das war in ihrer Nummer immer der Abschluss, danach wollte sie aufspringen und sich im Nebenraum wieder anziehen.

Horst griff zu und hielt sie fest. Mit festem Griff umklammerte er ihren Arm und sagte mit gepresster Stimme: „Bleib hier!"

Die Frau versuchte sich loszumachen, aber Horsts kräftige Hand blieb geschlossen.

„Lass los, du Idiot", zischte sie.

„Bleibe hier", wiederholte Horst unbeeindruckt.

Dietmar Voß sprang auf und eilte ihr zu Hilfe.

„Horst", sagte er eindringlich, „lass sie los."

Horst schwieg und lockerte seinen Griff nicht.

Die Frau holte aus und schlug ihm mit der freien Hand ins Gesicht: „Du besoffenes Schwein!", schrie sie laut. Allmers sprang auf, schlängelte sich durch die Reihen der gaffenden Feuerwehrmänner und versuchte Voß von Horst wegzudrängen, aber Voß hielt dagegen und versuchte weiter Winklers klammernde Faust zu lösen.

„Horst!", schrie Voß erbost, „Lass sie los, du Idiot!"

„Sie soll da bleiben!", sagte Horst mit tonloser Stimme. „Ich will sie behalten."

Voß war entgeistert: „Horst!", sagte er eindringlich und bemühte sich, leise zu sprechen, was ihm bei seiner dröhnenden Stimme schwer fiel, „Horst, das ist eine Stripperin, nicht, was du denkst!"

„Horst!", sagte Allmers bestimmt, aber er war trotz seines forschen Auftretens genauso ratlos wie Dietmar Voß. „Horst, du musst sie loslassen, das gibt sonst richtig Ärger!"

Horsts trauriger Blick, eine Mischung aus Melancholie und Verbitterung ging Allmers sehr nahe. Horst begannen Tränen in die Augen zu schießen. Schließlich ließ er sie los.

Bevor sie in den Nebenraum verschwand, sagt die Frau noch so leise, dass nur er es hören konnte: „Da musst du schon mehr hinblättern."

Horst konnte sich nur schwer beruhigen. Er setzte sich abseits an einen leeren Tisch und als Peter Gerlach sich zu ihm setzte, wollte Horst nicht mit ihm reden. Er atmete schwer und hatte vor Aufregung immer noch einen roten Kopf.

„Ich mache dir einen Vorschlag", hörte Allmers Peter Gerlach sagen. Horst Winkler sah ihn an und sagte nichts. Gerlach beugte sich vor und sprach so leise, dass Allmers nichts mehr verstand.

Irgendwann, Gerlach hatte lange Zeit auf ihn eingeredet, nickte Winkler.

Gerlach stand zufrieden auf, klopfte ihm jovial auf die Schulter und setzte sich an einen anderen Tisch.

Allmers rätselte den ganzen Abend erfolglos, was die beiden verabredet haben könnten.

Kapitel 1

Als Allmers erwachte, fand er sich nicht zurecht. Er liebte sonst dieses langsame Eintauchen in die Wirklichkeit des Tages, die Geräusche, die langsam in sein Bewusstsein drangen und die Gerüche des eigenen Hauses, die das Wachwerden begleiteten. Aber heute war es anders. Es roch säuerlich, das Bett war unbequem und jede Bewegung schmerzte. Fieberhaft überlegte er, wo er sein könnte, erinnerte sich sekundenschnell an die Male, in denen er nicht zu Hause aufgewacht war. Erinnerte sich an Übernachtungen in fremden Betten, fremden Zimmern und an das Erwachen neben Frauen, die er kaum kannte. Nichts davon schien hier zu zutreffen. Es war taghell und die Wand, auf die er mit seinen noch fast geschlossenen Augen blinzelte, war weiß gestrichen, durch kein Bild verschönt, durch kein Möbelstück gegliedert.

Er öffnete die Augen ganz und erschrak, als er feststellte, dass er sich vermutlich in einem Krankenhaus befand. Allmers drehte den Kopf zum Fenster und stöhnte auf. Der Schmerz in seinem Kopf war fast unerträglich. Er war so stark wie er es selten erlebt hatte. Der Schmerz hämmerte förmlich in seinem Kopf und machte ihn bewegungsunfähig.

Erst nach einer halben Stunde wagte er es, sich zur anderen Seite zu drehen. Er sah auf ein leeres Bett. Das Zimmer erinnerte ihn an den Raum, auch in einem Krankenhaus, in dem sein Vater gestorben war. Es war ebenso trostlos und öde gewesen, wie dieses: kein Bild an der Wand, nicht das geringste Zeichen einer Unordnung oder von etwas, was darauf hin deuten würde, dass sich in diesem Zimmer ein Mensch befand. Sein Nachtisch war aufgeräumt, es standen keine Blumen, kein Glas Wasser und es lag kein Buch darauf.

Über ihm hing ein Plastikdreieck, an dem er sich wohl hochziehen sollte, wenn er es gekonnt hätte. Er brach schon den ersten Versuch ab. Die Schmerzen waren zu stark. Er schloss die Augen, weil er das helle Licht nicht mehr ertragen konnte und fiel in einen Dämmerzustand.

Allmers wartete. Er wusste nicht auf wen oder worauf, er lag einfach nur da und wartete. Schließlich schlief er ein.

Als er das nächste Mal erwachte, war es Nacht geworden. An seinem Bett brannte ein winziges Licht, das den Raum ein wenig erhellte, sodass Allmers sah, dass sich nichts verändert hatte.

Von dem Dreieck, das über seinem Kopf hing, baumelte der Schalter, um die Schwester oder den Pfleger zu alarmieren.

Allmers nahm den weißen Kasten vorsichtig in die Hand und drückte den roten Knopf.

Ein paar Minuten später öffnete eine ältere Frau in einem weißen Kittel vorsichtig die Tür und schlich, ohne das Licht anzumachen, an sein Bett.

„Herr Allmers?“ fragte sie leise, „sind Sie wach?“

Allmers nickte und stellte erleichtert fest, dass die Kopfschmerzen erträglicher geworden waren.

„Seit wann bin ich hier?“, fragte er.

„Sie müssen ganz leise sprechen“, meinte die Schwester fast flüsternd, „Sie haben eine schwere Gehirnerschütterung. Und bewegen Sie sich bitte nur ganz vorsichtig.“

„Was ist denn passiert?“, Allmers war ratlos.

„Sie sind heute Morgen eingeliefert worden“, erklärte die Schwester, „da waren Sie bewusstlos. Sie erinnern sich an nichts?“

„Nein“, meinte Allmers.

„Sie haben durch das Trauma wohl kurzzeitig Ihr Gedächtnis verloren. Das kommt vor, wenn man zusammengeschlagen wird."

„Zusammengeschlagen? Von wem denn?", fragte Allmers erstaunt. „Wer hat mich denn zusammengeschlagen?"

„Ich weiß es nicht", flüsterte die Schwester. „Ich habe gerade erst meinen Dienst angetreten. Man hat mir gesagt, dass Sie heftige Schläge auf den Kopf bekommen haben. Ihre Nase ist zertrümmert, sie hatten wohl Glück, dass keine weiteren Knochen gebrochen sind."

Allmers schwieg. Er versuchte sich zu erinnern, aber jede Erinnerung war wie ausgelöscht.

„Ihre Gehirnerschütterung ist nicht ungefährlich, Sie dürfen sich jetzt nicht aufregen. Versuchen Sie zu schlafen, morgen kommt der Arzt zur Visite, der weiß mehr, ich bin nur eine Hilfsschwester. Ich kann nur sagen, so wie Sie aussehen, hat der Kerl ganz schön brutal zugeschlagen und getreten."

„Haben Sie einen Spiegel?"

„Ich hole einen, aber sie müssen versprechen, danach einzuschlafen."

Als sich Allmers im Spiegel sah, war er schockiert. Seine Nase war schief und geschwollen und das linke Auge blau unterlaufen.

Allmers war noch nie in eine Schlägerei geraten. Er musste noch nicht einmal einer ausweichen, es hatte sich in seinem ganzen Leben einfach für ihn noch nie die Frage gestellt, ob er fliehen oder zurückschlagen sollte. Seine letzte körperliche Auseinandersetzung hatte er gehabt, als er zwölf oder dreizehn gewesen war.

„Wird die Nase so bleiben?", fragte er die Schwester, die ihm den Spiegel wieder abnahm.

„Eine Nase kann man problemlos wieder richten“, erwiderte sie und verließ das Zimmer. „Jetzt schlafen Sie erstmal wieder. Ich schaue in einer halben Stunde wieder rein.“

Allmers schlief tatsächlich wieder ein. Als er am nächsten Morgen von einem Pfleger geweckt wurde, war es hell und die Sonne schien in sein Zimmer.

„Frühstück“, sagte der Mann. „Herr Allmers, jetzt müssen Sie etwas essen.“ Der Pfleger half Allmers, sich in seinem Bett aufzusetzen und stellte ihm das Frühstückstablett auf ein Tischchen.

„Geht es Ihnen besser?“

„Die Kopfschmerzen sind nicht mehr so schlimm“, meinte Allmers, „aber ich habe keinen Appetit.“

„Das ist ganz normal bei einer Gehirnerschütterung. Aber sie sollten etwas trinken.“

„Wann kommt der Arzt?“, rief er dem Pfleger hinterher, aber der hatte keine Zeit mehr zu antworten und schloss die Tür.

Allmers besah sich das Frühstück. Wenn ich könnte, dachte er, würde ich den Kopf schütteln. Das ist alles ungenießbar.

Allmers trank eine Tasse Tee und wünschte sich, der Pfleger würde zurückkommen, um das Tablett wieder mitzunehmen. Er schloss die Augen und versuchte sich wieder erfolglos an das Geschehen zu erinnern.

Erst die dröhnende Stimme seines Bruders riss ihn aus dem Tagtraum.

„Hans-Georg!“, rief Werner Allmers in das Krankenzimmer, „was machst du für Sachen?“

„Moin“, meinte Allmers nur.

„Ich hab durch Zufall erfahren, dass Du hier liegst“, sagte sein Bruder. „Seit wann bist du denn da?“

„Die Schwester hat gesagt, seit gestern Morgen“.

Werner Allmers schüttelte ungläubig den Kopf: „Wieso „die Schwester?“ Weißt du das selbst nicht mehr?“

„Ich kann mich an nichts erinnern. Angeblich bin ich zusammengeschlagen worden“.

„Du siehst tatsächlich übel mitgenommen aus“, meinte sein Bruder und betrachtete ihn ausgiebig. „Da hat jemand ganze Arbeit geleistet. Lass mich raten: ein eifersüchtiger Bauer, dem du die Frau ausgespannt hast? Oder Friedel Köhler, weil du Hellas Kuchen weg gefressen hast?“, er lachte laut. Allmers bekam wieder Kopfschmerzen.

„Weder noch“, meinte er leise. „Die Bäuerinnen habe ich alle durch und Friedel wäre froh, wenn er nicht so viel Kuchen essen müsste.“

Werner Allmers stand auf: „ Deinen abstrusen Humor haben sie dir wenigstens nicht aus dem Kopf geprügelt“, sagte er. „Ich muss los. Um 11 habe ich einen Gerichtstermin.“

„Kannst du mir das Frühstück wegstellen?“, fragte Allmers. „Wenn ich nicht schon krank wäre, würde ich es durch dieses Zeug sicher werden.“

An der Tür drehte sich Werner Allmers noch einmal um: „Ich kriege das raus. Den Kerl, der dir das angetan hat, haben wir schnell. Versprochen.“

Die Ärztin kam gegen 12. Allmers hatte wieder geschlafen und erschrak, als er plötzlich Stimmen hörte.

„Guten Morgen“, meinte sie. Auf ihrem Schild stand „Dr. Beatrix Bernhard, Oberärztin“. „Wie geht es Ihnen heute?“

„Moin“, sagte Allmers und er merkte, wie schwer ihm das Sprechen fiel. Die paar Sätze, die er zwei Stunden vorher mit seinem Bruder gewechselt hatte, hatten dazu geführt, dass alle Muskeln seines Gesichtes wehtaten. „Es geht so.“

„Sie haben Glück gehabt“, meinte Dr. Bernhard während sie in Allmers Krankenakte blätterte. „Das Ganze hätte auch tödlich ausgehen können. Sie haben außer der Fraktur der Nase und der Gehirnerschütterung keine weiteren Brüche. Die Nase wird gerichtet, das ist machbar. Und für die Gehirnerschütterung brauchen Sie Ruhe. Sie bleiben mindestens eine Woche bei uns. Haben Sie sonst noch Fragen?“

Allmers wurde von der Schnelligkeit der Ärztin überrumpelt. Sie war schon auf dem Weg zur Tür als Allmers noch eine Frage einfiel: „Wissen Sie, wo ich zusammengeschlagen wurde?“

„Zusammengeschlagen?“, fragte die Ärztin verblüfft. „Sie wurden nicht zusammengeschlagen. Ihnen hat eine Kuh mit voller Wucht ins Gesicht getreten. Und als Sie hingefallen sind, hat sie sich noch ein paar Mal auf Sie drauf gestellt.“

Kapitel 2

Allmers hatte schon lange nicht mehr gemolken. In den letzten Jahren war es ein paar Mal vorgekommen, dass man ihn um Hilfe gebeten hatte und er für ein oder zwei Tage die Stallarbeit bei einem seiner Bekannten übernommen hatte. Meist waren es Familienfeste, bei denen die Bauern unabkömmlich waren und sie sonst niemanden wussten, der sie kurzfristig ersetzen konnte. Allmers molk dann abends und meist auch am nächsten Morgen. Die Bauern freuten sich, wenn sie nach alkoholgetränkten Festen ausschlafen konnten. Einmal vor ein paar Jahren hatte bei einer Nachbarin die Geburt eines Kindes so lange gedauert, dass Allmers morgens um halb sechs von dem aufgeregten Vater aus dem Krankenhaus angerufen worden war und er die ganze Stallarbeit erledigt hatte.

Heute, das ahnte er, würde seine Hilfe länger als einen Tag benötigt werden.

Allmers stand noch immer zitternd im Stall von Jürgen Hintelmann und sah dem Arzt und den Rettungssanitätern bei der Arbeit zu. Hintelmann lag mit verdrehtem Körper auf dem Futtertisch, direkt vor seinen Kühen und regte sich nicht. Allmers hatte kaum mit der Milchkontrolle angefangen und ein paar Worte mit dem Bauern gewechselt, als der plötzlich die Treppe zum Heuboden hinaufgelaufen war und durch die Luke herunter gerufen hatte:

„Vorsicht, ich schmeiß' ein paar Ballen Stroh runter."

Hintelmann hatte zwar vor ein paar Jahren einen neuen Laufstall gebaut, aber nach ein paar Wochen war er das Melken im modernen Melkstand leid geworden. Er musste sich viele Sticheleien seiner Kollegen anhören, als er mit den Kühen wieder in den alten, unbequemen

Anbindestall zog und seine Jungrinder im Neubau aufstallte. Warum er das viele Geld ausgegeben habe, wurde er gefragt, nur damit er weiterhin so unbequem melke?

Aber an Hintelmann prallte alles ab. Er liebte den engen Stall, die Gerüche und den engen Kontakt zu seinen gequetscht stehenden Tieren. Außerdem hatte er noch einen Heuboden über sich, von dem er bequem und immer, wenn er es brauchte, Heu und Stroh herunterwerfen konnte. Im modernen Laufstall war über den Tieren nur noch das Dach.

Statt des Strohs fiel Hintelmann herab. Er knallte erst mit der Hüfte auf die Halterung der Kühe, überschlug sich und fiel mit dem Kopf auf den Betonboden direkt vor Uganda. Sie war seine Lieblingskuh. Hintelmann hatte seit seiner Kindheit Fernweh, er träumte davon eines Tages die ganze Welt zu bereisen und in der Vorfreude darauf hatte er seine Kühe mit exotischen Namen benannt. Es gab neben Uganda, die er ungemein schätzte, nicht nur weil sie Unmengen Milch gab, sondern auch, weil sie schon zehn Jahre alt war und ihm in diesen Jahren immer ihre Zuneigung gezeigt hatte, Kühe, die Alaska, Caracas oder Argentina hießen.

Uganda erschrak, als der Bauer direkt vor ihr auf den Futtertisch fiel und sprang erschrocken zurück.

Alles ging so schnell, dass sich Allmers später nicht mehr daran erinnern konnte, wie Jürgens Frau schreiend die Treppe vom Heuboden herunter gelaufen kam. Sie kniete plötzlich neben ihrem Mann und kümmerte sich schluchzend um ihn.

„Mach doch was", schrie sie Allmers an, „mach doch was." Hintelmann stöhnte und bewegte sich leicht, Allmers zog sein Handy aus der Tasche und rief den Notruf an.

„Nicht bewegen", fuhr er die Frau an, als sie ihren Mann umdrehen wollte. „Nicht bewegen, das muss der Arzt machen."

Erst als der Notarztwagen mit Blaulicht auf den Hof kam, bemerkte die Tochter der Bauern, dass ein Unfall geschehen war. Irene Hintelmann war nicht von der Seite des Bewusstlosen gewichen und Allmers hatte nicht daran gedacht, jemandem Bescheid zu sagen

Irene Hintelmann bestand darauf, ihren Mann ins Krankenhaus zu begleiten. Die Tochter war starr vor Schreck. Wortlos sah sie dem Notarztwagen hinterher. Als er vom Hof fuhr, warf sie sich Allmers an den Hals und begann zu schluchzen.

„Ist er tot?", fragte sie verzweifelt.

„Nein", versuchte Allmers sie zu beruhigen, „natürlich nicht. Die Ärzte haben ihn doch versorgt. Er hat ein paar Knochen gebrochen, aber das wird schon wieder."

Allmers war unwohl, der Sturz war viel dramatischer gewesen, aber er hatte keinen Mut, dem Mädchen die Wahrheit, die er ahnte, zu sagen. Jürgen Hintelmann hatte schwerste Kopfverletzungen, das hatte er den gezischten Anweisungen des Arztes entnommen. Er kannte diese Situationen, manchmal wurde er nachts vom Feuerwehrpieper geweckt und musste aus Autos, bei denen man nur noch schwer die Marke erkennen konnte, halbtote Fahrer herausschneiden. Dann redeten die Ärzte ähnlich. Leise und bestimmt. Aber ohne Hoffnung.

Allmers kannte die Familie Hintelmann kaum. Jürgen hatte sich erst vor zwei Jahren entschlossen, sich dem Milchkontrollverein anzuschließen. Er galt als Sonderling, der bei seinen Kollegen nicht sehr beliebt war. Er war verschlossen und es konnte vorkommen, dass er grußlos an ihnen vorbeifuhr, wenn man sich auf der Landstraße mir den Treckern begegnete. Unter Bauern waren dabei keine großen Begrüßungen üblich. Entweder man nickte sich zu, unmerklich fast, ein Uneingeweihter hätte die Geste wahrscheinlich gar nicht bemerkt, oder man hob lässig zwei oder drei Finger der linken Hand. Das Lenkrad musste man zu dieser minimalistischen Bewegung nicht einmal loslassen. Selbst dazu konnte sich Hintelmann oft nicht entschließen.

Irene Hintelmann war Allmers nur sehr selten begegnet. Hintelmann ließ niemanden, nicht einmal seine Frau, an seine Kühe. Der Stall war sein Revier, er war immer, wenn Allmers auf den Hof kam dort oder in der Nähe anzutreffen. Selbst das morgendliche und abendliche Treiben der Kühe von der Weide in den Stall besorgte er selbst. Da würde man die Tiere am besten beobachten können, hatte er Allmers erklärt. Und bevor Irene überhaupt gemerkt hätte, dass da eine brünstig sei, wäre von ihm schon der Tierarzt für die Besamung angerufen worden.

Man munkelte im Dorf, dass die beiden keine gute Ehe führen würden. Irene Hintelmann traf beim Einkaufen manchmal auf Nachbarinnen. Ab und zu, so wurde erzählt, trug sie eine Sonnenbrille. Auch abends im Winter. Warum, könne man sich denken.

Die Tochter war siebzehn und als sie sich von Allmers Hals löste war er überrascht von ihrem ungewöhnlichen Gesicht, das fast quadratisch war. Sie hatte keine schöne Nase, der Mund war schief und die Augenbrauen waren über der Nasenwurzel zusammengewachsen. Wäre die Situation nicht so ernst gewesen, hätte Allmers über ihre Ohren gelacht. Sie waren viel zu groß und standen ab wie bei einer Siebenjährigen. Trotzdem fand Allmers, das alles genau zusammen passte, er fand sie sogar schön.

Meike Hintelmann wischte sich die Tränen vom Gesicht, murmelte leise: „Entschuldigung" und fragte dann: „Und wer melkt jetzt?"

„Du?", fragte Allmers.

Meike schüttelte den Kopf. „Kann ich nicht, mein Vater hat uns nie an die Kühe rangelassen."

„Also ich", meinte Allmers und dachte, wie bescheuert doch manche Bauern seien.

Meike nickte: „Wenn du mir sagst, was ich machen soll, kann ich dir helfen."

In der Nacht klingelte um elf Uhr sein Telefon. Allmers war nach dem Melken nach Hause gefahren, hatte etwas gegessen und wollte gerade ins Bett gehen.

„Hier ist Irene Hintelmann", sagte die Bäuerin mit müder Stimme.

„Wie geht es Jürgen?", fragte Allmers sofort.

„Nicht gut", Irene Hintelmann begann zu weinen, „Die Ärzte sagen, dass sie nicht garantieren können, dass er durchkommt."

„So schlimm?", meinte Allmers.

„Ich wollte mich bedanken", Irene Hintelmann hatte aufgehört zu weinen, „für deine Hilfe."

„Das war doch selbstverständlich", wehrte Hans-Georg Allmers ab. „Eure Tochter hat mir geholfen, da ging das ganz zügig."

„Sie durfte ja sonst nicht viel helfen, Jürgen ist da etwas eigenartig. Ich habe jetzt eine unverschämte Bitte."

Das war mir klar, dachte Allmers, aber er sagte nichts.

„Kannst du morgen früh noch einmal melken? Meike würde dir wieder helfen, ich will morgens gleich in die Klinik."

„Natürlich", sagte Allmers. „Ich hatte mir das schon

vorgenommen. Außerdem glaube ich, dass morgen oder übermorgen eine Kuh kalbt."

Irene Hintelmann bedankte sich noch ein zweites Mal und als sie aufgelegt hatte, schüttelte Allmers den Kopf über diese Familie. Der Bauer hatte es tatsächlich geschafft, dass er der Einzige war, der sich mit den Tieren und dem Hof auskannte. Meike hatte ihm während der Arbeit erzählt, dass sie schon als Kind gerne geholfen hätte, ihr Vater aber keine Hilfe gewollt habe. Er habe immer gesagt, sie würde doch alles kaputt machen, sie hätte sowieso zwei linke Hände. Sie habe bis zum heutigen Tag nicht gelernt zu melken oder Schlepper zu fahren. Und ihr großer Bruder habe bei der Berufswahl die Landwirtschaft ausgeschlossen. Er habe keine Lust gehabt, sich mit dem Vater über die Hofnachfolge zu streiten. Er sei jetzt Klempner und schon ausgezogen.

Allmers kannte noch zwei andere Höfe in seinem Bezirk, wo die Familiensituation ähnlich gelagert war. Die Väter hatten ihren Kindern niemals die Möglichkeit gegeben, sich für die Landwirtschaft zu begeistern. Und heute jammerten sie bei jeder Gelegenheit, dass sich ihre Sprösslinge nicht für den Hof interessieren würden und sie in ein paar Jahren deshalb den Hof aufgeben müssten.

Um zwölf klingelte das Telefon noch einmal, Allmers hörte im Halbschlaf den Anrufbeantworter anspringen.

„Hier ist Irene Hintelmann. Entschuldige, aber die Kuh fängt an zu kalben. Ich weiß nicht mehr weiter." Dann begann sie zu schluchzen und legte auf.

Ruf doch den Tierarzt an, dumme Kuh, dachte Allmers und legte sich auf die andere Seite. Eine Minute später stand er auf, setzte sich in sein Auto und fuhr zu Hintelmanns.

Kapitel 3

Bogota lag auf der Seite, die Kette um ihren Hals schnürte ihr fast die Luft ab und bei jeder Wehe brüllte sie laut. Von dem Kalb waren die Vorderbeine zu sehen, aber es war so groß, dass der Kopf kaum durch den Geburtskanal passte.

„Habt Ihr einen Geburtshelfer?“, fragte Hans-Georg Allmers das Mädchen, das aufgeregt neben ihm stand.

Meike sah ihn verständnislos an: „Aber“, stotterte sie, „du bist doch gekommen. Sollen wir noch jemanden anrufen?“

Allmers seufzte: „Ein Geburtshelfer ist eine mechanische Geburtshilfe, hast du das noch nie gesehen?“

Meike schüttelte den Kopf: „Ich frage Mama“.

Sie fanden den Geburtshelfer, ein Hilfsgerät für schwere Geburten, womit man feststeckende Kälber mit wenig Körperkraft aus den Kühen ziehen konnte, unter alten Strohballen in einem dunklen Winkel des Stalls.

Allmers ließ sich Salatöl aus der Küche bringen, setzte sich neben die Kuh und schmierte den Kopf des Kalbes, der mittlerweile zur Hälfte sichtbar war, damit ein. Vorsichtig steckte er seine Hand in den Geburtskanal, ölte alles ein, versuchte mit der Hand, dem Kopf durch starkes Dehnen ein wenig mehr Platz zu verschaffen, nahm die Hand heraus, zog am Kalb, wartete ein paar Minuten und begann die Prozedur von neuem. Allmählich bewegte sich das Kalb unter dem Schmerzgebrüll der Mutter heraus, aber der entscheidende Wehenstoß blieb aus. Nach einer Stunde harter Arbeit entschloss sich Allmers, den Geburtshelfer einzusetzen. Er befestigte an den beiden Vorderbeinen jeweils einen Strick, verband diese mit der Mechanik des Gerätes und begann vorsichtig den Hebel zu bewegen. Er arbeitete synchron mit den Wehen und langsam schob sich das Kalb heraus.

Als die Hüfte zu sehen war, musste Allmers nichts mehr machen: das Kalb flutschte ihm förmlich vor die Füße.

„Reibe es mit Stroh ab“, sagte er zu Meike, „dann legen wir es der Kuh vor das Maul. Sie soll es ablecken.“

Allmers war hundemüde. Es war viertel nach zwei geworden und er überlegte sich, dass er eine halbe Stunde brauchen würde, um nach Haus zu kommen. Der Hintelmannsche Hof war der am weitesten entfernte in seinem Bezirk. Müde rieb er sich die Augen.

„Wenn du hier bleiben willst“, Irene Hintelmann schien Gedanken lesen zu können, „kannst du das gerne tun. Wir haben ein Gästebett, ich beziehe es schnell. Wenn du zu Hause angekommen bist, müsstest du ja bald wieder los fahren. Jürgen melkt immer um sechs, der Milchwagen kommt ja schon am frühen Morgen.“

„Ich würde gerne kurz duschen“, sagte er nur und nickte.

Eine halbe Stunde später lag er im Bett und war Irene Hintelmann dankbar für das Angebot. Er war erstaunt über ihre freundliche Art und fragte sich, was an den Gerüchten über eheliche Prügel wohl dran war.

Er konnte es sich kaum vorstellen, wie man es schaffen könnte, sich über eine so nette Frau so aufzuregen, dass man zuschlagen würde. Schließlich schlief er ein.

Im Traum erschien ihm Jürgen Hintelmann, der brüllend hinter seiner Frau her rannte, die sich im wilden Slalom durch die angebundenen Kühe zu retten versuchte. Schließlich brachte sie sich in Allmers Gästezimmer in

Sicherheit und versteckte sich unter seiner Bettdecke. Ihr weicher Körper war angenehm warm, als sie sich neben ihn legte.

Obwohl er sehr müde war, schlief Allmers nicht besonders tief. Als er eine Hand auf seinem Bauch, die ihn herausfordernd streichelte, zu spüren glaubte, beschloss er, diesen erotischen Traum zwischen Schlafen und Wachen zu genießen. Seine Erregung wuchs, als eine warme Hand ihn zwischen seinen Schenkeln zu streicheln schien. Das Gefühl, dass sich jemand auf ihn legte, war so real, dass er die Augen öffnete.

Die Frau auf seinem Bauch streichelte sein Gesicht, verdeckte mit ihrer Hand seine Augen und küsste ihn lange. Allmers hatte sie in der Dunkelheit nicht erkannt, aber er wusste sofort, dass es Irene war und erwiderte ihre fordernden Zärtlichkeiten. Sie schlief mit ihm so, als ob sie seit Jahren keinen Mann mehr gehabt hätte. Sie sprach kein Wort und wenn Allmers etwas sagen wollte, verschloss sie mit ihren Lippen seinen Mund. Die Bäuerin schien sehr ausgehungert zu sein und Allmers konnte ihre körperliche Präsenz genießen. Irene Hintelmann bestimmte das Geschehen auf eine Art, die Allmers nur selten erlebt hatte. Die Erregung schüttelte sie so durch, dass sie zum Ende in Allmers Kopfkissen beißen musste, um nicht vor Lust laut zu schreien.

Sie ruhte sich nur kurz aus, erhob sich plötzlich, küsste Allmers noch einmal kurz und lief nackt aus dem Zimmer. Allmers griff zur Nachttischlampe, aber sie blieb dunkel. Sie hatte alles getan, dachte er, damit er sie nicht erkannte. Selbst daran hatte sie gedacht. Er fragte sich, was sie mit diesem Versteckspiel bezweckte. Sie wusste natürlich, dass er wusste, dass sie es gewesen war…

Ein paar Minuten später schien sie die Sicherungen des Hauses wieder eingeschaltet zu haben, denn plötzlich blendete ihn die Lampe. Er hörte hastige Schritte im Haus und eine Tür, die leise geschlossen wurde.

Allmers schlief danach sehr unruhig. Wie hungrig nach körperlicher Zuneigung muss Irene sein, dachte er beim Einschlafen, wenn sie die einzige Gelegenheit, die sich ihr wohl in den letzten Jahren geboten hat, so konsequent ausnutzt, obwohl ihr Mann schwer verletzt im Krankenhaus liegt.

*****

Um sechs stand Allmers im Stall, legte das neugeborene Kalb in eine separate Box. Meike begann die Tiere zu füttern, als Allmers die Melkzeuge herrichtete.

„Wo ist Irene?", fragte er.

„Mama ist in der Küche, sie will gleich zu Papa fahren."

Er beschloss, das Melken mit Bogota zu beginnen. Das Kalb braucht Biestmilch, dachte er und ging neben der Kuh in die Knie. Er massierte ihr Euter, molk ein paar Spritzer in die Einstreu und nahm das Melkzeug in die Hand.

An das, was dann passierte, konnte er sich die nächsten Tage nicht mehr erinnern.

Die Kuh war es nicht gewöhnt, von jemand Fremden gemolken zu werden und erschrak, als Allmers ihr das Melkzeug ansetzen wollte. Sie schlug einmal hart und kurz zu. Die Klaue traf ihn mitten ins Gesicht und seine Brille flog durch den Stall. Allmers verlor sofort das Bewusstsein und kippte nach vorne. Er landete unter dem Bauch der Kuh und das panisch gewordene Tier hüpfte aufgeregt auf der Stelle, traf ihn dabei mehrmals am Kopf.

Alles ging so schnell, dass Meike, die praktisch daneben stand, ihn erst, nachdem die Kuh Allmers mehrmals getroffen hatte, in Sicherheit bringen konnte. Sie zog ihn unter Aufbietung all ihrer Kräfte unter der Kuh heraus und ließ ihn im Mistgang liegen.

Dann lief sie schreiend in die Küche.

Irene Hintelmann erlitt einen Schock. Als sie Allmers bewusstlos im Mist liegen sah, stammelte sie nur ein paar Worte und brach dann weinend zusammen.

Die Sanitäter waren entsetzt, als sie die beiden Verletzten in ihre Krankenwagen legen mussten. Es war nicht die Schwere der Verletzungen, die sie schockierte: Allmers troff die Jauche aus den Kleidern und er stank erbärmlich, Irene Hintelmann war nur wenig sauberer.

Kapitel 4

Dr. Beatrix Bernhard war mit der Nase zufrieden.

„Wir haben sie wieder gut hinbekommen", meinte sie. „Schöner als vorher."

Allmers glaubte ihr. Er konnte im Spiegel nur eine rot und blau unterlaufene Nase mit verschiedenen Schwellungen sehen und legte entnervt den Spiegel weg.

„Wann kann ich nach Hause?", fragte er ungeduldig.

„Warten Sie noch ein oder zwei Tage", meinte sie, „Ihre Gehirnerschütterung muss ganz auskuriert sein."

Am Nachmittag nach der letzten Visite kam Werner Allmers. Schwerfällig und übergewichtig wie selten warf er sich so auf den Besucherstuhl, dass Allmers Angst um das Möbelstück bekam.

„Wenn du so weitermachst", sagte er seinem Bruder, „liegst du auch bald hier."

Werner Allmers verstand nicht: „Wieso? Was meinst du?"

„Adipositas heißt das, glaube ich. Aber das ist eine andere Abteilung."

„Sehr witzig", entgegnete Werner Allmers, der als Staatsanwalt in Stade arbeitete. „Ich habe Neuigkeiten."

„Lass hören", meinte Allmers neugierig. „Ich bin richtig abgeschnitten, Hella kann mich hier ja nicht besuchen."

„Dein Freund Jürgen Hintelmann ist gestern gestorben."

Allmers schwieg betroffen. Arme Irene, dachte er.

„Er hatte sich drei Halswirbel gebrochen und hatte schwere Schädelfrakturen. Wenn er überlebt hätte, wäre er ein sabberndes Wrack im Rollstuhl gewesen, vom Hals ab gelähmt. Ich glaube, für ihn war es besser so."

Allmers schwieg noch immer. Dass ein läppischer Sturz solche Folgen haben kann, dachte er, das waren höchstens drei Meter.

„Da gibt es aber noch etwas. Und das macht mich stutzig", fuhr der Staatsanwalt fort. „Es existiert eine Unfallversicherung."

„Gott sei Dank", sagte Allmers, „sonst wüsste seine Frau wahrscheinlich nicht, wovon sie künftig leben sollte."

„Das Komische ist: Die Versicherung ist gerade mal drei Monate alt. Und es gibt keine für die Frau."

„Und? Hast du damit Probleme?", Allmers war zunehmend genervt. Wie immer, fand er, sah sein Bruder hinter jeder Ecke das Böse lauern.

„Überlege doch mal", Werner Allmers kam in Fahrt, „Die Frau ist die Nutznießerin der Versicherung. Und dass die beiden Probleme miteinander hatten, weiß doch das ganze Dorf."

„Du willst doch nicht im Ernst behaupten, sie hätte nachgeholfen?"

„Die Polizei hat mal wieder überhaupt nichts auf die Reihe bekommen. Es gibt keinerlei Ermittlungen, sie haben überhaupt nicht nachgefragt. Wo war die Frau, als es passiert ist? Gab es Spuren eines Kampfes? Haben sie sich gestritten?"

Allmers schwieg. Er fand, dass das die beste Antwort auf die Spekulationen seines Bruders war.

„Hast du etwas Verdächtiges gehört, kurz bevor er dir vor die Füße fiel?"

„Nein", Allmers wurde zornig. „Aber frag doch mal Uganda."

„Uganda? War da noch jemand, von dem ich nichts weiß? Wer hat denn so einen komischen Namen? Leben da Illegale auf dem Hof? Afrikaner vielleicht?"

„Seine Lieblingskuh", erwiderte Allmers.

Werner Allmers merkte nicht, dass sein Bruder ihn hatte auf den Arm nehmen wollen und sagte ungerührt:

„Was meine Mitarbeiter an mir so schätzen, sind mein Instinkt und meine schnelle Auffassungsgabe. Außerdem bin ich in der Lage, die richtigen Schlüsse zu ziehen. Du weißt das doch am besten. Die letzten beiden großen Mordfälle wurden nur aufgeklärt, weil ich schneller und vor allen Dingen zwingender kombiniert habe als die Polizei. Die zielführenden Anweisungen kamen von mir!"

Hans-Georg Allmers wusste, dass er jetzt nicht die Nerven verlieren durfte. Die Fähigkeit seines Bruders, sich mit den Erfolgen Anderer zu schmücken, ärgerte ihn schon, seit er denken konnte. Aber Allmers hatte immer noch Kopfschmerzen und eine lautstarke Auseinandersetzung hätte er nicht ertragen.

„Ich habe keine Lust mehr auf deine Spekulationen", sagte er leise. „Lass die Frau in Ruhe. Außerdem habe ich Kopfschmerzen."

„Wann wirst Du entlassen?", fragte der Staatsanwalt noch, aber Allmers wusste, dass sich sein Bruder dafür eigentlich gar nicht interessierte. Er stand schon in der Tür und hob die Hand zum Abschied, als er von einem Pfleger aus dem Zimmer komplimentiert wurde: Ob er bitte so freundlich sein könne, meinte der junge Mann, draußen zu warten, ein Patient würde jetzt in dieses Zimmer verlegt werden.

„Bin schon weg", sagte Werner Allmers und schlug dem Pfleger gönnerhaft auf die Schulter.

Er sieht immer mehr aus wie ein adipöser Pinscher, dachte Allmers.

Der Patient, dessen Bett neben Allmers geschoben wurde, war stark bandagiert und bewegte sich nicht. Das Gesicht war rot und blau angelaufen und ein Auge war geschwollen. Als Allmers den Patienten genau betrachtete, erschrak er.

„Horst!", sagte er verblüfft.

Horst Winkler blinzelte mit dem gesunden Auge. Mehr konnte oder wollte er nicht bewegen und Allmers hatte Verständnis.

„Eine Kuh?", fragte er.

„Nein", flüsterte Winkler. „Ich bin in eine Schlägerei geraten."

Kapitel 5

Was für ein Schrank, dachte Allmers. Alex war ein Mann mit dem Körper eines Schwergewichtsboxers. Horst wirkte noch schmächtiger als sonst, als sich seine Frau Lissy und ihr Cousin Alex, dessen Nachname Allmers nicht kannte, vor seinem Bett aufbauten. Lissy weinte, als sie Horst in seinen Bandagen sah.

„Was haben die nur mit dir gemacht", schluchzte sie, „was haben die nur mit dir gemacht?" Sie nahm seine linke Hand und streichelte sie zärtlich. Horst freute sich, Allmers sah es an seinen Augen, die er unablässig auf Lissy richtete. Hans-Georg wusste, dass sie aus Polen stammte, ihr Akzent war unüberhörbar.

„Wir haben die Polizei benachrichtigt", sagte Alex und Allmers wunderte sich über die helle Stimme, die überhaupt nicht zu dem massigen Mann passte.

Allmers hatte Alex ein paar Mal auf dem Hof von Winklers gesehen, er wusste, dass Lissys Cousin aus Polen oder Russland stammte. Er war ihm von Anfang an unsympathisch gewesen, aber heute erstaunte ihn Alex' Anteilnahme. Er war genauso empört wie seine Cousine über die Schläger, die Horst fast tot geprügelt hatten.

Lissy hatte nur Augen für Horst, sie bemerkte Allmers nicht. Horsts Hand war nass von den Tränen, die ohne Unterbrechung aus ihren Augen strömten.

Horst erzählte Allmers später, dass Lissy ihn abends gebeten hatte, ein paar Altkleider in einen dieser Container zu werfen. Sie hatte gehofft, dass die Sachen nach Polen gingen. Da sie ja aus Polen stamme, sei ihr das wichtig gewesen. Und als er am Container ausgestiegen war und die Säcke aus dem Auto geholt hatte, sei er angepöbelt worden. Ein paar Männer, er glaube, dass es drei oder vier waren, hatten ihn erst beleidigt und als er sich das verbeten habe, hatten sie zugeschlagen. Als er seine Kieferknochen habe knacken hören, habe er gewusst, dass er keine Chance gehabt habe. Die Männer hätten Schlagringe gehabt, er habe sich dann zu Boden geworfen und alles über sich ergehen lassen. Irgendwann seien sie plötzlich weggerannt, vielleicht, so dachte er, seien sie gestört worden.

„Die hätten mich sonst totgeschlagen."

„Wer hat dich denn aufgesammelt?", fragte Allmers, der die Geschichte kaum glauben konnte. Wer, dachte er, sollte im Dorf ein Interesse daran gehabt haben, Horst Winkler zu verprügeln? Vor ein paar Jahren hatte es eine Horde Rechtsradikaler im Dorf gegeben, die gerne auf alle losgegangen sind, die auch nur den Anschein von Fremdsein erweckt hatten. Aber die waren mittlerweile alle weggesperrt oder freiwillig weggezogen. Wahllos auf Passanten einprügelnde Jugendliche hatte es im Dorf noch nie gegeben.

„Alex ist zufällig vorbeigekommen und hat mich zum Arzt gefahren", sagte Horst, „dafür bin ich ihm immer noch dankbar."

Allmers wurde zwei Tage später entlassen. Seine Kopfschmerzen waren verschwunden, die frisch operierte Nase schmerzte nur noch, wenn er sie berührte.

„Wenn du wieder fit bist", meinte er zum Abschied zu Winkler, „machen wir gleich eine Milchkontrolle. Ich habe ganz schön viel Zeit verloren durch meinen Unfall."

*****

„Vierzehn Tage habe ich im Krankenhaus gelegen", sagte Allmers. „Gerne eine Käsesahne, wenn du hast."

Hella Köhler hatte Allmers unbedingt im Krankenhaus besuchen wollen, ihr Mann Friedel hatte es aber abgelehnt, sie dort hin zu fahren. Es sei zu gefährlich, befand er, und Allmers hatte ihm Recht gegeben, als sich Hella dafür bei ihm entschuldigen wollte.

Sie sah mittlerweile kaum noch etwas, Personen konnte sie nur noch schemenhaft erkennen. In ihrem Haus und vor allen Dingen in der Küche war ihre Blindheit kaum zu bemerken, da bewegte sie sich sicher und ohne irgendwo anzustoßen konnte sie alle Wege im Haus bewältigen.

Allmers besuchte sie zwei Tage nach der Entlassung.

„Ich habe extra eine Käsesahne, eine Sachertorte und die Korvapuusti gemacht", sprudelte es aus Hella Köhler heraus, als Allmers in die Küche trat. Sie erkannte ihn schon an der Art, wie er die Klinke der Tür drückte. Seit über zwanzig Jahren kam Allmers regelmäßig mehrmals die Woche auf den Hof der beiden. Wenn er nicht die monatliche Milchkontrolle machte, gab es doch immer frischen Kuchen, Kaffee und die wichtigsten Neuigkeiten aus dem Dorf.

„Dieses finnische Gebäck?", fragte Allmers, er konnte sich den Namen nicht merken.

„Ja, die „Ohrfeigen", lachte Hella, „so heißen sie auf Finnisch. Das weiß ich aus der Zeitung", fügte sie erklärend hinzu, aber Allmers war auch nicht davon ausgegangen, dass sie finnische Kuchennamen übersetzen könne.

Allmers setzte sich auf die Bank, zog die Kaffeekanne zu sich und als er das erste Stück Kuchen auf dem Teller hatte, wusste er, was er wirklich vermisst hatte im Krankenhaus: Den gemütlichen Kaffeeklatsch mit Hella, die nicht aufhören konnte, ihm alles zu erzählen, was ihm in den Wochen der Krankheit entgangen war.

„Kennst du Irene Hintelmann?“, fragte er mit vollem Mund in eine Atempause von Hella.

„Natürlich! Das arme Ding!“

„Wo stammt sie denn her?“, fragte Allmers.

„Sie kommt eigentlich aus Oldendorf. Normalerweise heiratet so eine ja nicht ins Moor, aber Irene war wohl ganz wild auf Jürgen.“

„So ein großer Frauenheld scheint er aber nicht gewesen zu sein“, warf Allmers ein und schnitt die Sachertorte an.

„Das stimmt, umso mehr haben sich alle gewundert, dass Irene so versessen auf ihn war. Sie war nämlich eine ganz schön wilde Hummel.“

Deshalb, dachte Allmers.

„Das hat sie schnell büßen müssen“, meinte Hella voller Mitgefühl.

„Du scheinst wie immer gut informiert zu sein“, meinte Allmers.

„Jürgen Hintelmann“, erzählte Hella Köhler, „war krankhaft eifersüchtig, geizig und hatte einen Kontrollwahn. Irene saß manchmal bei mir in der Küche und hat Rotz und Wasser geheult. Sie hat sich Kuchenrezepte geholt“, erklärte Hella, als sie Allmers fragend die Augenbrauen heben sah. „Wenn sie dann gebacken hat, hat er ihr am Stromzähler nachgerechnet, was das schon wieder gekostet hat. Wenn sie geputzt hat, hat er kontrolliert und ihr dann vorgemacht, wie man es richtig macht. Nach fast zwanzig Ehejahren! Im Winter waren den ganzen Tag die Rollläden unten. Jürgen hatte ausgerechnet, dass es billiger war, ein paar 40 Watt-Funzeln an zu machen, aber dabei Heizöl zu sparen. Manchmal war in der Wohnung ein Mief, der kaum auszuhalten war. Es durfte nämlich nicht gelüftet werden, das war zu teuer. Jetzt nimm doch mal ein Korvapuusti, die schmecken am besten, wenn sie noch warm sind."

Hella holte Luft.

„Der ist mir ja genau vor die Füße gefallen", warf Allmers ein. „Ich weiß immer noch nicht, warum er das Gleichgewicht verloren hat."

„Jürgen hat nicht das Gleichgewicht verloren", sagte Hella. „Irene war vor ein paar Tagen hier. Da hatten sie ihn gerade beerdigt. Jürgen ist durch den Boden durchgebrochen."

Allmers wunderte sich. Er hatte bisher immer gedacht, Jürgen hätte an der Luke das Gleichgewicht verloren und sei deshalb auf den Futtertisch gefallen. Er überlegte, dass es tatsächlich eigenartig war, dass kein Ballen Heu oder Stroh mit heruntergefallen war. Zumindest konnte er sich nicht mehr daran erinnern. Er kramte in den Bildern der Erinnerung und war sich schließlich sicher: es war tatsächlich kein Stroh- oder Heubund mit Jürgen Hintelmann hinuntergefallen.

„Jürgen ist oder war", verbesserte sich Hella, „geizig. Das habe ich dir ja schon erzählt. Das hat dazu geführt, dass er den Boden des Heuspeichers mit alten Munitionskisten repariert hatte."

„Ich kann es mir denken", sagte Allmers. „Grauerort".

„Genau", meinte Hella. „Noch einen Kaffee?"

Im Heimatkundeunterricht hatte Allmers, es muss in der vierten oder fünften Klasse gewesen sein, bei seinem Lehrer einen unvermittelten Heiterkeitsausbruch verursacht. Er musste ein kleines Referat halten über das

„Hochwallfort Grauerort“ und er konnte das schwierige Wort „Hochwallfort“ nicht richtig aussprechen. Er sagte nach einigen Verhaspelungen immer „Wallfahrtsort“. Er musste das Referat nicht zu Ende halten, weil sein Lehrer jedes Mal, wenn er wieder den falschen Begriff gebrauchte, prustend zu lachen begann. Er überlegte und es fiel ihm wieder ein, was er damals gelernt hatte. In den sechziger Jahren war eine Firma in das alte Fort aus dem 19. Jahrhundert eingezogen. In den Jahren seit dem Bau war kein einziger Schuss daraus abgegeben worden. Keine feindliche Macht hatte je versucht, die Elbe mit ihrer Flotte zu befahren, um Hamburg zu erobern. Das Fort verfiel immer mehr, bis eine „Delaborierungsfabrik“ einzog, die das genaue Gegenteil als Geschäftsgrundlage hatte, wofür das Fort eigentlich erbaut worden war. Sie zerstörte Munition, statt, wie eigentlich vorgesehen, mit der Munition zu zerstören. Aus aller Herren Länder wurden reich gefüllte Munitionskisten zum alten Fort Grauerort geschickt. Meistens waren die Kugeln, Handgranaten und Mörsergeschosse in billigen Holzkisten verpackt, die nach der Entleerung ein begehrter Baustoff für die umliegenden Bauern wurden. Allmers erinnerte sich, dass sein Vater einmal stolz mit einem ganzen Stapel dieser dünnen, manchmal schon von Holzwürmern angenagten Bretter nach Hause gekommen war und sich sofort daran gemacht hatte, daraus ein Hühnerhaus zu bauen. Erst viele Jahre später fiel der fragile Bau in einem Sturm in sich zusammen. Manche Bauern besserten damit auch die Böden ihrer Heuspeicher aus. Das hatte schließlich Jürgen Hintelmann das Leben gekostet.

„Meinst du“, fragte Allmers, nachdem er sich Milch in den Kaffee geschüttet hatte, „Irene war sehr unglücklich?“

„Er hat sie mies behandelt“, erwiderte Hella Köhler, „aber das weiß jeder. Sie hat ab und zu ein blaues Auge gehabt. Ich glaube, die Trauer hält sich in Grenzen.“

„Wusstest du“, fragte er, „dass Jürgen eine Unfallversicherung abgeschlossen hatte? Keine drei Monate vor seinem Tod?“

„Woher weißt du das denn?“, wunderte sich Hella Köhler.

Allmers zuckte mit den Schultern.

„Ich kann es mir denken“, sagte Hella verschwörerisch. „Du verrätst mir hier doch nicht etwa dienstliche Geheimnisse der Stader Staatsanwaltschaft?“

„Das würde ich nie tun“, sagte Allmers mit Ernst in der Stimme.

„Glaubt dein Bruder etwa?“, Hella Köhler war ehrlich entsetzt. „Niemals. Irene ist für so etwas viel zu feige. Das ist doch Quatsch. Wie tief ist Jürgen denn gefallen? Drei Meter? Oder mehr?“

„Ich sehe das genauso. Wenn man jemanden umbringen will, wirft man ihn nicht drei Meter irgendwo herunter. Das müssen dann schon sechs oder sieben sein. Manchmal verstehe ich ihn nicht.“

Allmers wusste, dass das so nicht stimmte. Eigentlich, dachte er, verstehe ich ihn überhaupt nicht.

„Wann kommst du wieder zur Kontrolle?“, fragte Hella Köhler, als Allmers aufstand.

„In den nächsten Tagen“, sagte Allmers. „Kann ich ein paar mitnehmen?“ Als sie nickte, steckte er sich ein paar Korvapuusti in die Tasche.

„Hans-Georg“, rief sie ihm nach, als er schon im Hof stand. „Kommst du bitte noch mal.“

Allmers ging zurück in die Küche, Hella sagte: „Ich habe noch etwas vergessen.“

Allmers setzte sich an den Küchentisch, ratlos, was sie vorhatte.

„Ich wollte dich etwas bitten", sagte sie ernst. „Meine Tochter möchte es nicht machen, da habe ich mir gedacht, vielleicht bist du der Richtige."

Allmers zuckte nur mit den Schultern und konnte sich keinen Reim auf Hellas Wunsch machen.

„Ich will ein Buch schreiben", sagte Hella. „Ein Backbuch. Die meisten Kochbücher vernachlässigen die Kuchen. Und kannst du mir vielleicht dabei helfen?"

Allmers stand auf und küsste sie auf die Stirn: „Wunderbar", sagte er. „Ich bin dabei. Schließlich bin ich der größte Profiteur."

Hella Köhlers Backkünste waren unübertroffen. Allmers hatte schon öfter mit Schaudern daran gedacht, wie arm seine Welt werden würde, sollte Hella einmal nicht mehr backen können. Schon einmal hatte er die schlimmsten Befürchtungen gehabt. Als sie immer schneller erblindete, war ihm klar, dass es mit ihren Backkünsten irgendwann zu Ende sein würde, da sie, wie er meinte, die Zutaten einfach nicht mehr im angemessenen Verhältnis würde abwiegen können. Aber Hellas Erfahrung machte ihre Behinderung wett, sie wurde, fand er, im Gegenteil immer besser. Ihr Mann Friedel musste die erreichbaren Frauenzeitschriften durcharbeiten und ihr die interessanten neuen Rezepte so langsam vorlesen, dass sie sich die Einzelheiten merken konnte. Sie war dann in der Lage, die Rezepte nachzubacken und sie, falls sie ihr nicht logisch genug waren oder sie fand, sie seien zu einfallslos, so zu verbessern, dass Allmers bei ihr an übernatürliche Kräfte zu glauben begann.

Dass sie sich entschlossen hatte, all ihre Rezepte aufzuschreiben, begeisterte ihn.

„Das muss dann aber in einem richtigen Verlag erscheinen", sagte er bestimmt. „Wenn es nur so ein Ringbuch werden soll, mache ich nicht mit. Davon gibt es genug, so etwas verkauft jeder Landfrauenverein an seinem Stand. Die heißen dann ‚Die besten Negerkusstorten' oder ‚Fröhliches Backen mit den Landfrauen'. Kosten 1 Euro."

Kapitel 6

Sein Entschluss stand sofort fest, als er den Spaten sah. Er war unschlüssig an den Regalen vorbei durch den Landhandel geschlendert, hatte sich Gummistiefel, Beregnungssysteme und Fliegengitter angesehen. Als er den glitzernden Spaten sah, war es um ihn geschehen. Sein Stiel war etwas kürzer als gewöhnlich, das Holz war dunkelbraun gebeizt, mit glattem Lack überzogen und die Schneide war messerscharf. Er strich mit seinem Mittelfinger prüfend über das Metall und hätte sich fast geschnitten. Diesen und keinen anderen Spaten sollte Lissy bekommen. Er fand ihn wunderschön und er war genau das Richtige für den schweren Boden in ihrem Garten. Horst Winkler hatte ihn nicht sofort entdeckt unter der Vielzahl von Spaten, die angeboten wurden. Viele Modelle hingen nebeneinander in den Haken, es gab welche für sandige Böden, andere für das Moor und eben auch welche, die ideal waren für die tonig-klebrige Erde, die in seinem Garten zu finden war. Das Blatt hatte eine schlanke, elegante Form, war aus gebürstetem Stahl und sah aus wie handgeschmiedet. Winkler wusste, dass das ein Zeichen für Qualität war. Die so einladend blitzenden Edelstahlspaten musste man meistens nach kurzem Gebrauch in die Ecke stellen, sie waren stumpf geworden und ließen sich nicht mehr schärfen. Einen wirklich guten Spaten hingegen konnte man immer wieder so scharf schleifen, dass er jedes Mal mühelos in den harten, zähen und klebrigen Boden hineinglitt.

Seit ihrem Einzug hatte sich Lissy um den vorher vernachlässigten Blumengarten gekümmert. Manchmal war sie fast an den für sie so ungewohnten Bodenverhältnissen verzweifelt. Trotzdem pflanzte sie das ganze Frühjahr Sträucher und steckte Zwiebeln, aus denen Blumen wuchsen, die Horst vorher noch nie gesehen, geschweige denn, dass er ihren Namen je gehört hatte. Sie hatte einen grünen Daumen, meinte er und fand, dass das gut zu seinem Bauernhof passte. Die vielen Tiere auf seinem Hof waren nicht ihre Welt, vor allen Dingen bedauerte es Horst Winkler, dass sie keine Schweine mochte. Die Pflanzen im Garten und auf den Fensterbänken aber gediehen prächtig, seit sie sich um sie kümmerte. Lissy war ein Goldstück. Und sie war in den Nächten sehr anschmiegsam, etwas, was er bisher nicht gekannt hatte. Sie war die erste Frau in seinem Leben, keine andere hatte sich bisher für ihn interessiert. Auf die kleinen Höfe wollten junge Mädchen nicht mehr einheiraten, zu viel Arbeit wartete da auf sie und zu wenig Einkommen. Selbst als Freund wollte keine der Dorfschönen Horst Winkler haben, sein Hof war nicht nur klein und altmodisch, er selbst war dazu so linkisch, dass sich die Mädchen hinter seinem Rücken eher über ihn lustig machten, als ihm begehrlich nachzusehen.

Sein fünfunddreißigster Geburtstag hatte die Wende in seinem Leben gebracht. Nach dem Auftritt der Stripperin hatte er lange mit Peter Gerlach geredet und der hatte versprochen, ihm eine Frau zu besorgen. Und er hatte Wort gehalten.

Dass Lissy keine Deutsche war, störte ihn nicht. Die Sache mit den Behörden werde er schon regeln, hatte Peter beiläufig gemeint, als er nach der erfolgreichen Verkuppelung die erste Rate der Bezahlung abholte. Spätestens kurz vor der Heirat werde er das schon hinkriegen, hatte er Horst beruhigt, da solle er sich mal keine Sorgen machen, er habe schon ganz andere Dinge geregelt.

Wenn es mit den beiden klappen sollte, hatte Peter

viertausend Euro für die Frau verlangt, tausend, wenn der Versuch schief gegangen wäre. Gerlach holte sich die ersten tausend Euro sofort ab, nachdem Lissy bei Winkler eingezogen war.

„Der Rest ist vier Wochen nach der Hochzeit fällig“, meinte er noch, bevor er den Hof verließ.

Für Lissy hätte Horst jeden Preis bezahlt. Er hatte sich schon nach ein paar Minuten in sie verliebt. Und er war sicher, dass es ihr genauso gegangen war. Lissy war ein paar Jahre jünger als er, sie hatte 32 gesagt und er hatte nie daran zweifeln wollen. Ihr Alter war ihm auch egal, sie hätte auch zehn Jahre älter sein können. Lissy stammte aus Polen, sagte sie, „aus Dorohusk, einem gottverlassenen Dorf, direkt an Grenze zu Weißrussland“. Ihr Deutsch sei nicht perfekt, entschuldigte sie sich zu Beginn ihrer Beziehung dauernd bei Winkler, aber das war Winkler egal. „Das von mir isses auch nicht“, meinte er dann und freute sich über seinen Witz.

Lissy war nicht groß, hatte blond gefärbte Haare, ein schmales Gesicht und ihr magerer Körper ähnelte eher dem eines sehr jungen Mädchens als einer Frau von Anfang dreißig. Ihr Busen war klein und ihr Hintern „auch nicht der Rede wert“, scherzte sie, wenn sie manchmal im Badezimmer vor dem Spiegel standen. Aber Horst hatte keine besonderen Wünsche geäußert, als Peter nach Vorlieben fragte, schließlich wolle er ja gleich beim ersten Mal die Richtige vorbeibringen.

Peter Gerlach hatte Recht behalten, Lissy nahm Horsts Bitte, ihn zu heiraten, viel schneller an, als er es sich erträumt hatte. Er hatte erwartet, lange um sie werben zu müssen, Lissy aber war im Gegenteil sofort einverstanden gewesen. Es sei etwas Besonderes, hatte sie ihm ins Ohr geflüstert, so schnell einen Heiratsantrag zu bekommen, da könne man nicht Nein sagen, sie spüre es in ihrem Herzen, dass er der Richtige sei. Und um ihre Gefühle auf Horst zu übertragen, nahm sie seine Hand und legte sie auf ihre linke Brust. Horst war überwältigt gewesen. Schon kurz nach der Hochzeit ließ sich Horst Winkler erst einen Termin bei der Bank und dann beim Notar geben. Lissy erhielt Bankvollmacht über alle Konten, – das sei selbstverständlich, sagte er, als sie geschmeichelt meinte, das sei doch nicht nötig-, beim Notar setzte er ein Testament auf. Er setzte seine Ehefrau als Alleinerbin ein, sein Bruder ging darin leer aus.

Zwei Gründe gab es heute für ihn, Lissy mit einem Geschenk zu überraschen. Er war stolz auf sie, weil sie in seiner Abwesenheit den Hof zusammen mit seinem Bruder und Alex besser organisiert hatte, als er es im Krankenhaus erwartet hatte. Er hatte sich geschämt für sein Misstrauen und seine Angst, dass der Hof verlottern würde, solange er krank war. Dafür hatte er insgeheim Abbitte geleistet und sich vorgenommen, ihr etwas richtig Schönes zu schenken. Kurz hatte er an Blumen gedacht, aber das fand er schließlich abwegig. Wozu solle er in einem Blumenladen teure Schnittblumen erstehen, hatte er gedacht, wenn der ganze Garten voll davon sei.

Der zweite, noch wichtigere Grund war, dass es morgen sechs Monate her war, dass sie sich das erste Mal gesehen hatten.

Erst sechs Monate! dachte Winkler. Da ist mehr passiert als in den fünfunddreißig Jahren vorher.

Horst Winkler fuhr glückselig mit dem Auto über den Feldweg nach Hause. Er wählte meistens diesen Weg zurück aus dem Dorf, so konnte er schon von weitem seinen Hof sehen, für den es jetzt wieder aufwärts gehen sollte. Eine Zeit lang war er nicht so optimistisch gewesen. Vor ein paar Jahren hatte die Bauernfamilie noch komplett am Tisch gesessen, wenn Horsts Mutter zum Essen gerufen hatte. Es hatte zwar oft Ärger mit seinem Vater gegeben, weil der nichts von einer Übertragung des Hofes auf ihn wissen wollte, aber damit hatte Horst sich schließlich abgefunden. Die Zeit werde das schon regeln, hatte er immer gedacht und dann ging alles viel schneller als erwartet. Erst starb seine Mutter, dann heiratete seine Schwester und verließ den Hof. Als sein Vater beim Ausmähen der Zäune tot umfiel, waren sein Bruder und er plötzlich alleine und verfielen vor Trauer in eine Lethargie, die man dem Hof nach einem Jahr ansehen konnte. Der Garten und das Haus verlotterten, die Milchleistung bei den Kühen wurde weniger und viele neugeborene Kälber starben, weil niemand sich richtig um sie kümmerte. Horst wuchs die Arbeit über den Kopf, ihm wurde alles zu viel, selbst die Heu- und Silageernten, die immer seine Lieblingsarbeiten im Sommer waren, begann er zur falschen Zeit und erntete schlechte Qualitäten. Erst mit Lissys Auftauchen hatte das Leben wieder einen Sinn bekommen, dessen war er sich schon lange sicher. Als Nächstes, überlegte er, als er kurz vor seinem Hof einen Gang herunterschaltete, sind Kinder dran. An drei dachte er, vielleicht auch vier, falls Lissy das wollte.

Er freute sich schon auf ihr Gesicht, wenn er ihr am nächsten Morgen zum Frühstück den Spaten schenken würde. Er fuhr hinter die Scheune, warf die Autotür zu und ging durch den Stall ins Haus. Vorsichtig spähte er durch die Tür in den Vorraum der Küche, in dem die Schuhe der Hausbewohner standen. Lissy war nicht da, ihre Schuhe fehlten. Horst Winkler versteckte den Spaten hinter seinem Rücken und schlich sich in die Küche. Er wollte ihn im großen Schrank im Flur verstecken, einem Platz, an dem ihn seine Frau auch zufällig kaum finden würde.

Als er in die Küche kam, hörte er schon die rhythmischen Geräusche, die aus Alex' Zimmer zu kommen schienen. Dass Alexeij, wie er eigentlich hieß, illegal in Deutschland war, fand Horst nicht ungewöhnlich, er wusste von ganzen türkischen oder kurdischen Clans, die in umgebauten Scheunen oder in alten Wohnwagen auf den Höfen vieler Bauern hausten. Alex war ein großer Mann von Ende Zwanzig, dessen Anwesenheit Horst am Anfang sehr gestört hatte. Erst kam er nur einmal in der Woche zu Besuch, dann wurden die Abstände kürzer und als er täglich auf dem Hof auftauchte, war es Horst zu bunt geworden. Er hatte ihn vom Hof werfen wollen, aber Lissy, die Alexejs Anwesenheit viel mehr schätzte als Horst, hatte ihn zu überzeugen versucht, dass „Alex", wie er von nun an genannt werden wollte, doch am besten bei ihnen einziehen könne, er wäre eine wertvolle Hilfe und könne vieles, viel mehr als Horst wisse. Außerdem sei er ihr Cousin und die Gastfreundschaft verlange, dass man Verwandte, die kein Zuhause haben, nicht vor die Tür setze. In Polen sei das jedenfalls so.

Horst hatte abgelehnt, aber Lissy hatte ihn in der darauf folgenden Nacht mit besonderem Einsatz umgestimmt. Alex blieb, zog nach der Hochzeit der beiden in Horsts altes Zimmer und arbeitete – eher selten – mit, und auch nur, wenn er Lust dazu hatte. Meist war er aber zu Geschäften unterwegs, wie er abends manchmal wortkarg erzählte.

Nach dem Aufenthalt im Krankenhaus hatte sich Horst Winkler sogar bei Alex bedankt. Ohne ihn, da war sich

Horst Winkler sicher, hätte er die Verletzungen durch die Schlägerei nicht so gut auskuriert. Alex hatte sich Horsts Dank ohne Regung angehört und mit dem Kopf genickt. Das sei keine besondere Sache gewesen, hatte er gemurmelt, sondern eine Selbstverständlichkeit.

Alex hatte sich schon bald mit der Nachbarstochter angefreundet. Ines war 17 und anfangs war sie durch das Fenster zu ihm in das Zimmer gestiegen und hatte es ebenso heimlich wieder verlassen, aber als ihre Eltern ihren anfänglichen Widerstand aufgegeben hatten, nahm sie den bequemeren Weg durch Horst und Lissys Wohnung. Horst war strikt gegen diese Beziehung, er kannte Ines seit sie auf die Welt gekommen war und versuchte Lissy davon zu überzeugen, dass Alex sich an die Regeln des Hauses halten solle.

An welche Regeln er sich denn halten solle, hatte Lissy spöttisch gefragt. Ob er nicht dasselbe machen dürfe wie Horst, er wolle das schließlich auch alle Nase lang?

Sie sei schließlich seine Frau und kein Kind von 17, hatte er entgegnet, aber Lissy hatte ihm mitleidig über den Kopf gestrichen. Wenn er wüsste, was sie mit 17 so gemacht habe …

Horst durchquerte die Küche. Er schüttelte den Kopf über den Lärm, den Ines und Alex machten – die beiden nahmen dabei auf niemanden Rücksicht, sondern schnauften, grunzten und stöhnten so laut, dass man es im ganzen Haus hörte, als er bemerkte, dass die Tür zu Alex Zimmer einen Spalt offen stand. Sein Herz klopfte, als er sich leise, Schritt für Schritt der Tür näherte, unschlüssig, ob er sie taktvoll schließen oder neugierig und unbemerkt einen Blick hineinwerfen sollte. Anderen bei der Liebe zuzusehen war schon immer ein heimlicher Wunsch von ihm gewesen, etwas, was er zwar niemals zugegeben hätte, was aber oft durch seine Träume schwirrte. Er schob den Gedanken beschämt beiseite und beschloss, nicht nur die Tür, sondern auch diskret die Augen zu schließen. Horst näherte sich auf Zehenspitzen und konnte doch der Versuchung nicht widerstehen. Er spähte vorsichtig durch den schmalen Spalt auf das Bett.

Alex war ein massiger Mann, einen Kopf größer als Horst und hatte die Figur eines Gewichthebers. Horst befiel manchmal eine unbestimmte Angst, wenn Alex sich so selbstverständlich durch das Haus bewegte, als wäre es seines. Nur das gute Verhältnis zwischen Lissy und ihrem Cousin, die sich offensichtlich sehr vertraut waren, hielt ihn davon ab, ihn doch noch vor die Tür zu setzen.

Alex' nackter Körper glänzte vor Schweiß und er ließ sich von seinem Gewicht nicht abhalten mit großer Heftigkeit den zierlichen Körper des Mädchens, der unter ihm praktisch verschwunden war, zu bearbeiten. Nur die Beine des Mädchens waren zu sehen, Ines hatte sie um seine Hüften geschlungen und verstärkte noch seine rhythmischen Bewegungen. Mit großer Begeisterung, wie Horst zu hören meinte. Er bewunderte den Gleichklang, mit dem die beiden versuchten sich dem Höhepunkt zu nähern. Es war ein eingespieltes Team, das sich da gemeinsam immer tiefer in das Bett arbeitete, das konnte man sehen, dachte er. Die wussten, wie man es macht. Horst überlegte, ob er und Lissy ähnlich aussahen, er hätte sich gerne einmal selbst beobachtet. Heute Abend dachte er, hat Lissy sicher genauso viel Lust wie ich.

Sie trägt die gleichen Schuhe wie Lissy, bemerkte Horst eher beiläufig, als er auf den Fußboden vor dem rhythmisch knarzenden Bett sah. Auch die Kleider ähnelten denen seiner Frau. Er hob den Kopf und als Alex sich so bewegte, dass das Gesicht des Mädchens, das eine Mischung zwischen Anstrengung und Lust zeigte, zu sehen war, erstarrte Horst.

Es war Lissy.

Ohne weiter nachzudenken, riss er die Tür auf, holte aus und ehe Alex sich erschrocken umdrehen konnte, hieb er den Spaten mit aller Kraft in den rasierten Schädel.

Alex war sofort tot.

Lissys lustvolle Schreie erstickten, als ihr Cousin mit seinem ganzen Gewicht auf sie fiel. Horst zog den Spaten aus Alex Kopf, holte ein zweites Mal aus, schlug zu, schlug ein drittes Mal, ein viertes Mal und schlug und schlug und schlug, bis der Rücken des Mannes wie von Messern zerschnitten blutete. Weinend hob er den Spaten, um auf Lissy loszugehen, aber er hatte keine Kraft mehr.

Kapitel 7

Sie kam mit dem Zug. Allmers hatte einen Anruf seiner Schwester bekommen, die ihm den Besuch seiner Nichte in den Sommerferien ankündigte. Wenn Rosemarie ihn nicht seit Jahren ungebeten mit Familienfotos versorgt hätte: Christinas erster Zahn, Christinas erste Schritte, mit Opa, mit Oma, mit Papa im Zoo, mit Oma und Opa und Mama im Zoo, die Schultüte samt Kind, das Kind samt Schultüte, alle bedeutenden und unbedeutenden Lebensabschnitte der Sprösslinge der Familie Schwemmle wurden unerbittlich dokumentiert und an die gesamte Verwandtschaft geschickt, wenn sie ihn also nicht mit Bildern überschwemmt hätte, hätte er überhaupt nicht gewusst, wie Christina aussieht.

Seit mehreren Jahren hatte er das Mädchen nicht gesehen, auf der Beerdigung seiner Mutter hatte er seine Nichten aus Stuttgart nicht richtig wahrgenommen. Sie waren einen Tag vor dem Begräbnis gekommen und schon am nächsten Tag mit ihren Eltern wieder abgefahren.

Er hatte einen der vielen Fotoalben aus der Schublade gezogen, wo sie aufbewahrt wurden. Manchmal, wenn es wieder zu viel wurde, hatte er die eine oder andere Sendung ungeöffnet in die Schublade versenkt, wenn er wusste, – seine Schwester war manchmal so freundlich, mit bester Laune ein neues Album mit Fotos der Kinder anzukündigen – dass das nächste Päckchen aus Stuttgart wieder eine Fotosammlung war, die auf seinen Kommentar wartete.

Nach einigem Suchen fand er die neueste Ausgabe der Schwemmleschen Fotos und versuchte sich das Gesicht seiner Nichte einzuprägen.

Nichtssagend, dachte er, wie Rosemarie. Seine Schwester war zwar nicht so verkniffen und prüde wie ihre Mutter, aber sie hatte im Laufe der Zeit einige ungute Eigenheiten aus der Allmerschen Familie weiter entwickelt, die nach Allmers Ansicht seiner Schwester nicht zur Ehre gereichten: Rosemarie hatte sich aus einem fröhlichen Mädchen, mit dem er als Kind sehr gut klar gekommen war, in eine frustrierte, vertrocknete Ehefrau und Lehrerin verwandelt, der man die Unzufriedenheit schon von weitem ansah.

Sie war mit einem ehemaligen Theologiestudenten verheiratet, der aus einer schwäbischen Familie stammte, deren pietistische Wurzeln in grauer Vorzeit zu verschwimmen schienen. Sie hatte ihn während seines Studiums kennen gelernt und ihn nach kurzer Abwehrschlacht davon überzeugen können, dass eine tatkräftige Frau einem selbstgewählten Zölibat in allen Lebenslagen vorzuziehen sei. Nach kurzer Zeit hatten sie fünf Kinder. Dass es alles Mädchen waren, führte zu einer heftigen Ehekrise, aber nach ein paar Jahren hatte sich der Ehemann, der nach dem Studienabbruch in das elterliche Textilunternehmen eingestiegen war, in sein Schicksal gefügt. Rosemarie hatte ihr Biologiestudium unter großen Schwierigkeiten beendet und arbeitete als Lehrerin.

Nina, die eigentlich Christina hieß, den Namen aber nie mochte, war das erste Kind der Beiden.

Allmers hatte dem Besuch nicht zu widersprechen gewagt, seine Schwester reagierte auf Widerworte sehr harsch und Allmers tröstete sich noch während des Telefonats damit, dass, sollte der Besuch ein Fiasko sein, er sehr gut in der Lage sei, ein fünfzehnjähriges Mädchen wieder in den Zug nach Stuttgart zu setzen.

Familie kann wie eine Krankheit sein, dachte Allmers.

Als sie aus dem Zug stieg, blieb Allmers ruhig. Es kam ihm ein blässliches Mädchen entgegen. Sie sah genauso langweilig aus, wie er es erwartet hatte. Überrascht war er, dass sie nicht wie die meisten ihrer Altersgenossinnen versuchte, ein paar Jahre älter zu erscheinen, Nina kam ungeschminkt, ohne kajalschwarze Augenringe, ohne Tattoos und Piercings den Bahnsteig entlang. Sie trug einen unhandlichen Koffer und Kleidung, die so unauffällig war, dass Allmers sie auch nach eingehender Begutachtung fünf Minuten später nicht hätte beschreiben können.

„Hallo", sagte das Mädchen schüchtern. Sie schien noch langweiliger zu sein, als er sie sich vorgestellt hatte.

„Na, dann komm mal mit!" Er nahm ihr den Koffer ab und lief schweigend neben ihr her, bis sie das Auto erreicht hatten. Er hatte sich eigentlich vorgenommen, sie mit einem freundlichen „Schön, dass du da bist", zu begrüßen, aber die Worte wollten einfach nicht über seine Lippen. Ihm schwante Böses.

Allmers begann ein harmloses Gespräch über die Reise, die Züge der Bahn und das Wetter in Stuttgart. Er musste sich sehr konzentrieren, ihre Antworten zu verstehen, sie sprach sehr leise.

„Trinkst du Kaffee mit?", fragte er in der Küche, als sie nach einer Fahrt, bei der die Unterhaltung fast ausschließlich von ihm bestritten worden war, auf dem Hof angekommen waren.

Nina nickte. Allmers setzte Wasser auf und zeigte Nina ihr Zimmer.

„Schön", kommentierte Nina und das erste Mal bemerkte Allmers im Ton ihrer Stimme eine Veränderung. Er freute sich, denn sie schien es ehrlich zu meinen.

„Wenn du dich eingerichtet hast", sagte er und schloss

das Fenster, „kannst du ja wieder in die Küche kommen. Bad und Klo sind gegenüber."

Nina nickte und begann ihren Koffer auszupacken.

„Ich habe dir etwas mitgebracht." Nina riss Allmers aus seinen Gedanken.

„Bitte?"

„Störe ich Dich?", fragte sie höflich.

„Nein", log er, „das wäre ja ein unangenehmer Besuch, wenn er gleich zu Beginn stören würde. Komm, setz' dich".

„Hier!" Sie streckte ihm ein Paket entgegen. „Mein Mitbringsel".

Allmers begann auszupacken.

„Ein Buch", Allmers freute sich ehrlich. *„Kubanische Kriminalgeschichten*. Ausgewählt und übersetzt von Lotte Osnabrück. Interessant?" Nina nickte begeistert: „Ich habe das Buch schon gelesen. Teilweise sind die Geschichten unglaublich spannend. Vor allen Dingen… gib mal her", sie nahm ihm das Buch aus der Hand. „Hier", sagte sie nach einigem Blättern: „Raffaelitas Rache. Eine bitterböse Kurzgeschichte. Mama hat gesagt, dass du sehr viel liest?"

Allmers nickte. Seit er alleine auf seinem kleinen Hof lebte, vertrieb er sich die Zeit meistens mit Lesen. Seine Arbeit als Milchkontrolleur war abends und morgens zu erledigen, die Bürokratie dabei war überschaubar und so hatte er über Tag oft mehrere Stunden, die er mit dem Lesen von Literatur füllen konnte. Er hielt sich keine Zeitschriften, Illustrierte waren ihm zuwider und die tägliche Zeitung überflog er meistens nur flüchtig. Wie alle Dorfbewohner sah er als Erstes nach den Todesanzeigen, das andere, wie die Berichte von den

Jahreshauptversammlungen der Kaninchenzüchter oder der Angelvereine interessierte ihn nicht.

Meistens nahm sich Allmers literarische Themengebiete vor, die er dann lesend bearbeitete. Im letzten Jahr hatte er sich mit österreichischer Nachkriegsliteratur beschäftigt, danach hatte er sich die modernen Amerikaner wie Updike, Roth oder Boyle vorgenommen. Manchmal durchbrach er aber die Systematik, besonders wenn es langweilig zu werden drohte. Dagegen half meistens ein Gedichtband von Robert Gernhardt. Allmers war kein Freund von Leihbüchereien, er wollte Bücher, die er einmal gelesen hatte, besitzen und in sein Regal stellen. Weniger aus Besitzerstolz als aus dem Gefühl heraus, der Autor habe ihm schließlich das Buch anvertraut und zum Aufbewahren gegeben. So musste er fast jedes Jahr irgendwo im Haus ein neues Regalbrett anbringen, auf dem sich nach ein paar Monaten wieder die Bücher stapelten.

Nina sah staunend auf die Bücherberge. Allmers bemerkte das mit einer Mischung aus Stolz und der Erwartung, Nina würde die unvermeidliche Frage stellen. Die Frage, ob er denn all diese Bücher auch gelesen habe, schien jeder, der zum ersten Mal seine Wohnung betrat, stellen zu müssen. Und jedes Mal ärgerte sich Allmers über die Einfallslosigkeit der Menschen. Im Grunde unterstellten sie ihm mit der Frage, dass er Bücher kaufen würde, um sie dann ungelesen wegzustellen. Er beschloss, diesmal nicht ärgerlich zu sein, zu jung erschien ihm seine Nichte, als dass er sie mit seinen Marotten drangsalieren sollte. Aber Nina stellte die Frage nicht, was Allmers sehr positiv auffiel.

Stattdessen bemerkte sie: „Ich habe immer ein schlechtes Gewissen, wenn ich ein Buch lese, das mir sehr gut gefällt. Ich verschlinge es meistens, mache dann nichts anderes mehr und bin manchmal an einem Nachmittag damit durch, besonders, wenn es nicht so dick ist."

Allmers verstand nicht, was sie meinte: „Bücher verschlingen ist doch nichts Schlimmes", bemerkte er und drehte sein Buchgeschenk in den Händen.

„Ich stelle mir immer vor", erklärte Nina, „wie der Autor Wochen oder Monate über dem Manuskript hockt, es immer wieder korrigiert, wie es dann im Verlag geprüft wird, gesetzt, gedruckt und ausgeliefert und schließlich verkauft wird. Eine irre Arbeit, geht über Monate, vielleicht Jahre. Und ich brauche ein paar Stunden, lese es, lege es weg und sehe es nie wieder an, weil schon das nächste Buch lockt."

Allmers musste sich eingestehen, dass er seine Nichte unterschätzt hatte. So hatte er selbst noch nie über Lesen nachgedacht. Dann wurde er doch noch ärgerlich:

„Schmeißt du deine Bücher einfach aufs Regal, oder hast du eine unsichtbare Ordnung?", fragte sie, nachdem sie eine Zeitlang die Regale inspiziert hatte.

„Ich weiß genau", erwiderte er gereizt, „wo welches Buch steht. Wir sind hier nicht in Schwaben."

„Ich meine ja nur", erwiderte sie kleinlaut. „Bei dir steht Thomas Mann neben Grisham und Lenz neben Andersch. Da findet sich doch keiner zurecht. Mein Vater ordnet die Bücher nach einem bestimmten System. Alphabetisch und akribisch genau."

„Ich hätte nicht gedacht", sagte Allmers bissig, „dass dein Vater Bücher liest."

Immer noch wütend, begann er, ein wenig durch die „Kubanischen Kriminalgeschichten" zu blättern. Nina begann, die Geschichte über „Raffaelitas Rache" zu erzählen, aber Allmers unterbrach sie schnell: „Nicht erzählen, ich will es selber lesen."

„Was machen wir heute Nachmittag?“, fragte das Mädchen.

„Heute Nachmittag?“, Allmers war entsetzt. Er hatte nicht damit gerechnet, seiner Nichte ein Unterhaltungsprogramm bieten zu müssen. „Ich muss arbeiten, ich habe eine Kontrolle bei Damann.“

Nina zuckte mit den Schultern: „Entweder komme ich mit oder ich fahre ein bisschen mit dem Fahrrad herum. Hier ist ja alles so schön flach.“

„Mein altes Fahrrad steht im Schuppen. Wir können ja mal nachsehen, ob es noch Luft braucht.“

Allmers ging erleichtert ins Haus zurück. Seine Nichte hatte das Fahrrad für gut befunden, es hatte zu seinem Erstaunen keine Luft benötigt und sie war sofort los gefahren, die Gegend zu erkunden. „Um sieben bin ich zu Hause“, hatte Allmers hinter ihr her gerufen. „Dann ist auch das Abendbrot fertig.“ Nina war schon aus der Hofeinfahrt auf die Straße gebogen, als sie zum Zeichen, dass sie alles verstanden hatte, kurz den Arm hob. Allmers war froh, sie eine Zeitlang nicht zu sehen.

Das kann heiter werden, dachte er.

Kapitel 8

Nina war schon mehrmals in Norddeutschland gewesen, als kleines Kind hatte sie öfter mit ihren Eltern ihre Großmutter besucht, Allmers hatte sich damals kaum um sie gekümmert. An die Beerdigung, ihrem letzten Besuch auf dem Hof, wollte sie sich nicht erinnern. Die Vorstellung, dass ihre Großmutter ermordet worden war, hatte sie jahrelang verfolgt. Sie war vor vier Wochen fünfzehn geworden und hatte eigentlich geplant, in den Ferien mit ein paar Freundinnen alleine nach Italien zu fahren. Die Diskussion mit ihren Eltern darüber dauerte keine drei Minuten. Türenknallen und Heulkrämpfe, eigentlich bewährte Mittel, die Eltern umzustimmen oder zumindest eine weitere Debatte zu erzwingen, halfen diesmal nicht. Das Nein der Eltern war eindeutig und es tröstete Nina nur wenig, dass auch die Eltern ihrer Freundinnen bis auf eine Ausnahme ebenso hart geblieben waren. Als Alternative boten die Eltern den Urlaub bei ihrem Onkel an und zu ihrer Überraschung war Nina sofort einverstanden gewesen. Die legere, manchmal lässige und ein bisschen faule Art von Hans-Georg hatte Nina schon immer mehr imponiert, als er ahnte. Drei Wochen wollte sie bleiben, ihre Mutter Rosemarie hatte Allmers nicht gefragt, ob er mit der Länge des Besuchs einverstanden wäre, sie hatte ihm das einfach mitgeteilt.

Nina fuhr auf dem Fahrradweg ins Dorf. Was für ein gesichtsloses Kaff, dachte sie enttäuscht. Sie konnte sich von früheren Besuchen nicht mehr an Einzelheiten erinnern, sie hatte ein kleines norddeutsches Fachwerkdorf mit Reetdachhäusern erwartet und sah erstaunt, dass es im ganzen Dorf davon nur ein einziges gab. Die

Hauptstraße, die durch das Straßendorf führte war gesäumt von Supermärkten, Drogerieketten und leer stehenden Geschäften. Nach einigem Herumfahren fand sie schließlich einen kleinen Weg, der durch eine öde Neubausiedlung an den alten Deich führte. Nina schob das Fahrrad auf den mit Gras bewachsenen Deich hinauf und sah erstaunt über das Land. Vor ihr lag eine Landschaft, die sie so noch nie gesehen hatte. Wiesen zogen sich fast bis an den Horizont, wo sie den nächsten, noch höheren Deich erkennen konnte und als sie plötzlich einen großen Containerfrachter bemerkte, der wie von einem Seil gezogen oben auf der Deichkante entlang zu schwimmen schien, war sie endgültig begeistert. So etwas kannte sie aus ihrer Heimat nicht. Die Schiffe, die sie manchmal auf dem Neckar beobachtete, kamen ihr in der Erinnerung wie kleine Kähne vor, zumindest im Vergleich zu diesem Schiff, das gerade nach Hamburg fuhr. Und ein kilometerweiter Blick war rund um Stuttgart auch nicht vorstellbar. Ein Blick dort über das Land blieb meistens an Straßen, Wäldern oder dem nächsten Dorf hängen. Hier sah sie kilometerweit bis zur Elbe und die schwarzen und braunen Punkte, die die Rinder auf das Grün des Landes malten, die Stille, die sie umfing, als sie auf der anderen Seite des Deiches herabstieg und auf einem kleinen Weg fuhr, ließ sie ihren Entschluss, hier her zu fahren anstatt nach Italien, immer besser werden. Sie wunderte sich selbst ein wenig über sich, eigentlich war sie sehr umtriebig, traf sich laufend mit Freunden und Freundinnen und hielt es kaum zu Hause, wo immer sehr großen Wert auf Ruhe gelegt wurde, aus. Aber hier schien alles anders. Sie freute sich, alleine zu sein und mit niemanden reden zu müssen. Zufrieden radelte sie am Fuß des Deiches entlang, überquerte die große Straße, die nach Krautsand führte und erreicht nach ein paar Minuten den neuen Deich, der viel mehr als der alte den Eindruck machte, das Land zu beschützen, das ihm anvertraut war.

Die Auffahrt auf die Deichkrone war lang und ein heftiger Wind schien etwas dagegen zu haben, dass sie den Deich erobern wollte. Als sie endlich oben angekommen war und das erste Mal in ihrem Leben bewusst den kilometerbreiten Fluss sah, blieb ihr vor Staunen der Mund offen. Die Elbe badete glitzernd in der Sonne. Sie ließ die Macht dieses gewaltigen Stromes auf sich einwirken und ihr Staunen wandelte sich in grenzenlose Bewunderung für die selbstverständliche Autorität, mit der dieses Wasser hier alles beherrschte: von den kleinen Segelbooten, die scheinbar zu Hunderten das Wasser mit weißen Flocken betupften bis zu den großen Ozeanriesen, die sich langsam nach Hamburg schoben: sie alle wären nichts ohne den Fluss, ohne die Elbe. Selbst das Ufer und das gegenüberliegende Land waren nur mit dem Fluss zusammen vorstellbar. Das Land und der Fluss bildeten eine Einheit, obwohl sie so verschieden waren, überlegte sich Nina. In der Schule belegte sie als Wahlfach Philosophie und sie fand, dass sie gerade jetzt enorm davon profitierte. Sie war sehr stolz auf ihre Betrachtungsweise.

Die Spaziergänger auf dem asphaltierten Deichweg, von denen manche stumm an ihr vorbei gegangen waren, andere hatten sie freundlich gegrüßt, wurden gegen Abend weniger. In der Ferne sah sie einen Mann auf einem gelben Postfahrrad näher kommen und sie fragte sich, warum der Postbote immer noch arbeitete. Es ging mittlerweile auf sechs Uhr zu und ihr wurde langsam kühl.

Nina stand auf, ärgerte sich, dass sie keine Jacke mitgenommen hatte und hob ihr Fahrrad auf. Der Mann auf dem Postrad fuhr an ihr vorbei, sah sie dabei die ganze Zeit an, Nina hatte dabei das Gefühl, er könne seinen Kopf wie eine Eule drehen, kam aus dem Gleichgewicht und rollte den Deich hinunter. Erst langsam, dann immer schneller. Die Bremsen, dachte Nina, warum bremst er nicht einfach, aber der Mann schien sehr behäbig und unbeweglich und rollte auf dem Sandstrand aus. Nina lachte laut auf, was ihr im gleichen Moment Leid tat, so böse wurde sie von dem Fremden gemustert.

Plötzlich bekam Nina Panik, eine unbestimmte Furcht vor dem Mann erfasste sie, sie sprang auf ihr Rad und fuhr, so schnell sie konnte in Richtung des Dorfes. Als sie sich nach einer Weile umdrehte, war der Mann verschwunden. Erleichtert strampelte sie nicht mehr so heftig, fuhr gemütlich die Landstraße entlang, ab und zu aufgeschreckt von einem schreienden Kiebitz oder krächzenden Möwen. Sie war alleine, kein Auto fuhr um diese Zeit noch auf der abgelegenen Strecke. Als sie hinter sich plötzlich ein regelmäßiges Quietschen und Schnaufen hörte, kam die Panik wieder. Der Mann mit dem gelben Rad fuhr nur noch zwanzig Meter hinter ihr. Er trat ruhig und beharrlich in die Pedale, als ob er zu wissen schien, dass Ausreißversuche ihr nichts nutzen würden. Nina war erschöpft, sie versuchte mit aller Kraft schneller zu treten, aber der Abstand wurde stetig geringer. Sein kraftvoller Tritt in die Pedale brachte ihn immer näher, so nahe, dass er sieschließlich hätte vom Rad reißen können. Er grinste sie blöde an und schnaufte und schien sich daran zu weiden, dass sie vor Angst schier umkam. Das Gesicht des Mannes war verschwitzt, die Haare klebrig und seine Kleider starrten vor Dreck. Am ekelhaftesten fand sie seine Hände, die sich an den Lenker krallten: er hatte jeden Finger mit Leukoplast umwickelt, nur die Fingerspitzen mit langen Fingernägeln ragten aus der schmutzigbraunen Wicklung heraus.

Sie stand vom Sattel auf, trat mit aller Kraft in die Pedale, aber der Mann hielt problemlos mit, er schien trotz seines teigigen Körpers voll nicht erlahmender Kraft zu stecken. Es war noch weit bis zum Dorf, in der Ferne erst sah sie den Kirchturm und die hinter dem Dorf in den Himmel ragenden Windkraftanlagen. Der Mann fuhr noch näher auf, setzte zum Überholen an, blieb aber auf gleicher Höhe, schnaufte laut und streckte die Hand aus.

Nina bremste scharf, der Radfahrer reagierte zu langsam und fuhr ein paar Meter weiter, bis er zum Stehen kam. Nina versuchte seine Überraschung auszunutzen, überholte ihn und hatte schnell ein paar Meter Vorsprung gewonnen. Der Mann schien plötzlich aufzugeben, er ließ ihr den Vorsprung und als sie die Lücke des alten Deiches durchquert hatte und die ersten Siedlungshäuser des Dorfes auftauchten, dachte sie, sie sei in Sicherheit.

Kapitel 9

Horst kam erst wieder zu Sinnen, als es langsam dunkler wurde und die ersten Kühe vor dem Stall standen, weil sie gemolken werden wollten. Er lag wie betäubt in der Heuscheune und hatte den Spaten fest umklammert.

Nach langem Zögern stand er auf und wagte sich ängstlich ins Freie. Vielleicht war es schon zu spät, dachte er und er wäre nicht überrascht gewesen, jeden Moment die Sirenen der Polizei zu hören.

Er schlich ins Haus und öffnete vorsichtig die Tür zur Küche. Als er eintrat, erstarrte er. Lissy saß am Küchentisch und trank Kaffee.

Horst baute sich vor Lissy auf: „Hast du die Polizei schon angerufen?", fragte er aggressiv.

Sie begann sofort zu weinen: „Er mich vergewaltigt", schluchzte sie, „ich so froh, dass du gekommen bist. Du mir Leben gerettet." Sie verhaspelte sich aufgeregt in der deutschen Sprache und brachte kaum einen richtigen Satz hervor.

Horst war sprachlos. Lissy schien ihm tatsächlich dankbar zu sein, dass er ihren Cousin umgebracht hatte.

Lissys Gesicht war schnell tränenüberströmt, sie zitterte am ganzen Körper und sie weinte so herzzerreißend, dass Horsts anfängliche Wut und Verbitterung verflog.

„Setz dich zu mir!", bestimmte sie, nachdem sie sich etwas beruhigt hatte und klopfte mit der Hand neben sich auf die Bank. „Setz dich!"

„Wir müssen die Polizei rufen", erwiderte Horst Winkler entsetzt und blieb stehen, „das war ja dann fast Notwehr oder so".

Lissy schüttelte energisch den Kopf: „Wir klaren Kopf

bewahren. Wenn Polizei rufen, alles vorbei“, sagte sie und weinte laut weiter „Dann ist unser Glück vorbei. Niemand wird glauben, außerdem war er doch Illegaler.“

Sie nestelte umständlich ein Taschentuch aus der Packung und schnäuzte sich die Nase: „Das will ich nicht. Ich dich nicht verlieren will.“

Horst schüttelte den Kopf, unschlüssig, ob er ihr glauben sollte, nach allem was er gesehen hatte. Lissy sah ihn mit tränenvollen Augen an und forderte ihn noch einmal auf, sich neben sie zu setzen. Als er ihren Körper neben seinem spürte, hatte sie gewonnen. Die Wärme ihres Körpers ließ alle Zweifel an ihrer Ehrlichkeit, die ihm gekommen waren, schmelzen. Er wollte sie auch nicht verlieren, auf keinen Fall. Er wollte nie wieder alleine sein und die Nächte alleine verbringen. Er liebte Lissy und ein Beweis seiner Liebe sollte sein, dass er ihr verzieh und alles unternehmen wollte, sie zu behalten. Dazu gehörte auch, fest daran zu glauben, dass sie ihn auch liebte.

„Was machen wir mit ihm?“, fragte er und drückte sie fest an sich.

„Ich so glücklich“, schluchzte sie, „dass du mich verstehst.“ Sie umarmte Horst und küsste ihn heftig. „Ich weiß nicht, wie man toten Mann verschwinden lässt“.

„Obwohl“, meinte sie nach einer Pause, in der beide ratlos geschwiegen hatten, „du hast doch Raum, wo du manchmal Fleisch lagerst?“

Der Mann seiner Schwester war Maurer und mit ihm zusammen hatte Winkler zwei Räume in der Scheune ausgebaut, einen kleinen gekachelten Raum, in dem er auch Wurst machen konnte und ein kleines Kühlhaus. Er hatte eine Ausbildung zum Hausschlachter gemacht, durfte wie alle aber nur auf den Höfen, wo auch geschlachtet wurde, das Fleisch verarbeiten, aber so genau nahm Horst Winkler die Vorschriften nicht. Vor allem die Schweine der Bauern schlachtete er lieber auf seinem Hof, meist wurden die Tiere am Tag vorher angeliefert und eine Woche später kamen die Bäuerinnen mit Schüsseln und Körben und holten die frischen Koteletts, die Leberwürste, Sülze und die Würstchen ab. Seinen Bruder ließ Horst nicht an den Wurstkessel, Klaus' Aufgabe war genau definiert: Abfälle beseitigen und aufräumen.

„Dort bringen wir hin“, bestimmte Lissy und Horst nickte. Er konnte immer noch keinen klaren Gedanken fassen, in seinem Kopf schwirrten die Bilder und Eindrücke, vermengten sich und ließen ihn nicht mehr los.

„Weiß Klaus irgendetwas?“, fragte er, als ihm plötzlich sein Bruder einfiel.

„Nein“, Lissy schüttelte den Kopf, „er gar nicht da. Ich habe Alex“, bei der Nennung seines Namens begann sie wieder laut zu weinen, „ich habe Tür zugeschlossen.“ Sie putzte sich die Nase, stand auf und sah durch die Tür.

„Klaus ist nicht da. Weißt du, wo er sein könnte?“

Horst sah auf die Uhr: „Um diese Zeit ist er meistens bei den Kaninchen.“

„Du schickst ihn ins Dorf oder weit weg. Dann wir Alex in Kühlhaus bringen.“

Der Tote war schwerer als Horst gedacht hatte, er ließ sich kaum aus dem Bett wuchten. Horst fragte sich, wie Lissy es gelungen war, sich unter diesem Fleischberg aus dem Bett zu retten, er vermutete, dass sie erstickt wäre, wenn sie es nicht geschafft hätte. Der Leichnam war so blutig und die Wunden so aufgerissen, dass es Horst schlecht wurde, als er Alex an den Beinen aus dem Bett zog. Immer wieder rutschte ihm ein Fuß aus der Hand, als er ihn aus dem Zimmer zog. Der Kopf blieb auf dem Teppich hängen und schleifte ihn durch den Flur und die Diele mit. Lissy hatte kaum Körperkräfte, half Horst nicht beim Transport, drehte den Schlüssel im Schloss der Schlafzimmertür zweimal herum, öffnete die anderen Türen und hatte immer das Fenster im Blick, für den Fall, dass Klaus auftauchen sollte. Vor dem Kühlhaus keuchte Horst vor Erschöpfung.

„Aufhängen?", fragte er.

„Wie? Aufhängen? Das doch kein Schwein", empörte sich Lissy, „wir legen ihn auf Fußboden."

Horst war sich sicher, dass Axel ein Schwein war, aber er verkniff sich diese Bemerkung, zog den Toten ins Kühlhaus, stieg über ihn und machte die Tür zu. Kraftlos lehnte er mit dem Rücken an der Tür. Da fiel ihm plötzlich Ines ein.

„Was machen wir mit Ines?", überlegte er laut. „Wenn sie kommt und die Tür ist abgeschlossen, wird sie doch misstrauisch."

Lissy wusste sofort eine Antwort. Das war die Eigenschaft, die Horst vom ersten Moment an gefesselt hatte: sie wusste auf alles eine Antwort und war die Lage noch so schwierig: Lissy war die Beste, da war er sich ganz sicher. Und sie war das Beste, was ihm passieren konnte. Er beschloss, ihr jetzt zu folgen und alles so zu machen, wie sie es vorschlug, einen besseren Plan als sie würde er sowieso nicht entwickeln können, das wusste er.

„Ich rufe sie an", sagte Lissy bestimmt. „Ich richte ihr Grüße von Alex aus und sage, er ein paar Tage verreist. Es hätte so schnell gehen müssen, Geschäfte seien wichtig, dass er sie nicht hätte selbst anrufen können. Das wird sie ein paar Tage fernhalten. Wo eigentlich Klaus?"

„Er ist mit seinem Fahrrad unterwegs", erwiderte Horst und Lissy nickte zufrieden.

Horst legte nach ein paar Minuten Schweigen linkisch den Arm um Lissys Schulter: „Es ist doch alles vorbei", versuchte er sie zu trösten, aber er meinte eher sich selbst, „jetzt kann Alex dir nichts mehr antun."

„Du so stark und mutig gewesen", Lissy drehte den Kopf und küsste Horst lange und ausgiebig, „ohne dich ich verloren gewesen sein."

„Wir müssen jetzt ganz stark zusammenhalten", in Horst stieg wieder Panik auf und er fühlte einen Kloß im Hals, der immer dicker zu werden schien. „was machen wir jetzt?"

„Wenn Klausi zurückkommt", erwiderte Lissy, die sich wieder gefangen hatte und die ihre Tränen abwischte, „muss alles so ablaufen, wie immer. Dann merkt er bestimmt nichts. Dass Alex nicht zum Abendbrot da, ist ja nichts Ungewöhnliches. Du gehst jetzt Stall und melkst Kühe, ich in Garten. Wo ist Spaten? Und was wir mit Alex machen", wieder fing sie bei seinem Namen an zu weinen, „überlegen wir uns heute Abend in Bett."

Kapitel 10

Die Angst begleitete Nina auf ihrer ganzen Fahrt durch das Dorf. Die Geschäfte waren schon geschlossen, es waren kaum noch Fußgänger unterwegs. Sie drehte sich dauernd um, aber der mysteriöse Radfahrer war und blieb wie vom Erdboden verschluckt. Als sie das Dorf verließ, um über das kurze Stück Landstraße zu Allmers Hof zu fahren, hoffte sie, dass noch ein paar Fußgänger oder Radfahrer unterwegs sein würden, aber weit und breit war niemand zu sehen. Es waren nur zwei oder drei Kilometer bis zu Allmers Hof, aber so viel Angst wie auf dieser kurzen Strecke alleine an Feldern und Hecken vorbei hatte sie noch nie gespürt. Sie ahnte, dass die Gefahr noch nicht vorbei war und als die Hofeinfahrt in Sichtweite kam, glaubte sie ihren Augen nicht zu trauen: in der Ferne fuhr ein massiger Mann auf einem Fahrrad und er schien dasselbe Ziel zu haben, nur dass er von der anderen Seite auf Allmers Hof zuhielt. Als sie sich ihm näherte, sah sie, dass das Rad gelb war.

Nina wusste, dass sie vor dem Mann den Hof erreichen musste. Wenn er sie von vorne bedrängen würde, hätte sie wohl keine Chance gegen ihn. Sie strampelte wie besessen, um ihm zuvor zu kommen, aber alle Mühe schien vergebens, sein Weg war nicht annähernd so weit.

Als plötzlich ein Auto neben ihr hupte, begann sie zu weinen. Sie sah verstört zur Seite, aber der Schreck wich der Erleichterung. Hans-Georg Allmers kam von einer Milchkontrolle und überholte sie ein paar hundert Meter vor seinem Hof. Die ganze Anspannung fiel mit einem Mal von dem Mädchen ab und sie konnte erleichtert ihren Tränen freien Lauf lassen. Dass er in der

Hofeinfahrt anhielt, empfand Nina als Glücksfall, dass er sich jedoch angeregt und freundlich mit dem Radfahrer unterhielt, der schon an der Einfahrt auf Nina gewartet zu haben schien, verblüffte sie so, dass sie wortlos an seinem Auto vorbei auf den Hof fuhr. Vor der Haustür warf sie das Rad auf den Boden und rannte ins Haus. Weinend warf sie sich auf ihr Bett und überlegte, gleich morgen wieder nach Stuttgart zu fahren.

Allmers klopfte besorgt an ihre Tür, als er ihr Weinen hörte.

„Nina, das Abendessen ist fertig", sagte er fürsorglich.

Sie öffnete die Tür und sah ihn mit verheultem Blick an: „Wer war das?" Allmers war ratlos: „Wer soll was gewesen sein? Was meinst du?"

„Der Mann", schniefte Nina, „mit dem du dich unterhalten hast, als du gekommen bist".

„Das war Klausi", sagte Allmers, immer noch nichts ahnend. „Klaus Winkler, genannt Klausi. Was ist mit ihm?"

Nina begleitete Allmers in die Küche, setzte sich an den Tisch und begann zu erzählen. Von der Angst, die immer noch in ihr stecke und dem dummen Grinsen dieses Ungeheuers, der mit seinen Leukoplastfingern nach ihr grapschen wollte. Außerdem wolle sie morgen wieder nach Hause, wenn hier so ein Schwein frei herumlaufen könne.

Allmers war ratlos. Er konnte Nina verstehen, Klausi war bei den Schülerinnen des Dorfes ebenso verhasst, weil er sich ihnen auch ab und zu mit dem Fahrrad bedrohlich näherte.

„Ich fände es schade, wenn du fahren würdest", sagte er und war ein wenig deprimiert. Es war ihm klar, dass er sicher nicht der Richtige war, wenn es Probleme junger Mädchen zu lösen gab, aber hier lag das Problem ja anders.

„Ich rede mit ihm", schlug er vor.

„Kennst du den etwa gut?", fragte Nina entsetzt. „Solche Typen gehören zu deinem Bekanntenkreis?"

„Du wirst es kaum glauben, aber er ist ein alter Freund von mir."

Nina sah ihn ungläubig an: „Der sieht doch aus, als ob er irgendwo ausgebrochen wäre."

„Klaus ist harmlos", versuchte Allmers sie zu beruhigen. „Er hat sich noch nie etwas zu Schulden kommen lassen. Er ist ein bisschen sonderbar, das stimmt, aber sonst ganz okay."

„Ich finde nicht, dass es ganz okay ist, wenn man jemandem auf dem Rad Angst einjagt. "

„Ich kenne ihn schon ewig."

Die Zeit der „Drei Muskeltiere" war mit der Grundschulzeit zu Ende gegangen. Zuerst waren sie zu viert gewesen, aber ein Junge aus ihrer Klasse wollte eines Tages nicht mehr mitmachen. Er kam aus dem Dorf und hatte keine Lust mehr, jeden Tag zu Fuß oder mit den Rädern durch die Felder und das Moor zu streifen.

Der Name ihrer Kinderbande stammte von Hans-Georg, der irgendwann im Radio ein Hörspiel über den Roman von Dumas gehört und statt „Musketiere" immer „Muskeltiere" verstanden hatte. Der Name imponierte ihm so, dass er seine Freunde überredete, sich ebenso zu nennen: Die Vier – später erfolgte eine feierliche Umbenennung in Drei – Muskeltiere.

Horst Winkler und Hans-Georg Allmers besuchten dieselbe Klasse, Klausi war zwei Jahre jünger. Nach der

Grundschulzeit kam Horst in die Hauptschule, Hans-Georg wechselte in die Realschule und Klausis Lernschwäche führte ihn noch in der zweiten Klasse zur Sonderschule.

Seine Sturheit und die Weigerung, am Unterricht teilzunehmen, Hausaufgaben zu machen oder sich überhaupt einmal zu äußern, ließen die Lehrer verzweifeln. Kinder aus seiner Klasse erzählten mit einer Mischung aus Angst und Bewunderung von seinem Starrsinn, der seinen Höhepunkt fand, als ein Lehrer im zweiten Schuljahr die Kinder aufgefordert hatte, ihre Hefte aus dem Ranzen zu holen.

Die Klasse beeilte sich eifrig, den Anweisungen des Lehrers zu folgen, nur Klausi regte sich nicht.

Der Lehrer war dann zu seinem Platz gekommen und hatte freundlich seine Aufforderung wiederholt.

Klausi hatte sich nicht bewegt.

Der Lehrer beugte sich dann, immer noch freundlich, hinunter, nahm die Fibel und das Heft aus Klausis Ranzen und legte es auf den Tisch: „So, Klaus, das hätten wir geschafft“, sagte er und drehte sich um.

Klausi Winkler nahm wortlos die Fibel und das Heft und stopfte es in den Ranzen zurück. Dabei verzog er keine Miene.

Irgendwann gaben die Lehrer auf. Es dauerte Jahre, bis sich Klaus in die Gemeinschaft der Klasse und ihrer Rituale einfügte. Da hatte er den Anschluss an das Lernen schon lange verpasst.

Schon in der ersten Klasse war er durch seine Sprachlosigkeit das beliebteste Opfer der Kämpfe auf dem Schulhof. Horst half ihm nie, er hielt sich immer zurück, wenn sein kleiner Bruder getreten und geschlagen wurde. Hans-Georg konnte es nicht mit ansehen und musste oft selbst Prügel einstecken, wenn er seinem Freund zu Hilfe kam.

Besonders schlimm war es in einem schneereichen Winter, als Klausi eine Schneeabreibung nach der anderen bekam. Als Hans-Georg einmal bemerkte, dass einige Kinder einen Schneeball mit frischer Hundescheiße füllten, um ihn dann in Klaus' Gesicht zu verreiben wurde er so wütend, dass er den hilflosen Jungen mit all seinen Kräften herausprügelte und dabei einem Gegner einen Zahn ausschlug.

Klausi vergaß Hans-Georg diesen Mut nie.

Am nächsten Morgen hatte sich Nina gefangen und entschlossen, ihre Ferien doch nicht abzubrechen. Allmers war ihr dankbar, er hätte es wie eine Niederlage gegenüber seiner Schwester empfunden, wenn Nina nach Stuttgart zurückgefahren wäre. Sie hatte am Abend noch lange mit ihrer Mutter telefoniert, die Klaus Winkler natürlich auch kannte und die sie wohl beruhigen konnte. Nina schlief bis zum Frühstück und überraschte Allmers gut gelaunt mit ihrem Entschluss.

„Und heute?", fragte sie, während sie das Geschirr in die Spülmaschine stellte.

„Ich bin nicht darauf eingestellt", erwiderte Allmers genervt, „dir jeden Tag Programm zu bieten. Dafür habe ich zu viel zu tun."

Nina war überrascht: „Mama sagt, du machst nur Milchkontrolle und hast sonst nix zu tun."

„Und deshalb schickt sie dich zu mir, dass ich dir den Unterhaltungsonkel oder den Pausenclown mache?", fragte Allmers wütend.

„Entschuldige", erwiderte Nina kleinlaut. „Ich meinte ja nur."

„Eigentlich wollte ich zu Klausi", Allmers beruhigte die Situation, „und ihm ordentlich den Kopf waschen."

„Das hat er bitter nötig", lachte Nina, „so, wie der aussah."

Humor hat meine Nichte, dachte Allmers, als er auf das Rad stieg, um zu Winklers zu fahren.

Klaus war alleine. Als er Allmers kommen sah, erwartete er ihn in der Haustür. Wenn Klaus Winkler ein schlechtes Gewissen hatte, oder auf frischer Tat ertappt wurde, winkelte er immer seine Arme an und knetete mit den Fäusten in seinen Seiten herum. Allmers bekam jedes Mal stellvertretend Schmerzen, so heftig schien Klaus sich zu bestrafen. Heute schien es mit Klaus' Gewissen besonders schlimm zu stehen. Allmers kannte genau seine Schwächen und es dauerte nur ein paar Minuten, bis Klaus kleinlaut zugab, dass er hinter Nina hergefahren war und ihr Angst eingejagt hatte.

„Du lässt sie in Ruhe!", befahl Allmers und Klaus nickte ergeben. „Und wenn sie mit drei Zentimeter Abstand an dir vorbeifährt: du regst dich nicht und fährst auch nicht hinter ihr her." Allmers sah Klaus durchdringend an. „Ist das klar?"

Klaus nickte wieder.

„Wo ist eigentlich Horst?", fragte Allmers. „Ich kann bald wieder Kontrolle bei euch machen."

„Weggefahren." Klaus konnte keine langen Sätze bilden.

„Und Lissy? Ist Lissy da?"

„Auch weggefahren. Schon vorher, ich glaube mit Alex."

„Wann kommen sie wieder?"

„Weiß nicht."

Kapitel 11

Das Feuer sah man kilometerweit. Die Feuerwehren aus Stade und Harsefeld kamen innerhalb einer halben Stunde. Die Stelle, wo es lichterloh brannte, war schwer zu erreichen. Mitten in einem Feld mit fast reifer Gerste stand ein Geländewagen, das Innere des Autos glühte und die Flammen schlugen meterhoch. Entsetzen ergriff die Feuerwehrleute, die den Wagen nur kontrolliert abbrennen lassen konnten, als die Flammen langsam kleiner wurden. Auf dem Dach des Autos lag eine Männerleiche nackt auf dem Bauch, die Arme und Beine waren mit Ketten an die Türholme gekettet und der Rücken war übersät mit Schnitten. Die Männer alarmierten die Polizei.

„Was wollen Sie denn spielen?", fragte der Staatsanwalt spöttisch, als er die Feuerwehrleute sah, die mit ihren Feuerpatschen, die sie in den Händen hielten um ein Übergreifen der Flammen auf das Getreide zu verhindern, tatenlos und sprachlos herumstanden.

„Das sind Feuerpatschen", erläuterte eine Polizistin, aber Staatsanwalt Werner Allmers begriff immer noch nicht, dass die Feuerwehrleute keine Witze hören wollten, „damit schlägt man Flammen tot."

„Na, dann passt das ja", Werner Allmers schien nicht im Geringsten von dem grausigen Anblick berührt zu sein. „Der ist sicher totgeschlagen worden. Sieht aus wie ein Spanferkel."

Er wandte sich an die Kriminalpolizisten, die mit großem Aufwand aus Stade gekommen waren: „Ich will so schnell wie möglich die Ergebnisse der Spurensicherung.

War das hier der Tatort, woran ist der Mann gestorben, war er bekleidet und wer war er überhaupt?"

Der zuständige Hauptkommissar nickte abwesend, er kannte Werner Allmers Art und hatte sich angewöhnt, so zu arbeiten, wie er es für richtig hielt und nicht, wie dieser Staatsanwalt es ihm vorschrieb.

„Haben Sie mir überhaupt zugehört?"

Der Hauptkommissar nickte: „Die Ermittlungen wird Frau Schreiber leiten, sie wird sich mit ihnen in Verbindung setzen."

„Wer ist bitte Frau Schreiber?", fragte Staatsanwalt Allmers erbost.

„Sie ist neu bei uns, Kriminalkommissarin zur Anstellung, wie es so schön heißt."

„Dann soll sie sich mal nicht so anstellen", meinte der Staatsanwalt. Er stieg wieder in sein Auto und merkte nicht, dass er der Einzige war, der über den mäßig lustigen Witz lachte.

Die Ergebnisse der Spurensicherung und der Obduktion lagen ein paar Tage später auf dem Tisch des Hauptkommissars, der seine neue Kollegin in die Gepflogenheiten der Arbeit einwies:

„Anweisungen von Allmers werden zügig bearbeitet." Er sah sie an und grinste. „Verstanden?"

Kommissarin Schreiber schüttelte den Kopf.

„Bei uns wird folgendermaßen gesteigert: zügig, langsam, schnell, sehr schnell. Haben Sie jetzt verstanden?"

„Gibt es zwischen uns und der Staatsanwaltschaft ein gewisses Konfliktpotential?", fragte die Kommissarin verunsichert.

„Das haben Sie sehr schön ausgedrückt. Konfliktpotential. Aber nicht zwischen der Staatsanwaltschaft und uns, sondern nur zwischen dem Staatsanwalt Allmers und uns."

Die Ergebnisse waren eindeutig: Der Fundort der Leiche war nicht der Tatort, der Mann war schon ein oder zwei Tage tot gewesen, bevor man ihn anzündete. Er war nackt auf das Autodach gehoben, dann der mit Benzin oder einem anderen Brandbeschleuniger getränkte Innenraum des Autos angezündet worden. Verwertbare Fußspuren waren auf dem Acker nicht mehr zu finden, dreißig Feuerwehrleute hatten ganze Arbeit geleistet. Außerdem war die Todesursache eindeutig: Dem Mann musste mit einer Machete oder etwas ähnlichem der Kopf gespalten worden sein.

Hans-Georg Allmers las im Tageblatt über den mysteriösen Toten, der auf einem Autodach angekettet verbrannt worden war, registrierte eher desinteressiert die Spekulationen über die Identität des Mannes und die Motive der Tat. Es gab keine Vermisstenanzeige, die Kleider und Papiere des Toten waren nicht aufzufinden und die Nummernschilder des Autos waren abmontiert gewesen.

Kapitel 12

Klausi horchte in die Nacht. Aus dem Nebenraum hörte er die regelmäßigen Atemzüge seines Bruders, manchmal unterbrochen durch ein leises Schnarchen und die unruhigen Bewegungen von Lissy. Es war spät, er hatte Mühe gehabt, wach zu bleiben. Leise stand er auf, zog sich an und schlich sich aus dem Haus. In dieser Nacht, hatte er sich während der Stallzeit überlegt, könnte es gelingen. Aus dem Schuppen zog er sein gelbes Postfahrrad und fuhr langsam in die dunkle Nacht. Er nahm den Weg durch die Feldmark. Niemand sollte ihn sehen, er wusste, dass er etwas zu tun im Begriff war, was Horst ihm übel nehmen würde.

Das Mädchen war ihm in den letzten Tagen nicht mehr aus dem Kopf gegangen. Sie hatte so einsam auf dem Deich gesessen und er war sich sicher gewesen, dass sie genauso fühlte wie er. Er hatte ihr keine Angst einjagen wollen, was Hans-Georg Allmers ihm vorgeworfen hatte, war Blödsinn gewesen. Sie war nur so hübsch und hatte ihn an Lissy erinnert. Genau die gleiche Figur, die gleiche Haarfarbe und auch das Gesicht war so ähnlich. Dass er Lissy über alles liebte, durfte er seinem Bruder nicht sagen, er würde sicher sehr böse werden. Er hatte das Mädchen auch nur einmal berühren wollen, ihre zarte Haut spüren und ihr sagen, dass sie sehr hübsch sei. Er war immer noch sehr glücklich, dass er ihr so nahe gekommen war, außerdem gab es noch etwas, was seine Laune gehoben hatte in den letzten Tagen: Lissy hatte ihm erzählt, dass Alex ausgezogen war. Klausi hatte nichts gesagt, nur genickt. Er wollte nicht zugeben, dass er mehr wusste, als Horst und Lissy ahnten. Jetzt waren sie nur noch zu dritt und heute Nacht würde er dafür sorgen, dass er auch etwas hatte, an das er sich nachts schmiegen konnte. Dann wären sie zu viert auf dem Hof und alles würde gut werden.

Die Fahrt dauerte länger als am Tag, denn obwohl er die Strecke genau kannte, traute er sich nicht, schnell zu fahren. Schließlich wurden die wenigen Lichter des Dorfes größer und die ersten Häuser der Siedlung tauchten aus dem Dunkel auf. Klausi stieg ab. Er wurde aufgeregt und er wusste, dass er dann manchmal Schwierigkeiten mit dem Gleichgewicht hatte. Er schob das Fahrrad durch die Hauptstraße des Dorfes, vorbei an den beiden großen Supermärkten und dem Reisebüro, vor dessen Auslagen er manchmal staunend stand. Da sprangen bildhübsche Mädchen in knappen Bikinis mit gut aussehenden jungen Männern über weiße Sandstrände. Als Kind begann für ihn der Traum vom Sandstrand hinter der Tür des Reisebüros und die jungen Frauen hinter der Theke waren identisch mit den Schönen auf dem Plakat. Er stellte sich dann vor, wie die Reisenden mit Koffern in die Tür traten und durch das Büro direkt zum Sandstrand gelangten. Dort wurde ihnen dann von den halbnackten Grazien jeder Wunsch erfüllt und das Meer rauschte.

Noch als Erwachsener bekam er jedes Mal Herzklopfen, wenn er die Plakate studierte und sein Blicke an den fast nackten Körpern der Frauen hängen blieb. Aber in dieser Nacht hatte er keinen Blick dafür. Er schob das Rad an der Eisdiele vorbei, wo er sich im Sommer gerne unter die großen Sonnenschirme setzte und drei Kugeln Eis bestellte. Seine Bestellung war mittlerweile so legendär, dass der dänische Koch, der die italienische Eisdiele – das einzig italienische in diesem Lokal war seine Frau, die neben der Theke auf einem Stuhl thronte und die Angestellten überwachte – betrieb, seine dauernd wechselnden polnischen Bedienungen gerne zu Klausi an den Tisch schickte, sobald der sich niedergelassen hatte.

Klausi studierte ausgiebig die Eiskarte, blätterte hin und her und tat sich mit der Wahl schwer.

Schließlich bestellte er immer das Gleiche: „Drei Kugeln gemischtes Eis, aber nur Vanille." Der Besitzer war so abgebrüht, dass er niemals darüber lachte.

Franz Schneider hatte vor zwei Monaten Konkurs anmelden müssen, sein großes Bekleidungsgeschäft war geschlossen worden. Klausi hatte im Ausverkauf noch ein paar Cordhosen erstanden. Als er während des Räumungsverkaufs durch das Geschäft gelaufen war, die leer geräumten Regale und die in einer Ecke gesammelten Schaufensterpuppen bemerkt hatte, war ihm eine Idee gekommen, die er lange zu bekämpfen versuchte. Erst nach der Geschichte mit dem Mädchen hatte er beschlossen, alle Zurückhaltung aufzugeben.

Er lehnte das Fahrrad in der nächsten Seitenstraße an eine Hausmauer und schlich sich in den Hinterhof, in dem früher die Lastwagen die Kleidungsstücke angeliefert hatten. Er drückte vorsichtig jede Klinke der großen Türen. Es war, wie er erwartet hatte: Alle waren abgeschlossen. Mittlerweile waren die Wolken am Himmel mehr geworden und die Nacht dunkler. Klausi war beruhigt. Es war so finster geworden, dass er sich in seiner dunklen Kleidung kaum von den Hauswänden abhob. Er griff in seine Jacke und holte ein kleines Stemmeisen aus der Innentasche. Er hebelte am Schloss und schob das Stemmeisen tief in die Zarge, als plötzlich die Tür aufsprang. Sie platzte schier aus dem Rahmen und fiel scheppernd auf den Boden.

Klausi erstarrte. Er rannte in eine Garageneinfahrt und wartete lange, bis er sicher war, das niemand den Lärm gehört hatte. Dann schlich er sich durch das Dunkel in die offene Tür und merkte, dass er einen Fehler gemacht hatte: er hatte vergessen eine Taschenlampe einzustecken. Außerdem fiel ihm sein Stemmeisen ein. Er drehte um und suchte im Hof nach seinem Werkzeug. Nach langem Suchen fand er es schließlich unter der Tür.

Er hatte sich vorgenommen, alles sehr schnell zu erledigen. Jetzt merkte er, dass die Zeit drängte. Die ab und zu vorbeifahrenden Autos leuchteten den alten Verkaufsraum aus und er wusste, er musste sich beeilen. Schnell schlich er sich durch den Raum zu der Ecke, wo die nun nicht mehr gebrauchten Schaufensterpuppen standen. Jeder andere hätte schmunzeln müssen über den Anblick. Lauter nackte, kahlköpfige Puppen in männlicher und weiblicher Ausführung standen so eng beisammen, als ob sie sich gegenseitig wärmen wollten. Klaus war enttäuscht. Er hatte erwartet, die Puppen in der Kleidung, in der sie auch im Schaufenster standen, anzutreffen. Er hatte sich die auswählen wollen, deren Gesicht und deren Kleider ihm am besten gefallen hätten. Wütend merkte er, dass er seinen schönen Plan, den er sich den ganzen Tag zurechtgelegt hatte, nicht durchführen konnte. Klausi hatte die Puppe vorsichtig nach Hause transportieren wollen. Er wollte sie in sein Schlafzimmer schmuggeln, sie sanft fragen, ob sie sich von ihm ausziehen lassen wolle, um sie dann langsam und genussvoll zu entkleiden. Er hatte einen alten Schlafanzug zurechtgelegt, mit der er seine neue Gefährtin dann vor der Kälte der Nacht schützen wollte.

Franz Schneider hatte nie genug Geld gehabt, sich verschiedene Schaufensterpuppenfrauen anzuschaffen, sie sahen alle gleich aus, es gab zur Unterscheidung nur verschiedenfarbige Perücken. Ein paar Kinderpuppen hatte er auch noch, aber die waren nur zur Dekoration da, Kinderkleidung verkaufte er nur sehr wenig. Klaus interessierte sich nicht für die Kinder und die Männer, er warf sie alle um und griff sich schließlich enttäuscht irgendeine Schaufensterpuppe. Er strich mit den Händen vorsichtig über ihren kalten Plastikkörper, verweilte an Brust und Bauch und traute sich nicht, ihr zwischen die Beine zu greifen.

Klausi nahm schließlich die kahlköpfige Puppe unter den Arm und stieg über ihre weggeworfenen Kolleginnen. Seine Augen hatten sich mittlerweile an die Dunkelheit gewöhnt und so spähte er im Geschäft herum. Er suchte nach ein paar verlassenen Kleidungsstücken, aber alle Suche war vergeblich, selbst die Perücken aus Plastikhaaren waren weg. Das Geschäft war nach dem Ausverkauf von einem Händler leer geräumt worden. Er gab auf und stieß ein paar Mal beim Verlassen des Geschäftes mit seiner unhandlichen Fracht an Ecken und gegen Türrahmen, aber nach kurzer Zeit war er draußen. Sein Atem ging immer schwerer, er schnappte nach Luft wie ein Fisch auf dem Trockenen. Der Weg zu seinem Rad war nicht weit. Er legte die Puppe über die Querstange und machte sich auf den Heimweg. Er hatte Glück. Auf der kurzen Strecke bis zum Feldweg begegnete ihm kein Auto und kein Fußgänger, der hätte Verdacht schöpfen können.

Klaus zog seine Jacke aus, schützte die nackte Plastikfrau vor Kälte und seinen Blicken, setzte sie auf den Sattel und schob das Rad nach Hause. Der Gang durch die stille Nacht erschien ihm zwar endlos, aber er genoss die Stimmung. Es war das erste Mal, dass er mit einer Freundin einen Nachtspaziergang unternahm. Leise erklärte er ihr, wem die Felder rechts und links des Weges gehörten, was da angebaut wurde und tröstete sie, als er das Gefühl hatte, sie sei erschöpft und wünsche sich, so schnell wie möglich ins Bett zu kommen. Mit ihm ins Bett zu kommen.

Auf dem Hof waren die Fenster dunkel. Klaus lehnte das Rad an die Hauswand, hob seine glatzköpfige Gefährtin vorsichtig vom Rad und schlich sich leise in sein Zimmer. Dort legte er die Puppe aufs Bett und betrachtete sie eine Weile gerührt. Schließlich zog er ihr den alten Schlafanzug an und deckte sie mit seiner Decke zu. Als er sich zu ihr legte, erschien sie ihm so warm und weich wie die Haut von Lissy, die er ab und zu bei unabsichtlichen Berührungen zu spüren bekommen hatte.

Kapitel 13

Allmers öffnete als erstes das Fenster im Büro seines Bruders als er ihn mit Nina besuchte. Die Luft war stickig und abgestanden, Werner Allmers schien es nicht zu stören.

„Wie lange bist du schon hier?“ fragte er seine Nichte und machte dabei einen desinteressierten Eindruck.

„Vier Tage“, erwiderte Nina.

„Und, gefällt es dir?“

„Ja.“

„Benimmt sich dein Onkel auch gut?“

„Jetzt lass mal gut sein“, unterbrach Hans-Georg Allmers seinen Bruder. Er versuchte das unergiebige Gespräch zu beenden, das Nina sichtlich anödete. „Nina ist keine fünf mehr“.

„Vierzehn, oder?“

„Fünfzehn“, erwiderte Nina mit schmalen Lippen. Eigentlich hatte sie sich auf den Ausflug nach Stade gefreut, Hans-Georg hatte ihr versprochen, dass sie nach dem Besuch bei Werner in seinem Büro durch die Stadt bummeln würden und sie so viel Geschäft ansehen konnte, wie sie wollte. Dass Werner Allmers so plumpe Fragen stellen würde, hatte sie nicht erwartet, aber der Staatsanwalt schien auch kein Interesse an seiner Nichte zu haben. Er wandte sich an seinen Bruder und fragte:

„Hast du das mit der Leiche auf dem Autodach gehört?“

„Ich habe davon gelesen. Wisst ihr schon, wer es war?“

„Leider nein“, bedauerte Werner Allmers, „der Mann war so verbrannt, dass man noch nicht einmal mehr Fingerabdrücke nehmen konnte. Wir haben einen Gebissabdruck machen lassen und alle Vermisstenanzeigen aus der ganzen Republik angefordert: bisher Fehlanzeige."

Nina hörte interessiert zu. Endlich wurde das Gespräch interessant.

„Ich glaube", der Staatsanwalt wurde unruhig, „wir sind da einer ganz großen Sache auf der Spur. Das war kein normaler Mord, das war etwas anderes, Großes."

„Großes?", fragte Allmers erstaunt.

„Ja, ein ganz großes Ding. Das war vielleicht so etwas wie ein Ritualmord."

„Ritualmord? Im Kreis Stade?" Hans-Georg sah seinen Bruder ungläubig an. „Das glaubst du doch selbst nicht."

„Doch", Werner Allmers wurde immer aufgeregter, „Wenn ich es dir sage. Die Drapierung der Leiche auf dem Dach, dazu war sie nackt", er sah irritiert zu Nina, die ihm an den Lippen hing, „gefesselt an dem, was viele Männer zu ihrem Liebsten zählen: das Auto. Man hat schon von Ritualmorden gehört, bei denen tote Krähen auf der Leiche lagen oder Kreuze in die Brust geritzt wurden. Hier war der Rücken geradezu bratfertig zugerichtet."

„Vielleicht", mutmaßte Allmers, „ein Ritualmord der Fleischerzunft: Ich grille dich wie ein Ferkel, oder so ähnlich."

„Du nimmst mich nicht ernst", ärgerte sich der Staatsanwalt und sah zu Nina, die der Unterhaltung der Brüder mit offenem Mund folgte. „Endlich mal ein spektakulärer Fall, der auf meinem Schreibtisch landet, und er", dabei zeigte er auf seinen Bruder, „hat wie üblich nur Spott übrig. Das war ein Ritualmord, und ich werde ihn aufklären! Endlich mal ein spektakulärer Fall, nicht mehr so blöde Bauern, die sich gegenseitig den Schädel einschlagen, oder Nutten, denen nachts die Kehle durchgeschnitten wird. Das ist was richtig Großes. Das ist wie geschaffen für mich, da kann ich Verbindungen nachweisen zu Kreisen, von denen die meisten hier noch nicht einmal wissen, dass sie existieren."

Allmers nickte spöttisch: „Aber du kennst sie, diese Verbindungen?"

„Ich werde allen beweisen, dass sie mit kleingeistigem Denken hier nicht weiterkommen. Das ist ein Aufsehen erregender Fall."

„Wie alt war denn die Leiche?", fragte Allmers.

„Die Leiche? Zwei Tage natürlich." Werner Allmers lachte: „Du wärst der richtige Polizist. Wie alt war die Leiche, haha."

Nina war während des Gesprächs blass geworden, sah zu Allmers, der seine Lippen aufeinander presste und zeigte mit dem Kopf zur Tür. Allmers nickte unmerklich, er wollte seiner Nichte weitere Details des grausamen Mordes ersparen.

„Wir wollen dann auch gehen", sagte er unvermittelt. „Du hast sicher viel zu tun."

Werner Allmers lachte immer noch Tränen: „Ja, habe ich wirklich. So wie du!" Er lachte noch lauter: „So wie du!"

Hans-Georg stand auf und verließ mit Nina wortlos das Büro.

„Ungefähr dreißig war er", rief der Staatsanwalt vor Lachen brüllend, „bevor er eine Leiche ward!"

Allmers hörte seine durchdringende Stimme noch durch die geschlossene Tür.

Nachdem sie das Gerichtsgebäude verlassen hatten, sah Nina Allmers an und sagte: „Puh! Ist der immer so?"

Allmers nickte: „Er liebt es, andere Leute, und besonders mich, vor anderen lächerlich zu machen. Und wenn dann noch jemand weibliches dabei ist, läuft er zu Hochform auf. Manchmal lässt es mich kalt, manchmal würde ich ihm am liebsten den Hals umdrehen."

„Da drinnen hat es gestunken, das war ja kaum auszuhalten."

„Werner", sagte Allmers „ist immer wieder das Opfer seiner verheerenden Verdauung. Manchmal könnte ich mich zu Tode ärgern, wenn er bei mir war und ich danach zwei Stunden lüften muss."

Nina sah Allmers mitfühlend an: „Du solltest dich nicht so aufregen. In deinem Alter ist die Gefahr des Herzinfarktes groß. Außerdem hat man doch schon eine gewisse Altersmilde, oder?"

Allmers lachte. Nina hatte eine humorvolle Weltsicht, das gefiel ihm.

„Willst du ein Eis?", schlug er Nina vor. „Nach diesen grausamen Details?"

„Gerne. Aber es kam mir vor wie im Film, gar nicht real."

Nina steuerte das erste Eiscafé an, das sie sah. Allmers ging nur widerstrebend mit, in diesem Café hatte er Susanne Hansen, seine mordende Exfreundin, kennen gelernt, aber Nina war schneller. Sie setzte sich an einen der Tische, die vor dem Haus standen und begann sofort, die Eiskarte zu studieren. Allmers setzte sich mit dem Rücken zum Eingang dazu und bestellte Cappuccino und ein paar Kugeln Eis.

„Ist ein großer Eisbecher drin?", fragte Nina höflich, Allmers nickte. Langsam begann er seine Nichte zu mögen. Ihre souveräne Art, Werners dumme Fragen abzublocken, hatte ihm gut gefallen.

„Mein Gott“, sagte Nina plötzlich, „ist die aufgedonnert.“ Sie hatte eine Frau bemerkt, die ein paar Meter von ihr entfernt ein Schaufenster betrachtete. Sie stieß Allmers unter dem Tisch ans Bein und wies zu ihrer Entdeckung.

Allmers kannte die Frau und er war erstaunt, sie hier zu sehen, was ihn aber richtig verblüffte, war der Mann, der die Frau begleitete. Dieser trat neben sie an das Schaufenster und als er sich sicher fühlte, dass ihn niemand beobachtete, fasste er mit seiner Hand nach der der Frau und drückte sie fest. Sie schien mit dieser Geste der Nähe und Verliebtheit sehr einverstanden zu sein. Nach einer Weile lösten sie sich voneinander und gingen weiter, als ob sie sich nicht kennen würden.

„Hast du die aufgetakelte Schachtel gesehen?“, fragte Nina, als die beiden weg waren.

Allmers nickte: „Ich kenne die Frau. Und den Mann.“

„Und? Nette Leute?“, fragte sie spöttisch.

„Naja. Sie ist die Frau eines Nachbarn. Aber er war nicht der Nachbar.“

„Das sind vielleicht Leute!“, würde meine Oma sagen“, erwiderte Nina. „Weißt du wie das auf Schwäbisch heißt, wenn man sich von solchen Leuten abgrenzen will?“

Allmers schüttelte den Kopf: „Ich verstehe kein Wort, wenn ihr redet.“

„Meine Oma sagt dazu: Es geit sottene und sottene. Und mir san sottene. Verstanden?“

„Ich kann es mir denken: Es gibt Solche und Solche. Und wir sind Solche.“

Kapitel 14

Dass die Hochzeit von Horst und Lissy in einem Desaster enden würde, ahnte niemand, als das Brautpaar zu Beginn der Feier die Gäste empfing.

Es war üblich, den Hochzeitern anstelle großer Geschenke einen Umschlag in die Hand zu drücken, in dem neben den nichts sagenden Glückwunschkarten ein monetärer Beitrag zu der teuren Hochzeitsfeier steckte. Lissy nahm strahlend jeden Umschlag in Empfang und Allmers musste grinsen, als er bemerkte, wie sie in ruhigen Minuten verstohlen in die Umschläge sah. Sie unterschied sich hier auch nicht von den anderen Bräuten, dachte er, die machen es alle genauso. Horst kümmerte sich nicht um den Inhalt, er war mit dem Empfang der Gäste beschäftigt.

Lissys Familie war in Polen geblieben. Die Reise sei für die alten Leute zu teuer, meinte sie entschuldigend. Horst hatte mit den Schultern gezuckt. Mit seinen Schwiegereltern hätte er ohnehin kein Wort wechseln können.

Alex saß an ihrem Tisch, aber Lissys Cousin war Winkler egal. Alex bestellte Wodka und sah missmutig durch den Saal.

Horst war begeisterter Schlagzeuger, seit er zu seiner Konfirmation ein altes Schlagzeug geschenkt bekommen hatte. Normalerweise war er es, der auf den Bühnen der kleinen Gastwirtschaften hinter seinem Schlagzeug saß und mit zwei oder drei anderen Musikern „Rosamunde“ oder „Tirolerhut“ zum Besten gab. Er spielte auf allen Hochzeiten seiner Schulkameraden. Nur er und Allmers hatten nicht geheiratet. Er spielte gar nicht so schlecht, wie er fand. Natürlich war ihm klar, dass er nie weiter kommen würde als auf den Hochzeiten in den umliegenden Dörfern zu spielen, aber das genügte ihm. Dass er einmal auf seiner eigenen Hochzeit spielen würde, hatte er nicht in seinen kühnsten Träumen erwartet.

Es dauerte nicht lange und der Schlagzeuger, der heute für ihn eingesprungen war, forderte ihn auf, hinter dem Instrument Platz zu nehmen. Winkler fühlte sich geschmeichelt, zierte sich zuerst und ließ sich dann vom Sprechchor der Gäste, die ihn ebenso dazu aufforderten, erweichen.

Lissy saß neben ihrem schweigsamen Cousin und sah ihrem Mann gelangweilt zu. Die Band spielte ein paar einfache Stücke zum Warmwerden, Horst zog sein Jackett aus, drosch auf die Trommel und war glücklich.

Etwas irritiert bemerkte Horst Winkler, dass Alex mit der Tochter des Nachbarn, sie war 16 oder 17, zu tanzen begann. Lissy schien ihnen traurig hinterher zu sehen und Horst war sich unschlüssig, ob er nicht lieber wieder aufhören sollte. Er winkte seinen Bruder Klaus an die Bühne, rief ihm zu, er solle Manfred, den Schlagzeuger suchen, aber der reguläre Schlagzeuger war nicht aufzutreiben und Horst beschlich der Verdacht, dass seinem Vertreter sehr daran gelegen war, dass er spielte. So konnte der andere wohl in Ruhe an der Bar stehen und auf seine Kosten feiern, anstatt für sein Geld zu arbeiten.

Plötzlich schickte Alex das Mädchen von der Tanzfläche und winkte Lissy zu sich her. Lissy gehorchte sofort, so als ob sie nur auf sein Zeichen gewartet hätte.

Verwundert kam Horst aus dem Takt und erst die fragenden Blicke der anderen Musiker ließen ihn sich wieder auf die Musik konzentrieren. Dass Lissy gut tanzen konnte, hatten alle im Saal bemerkt, aber ihr Tanz mit

Alex sorgte bei fast allen Gästen für Aufregung. Die beiden schienen nicht zum ersten Mal gemeinsam zu tanzen. Alex führte seine Cousine schwungvoll über den Tanzboden, unterhielt sich mit breitem Lächeln mit ihr und schien wie ausgewechselt. Lissy genoss den hervorragenden Tänzer, der sie fast professionell begleitete und charmant mit ihr zu plaudern schien. Alex schien alle Standardtänze zu beherrschen, egal ob Cha-Cha-Cha, Rumba oder Walzer gespielt wurde.

Irgendwann waren die beiden verschwunden, Horst suchte angestrengt unter den Paaren auf der vollen Tanzfläche, fand sie aber nicht. Als die Musiker eine Pause einlegen wollten, stand Horst Winkler erleichtert auf. Den Beifall für seine Darbietung überhörte er, ein heftiges Gefühl begann in ihm zu rumoren. Alex' Umgang mit Lissy ließ ihn plötzlich rasend eifersüchtig werden. Er stürmte durch den Saal, sah in die Bar, suchte Lissy in den angrenzenden Restauranträumen, riss selbst die Küchentür auf. Erstaunte Köche und Bedienungen sahen ihn an. Lissy war nirgends zu finden. Aufgeregt ging er zurück in den Saal.

Klaus erwartete ihn schon, mit hochrotem Kopf stellte er sich seinem Bruder in den Weg. Er begann aufgeregt zu stammeln, aber Winkler stieß ihn zur Seite. Er hatte Lissy entdeckt, sie saß an ihrem Platz. Alex stand neben ihr, sah zu Horst und sagte ein paar leise Worte zu seiner Cousine. An der Hand hielt er Ines, die Nachbarstochter von Horst, die ihn verliebt anhimmelte.

„Wo warst du?", fragte Horst, aber schon beim Stellen der Frage war sein Misstrauen verschwunden. Er biss sich auf die Lippen, die Frage tat ihm leid.

„Auf Klo", sagte Lissy leichthin und Horst bemerkte erleichtert und mit schlechtem Gewissen, dass sie nichts von seiner Eifersucht mitbekommen hatte. Er schämte sich.

Alex leitete das Fiasko, in dem der Abend endete, damit ein, dass er kurz nach Mitternacht verschwand. Eine Stunde später tauchte er mit fünf Freunden wieder auf. Lissy schien sie alle zu kennen, es gab ein stürmisches Hallo. Sie besetzten zwei Tische und drängten die anderen Gäste unfreundlich zur Seite. Zuerst verabschiedeten sich die Nachbarn, sie ahnten, dass der Abend unerfreulich enden würde und verließen die Feier. Eine halbe Stunde später waren alle Männer der Feuerwehr mit ihren Frauen verschwunden, Horst war mit Lissys Freunden und Klaus alleine. Nur die Musiker blieben noch, sie bangten um ihren Lohn, wenn sie vorzeitig verschwanden. Allmers war kurz vor ein Uhr gegangen.

Sie begannen, die Reste des Mitternachtsbuffets aufzuessen und die Getränke bis auf die letzte Flasche zu leeren. Streit gab es, als sich ein russisch sprechender Freund von Alex auf die Bühne schwang und begann, auf dem Schlagzeug herumzutrommeln. Die Musiker, die gerade eine Pause gemacht hatten, eilten in den Saal und konnten gerade noch verhindern, dass die Bassgitarre als Schlagstock missbraucht wurde. Alex zog seinen Freund von der Bühne, der kurz davor war, den Musiker, der sein Instrument retten wollte, zu verprügeln. Gegen den durchtrainierten Mann hätte der schmächtige Gitarrist keine Chance gehabt.

Als die sechs begannen, sich erst Brausepulver und dann Wodka in den Mund zu schütten, eskalierte die Situation. Der Wirt verbat sich das laute Rülpsen und musste seinen Mut teuer bezahlen. Er wurde von Alex aus dem Saal gedrängt, wüst beschimpft und dann neben der Küche mit einem Schlag in den Magen außer Gefecht gesetzt. Alex beugte sich zu dem auf dem Boden liegenden Mann hinunter und zischte ihm ins Ohr, er solle sich unterstehen, die Bullen zu holen. Das würde ihm schlecht bekommen, er hätte ein gutes Gedächtnis.

Als es hell wurde, gab es keinen Wodka mehr. Lissy lag betrunken in den Armen ihres Cousins, der eine halbleere Cognacflasche schwenkte.

„Komm her, Horst", lallte er, „das ist ein schönes Fest."

Er holte aus und warf die Flasche durch den Saal. Sie zerbarst an der Wand, Cognacschlieren färbten die weiße Tapete braun.

„Komm, Lissy", flehte Horst seine Frau an, „wir müssen nach Hause."

Eine Woche später schickte der Wirt die Rechnung. Horst hatte etwas über 100 Gäste bei der Hochzeit empfangen, die zusammen über 8000 Euro in die Briefumschläge gelegt hatten. Der Schaden, den die Freunde von Alex angerichtet hatten war drei Mal so hoch.

Horst wagte sich erst ein paar Wochen später zu dem Wirt und konnte ihn nur unter Mühen dazu bringen, ihm eine Ratenzahlung zu erlauben. Drei Jahre würde es dauern, hatte Horst ausgerechnet, den Schaden abzustottern.

Alex um einen Obolus zu bitten, wagte Horst nicht. Nur ein paar Tage nach der Hochzeit war er wieder aufgetaucht, hatte das Drama der Feier mit keinem Wort erwähnt und war schließlich eingezogen.

Kapitel 15

Am Abend nahm Allmers Nina mit zur Milchkontrolle. Sie fuhren mit dem Fahrrad, der Köhlersche Hof war nicht weit entfernt. Hella, die längst wusste, dass Allmers Besuch von seiner Nichte hatte, und Friedel Köhler hatten selbst Enkel in ihrem Alter und so dachte Allmers, dass sie gut mit dem Mädchen umgehen könnten. Hella würde sie mit ihren Kuchenköstlichkeiten voll stopfen, hoffte er, während er mit Friedel in Ruhe die Milchkontrolle hinter sich bringen konnte.

„Ich habe Nussecken gemacht", sagte Hella wie erwartet zur Begrüßung und musterte Nina von oben bis unten. „Kommt erst mal in die Küche. Friedel holt die Kühe. Er muss bald da sein."

Nina konnte sich ein Grinsen nicht verkneifen. Allmers hatte ihr während der Fahrt eine kurze Einführung in die Eigenheiten der Beiden gegeben und dazu gehörte auch, dass Friedel es noch nie geschafft hatte, vor dem – pünktlichen – Erscheinen des Milchkontrolleurs die Kühe im Stall zu haben.

Hella holte zwei Kaffeetassen aus dem Schrank, legte die Nussecken auf drei Teller und stellte sie auf den Tisch.

„Willst Du Saft oder Milch?", fragte Hella an Nina gewandt und begann sich am Kühlschrank zu schaffen zu machen. Nina sah Allmers fragend an.

„Ich hätte gern einen Kaffee", sagte Nina ohne Regung in der Stimme. Sie hasste es, als Kind behandelt zu werden.

„Du bist ja schon eine richtige junge Dame", bemerkte Hella spitz und Nina ahnte, dass dieser Nachmittag unerfreulich werden würde. Sie nickte stumm und biss in eine Nussecke. Ihre schlechte Laune war sofort verflogen.

„Die schmeckt ja unglaublich!“, platzte sie heraus und hatte damit Hellas Herz gewonnen.

„Friedel kommt“, sagte Hella Köhler nach einer Weile, in der sie Nina zufrieden zusah, wie die eine Nussecke nach der anderen verspeiste.

Allmers liebte die beiden Alten, die Milchkontrolle bei ihnen war der monatliche Höhepunkt seines beruflichen Schaffens. Nirgendwo fühlte er sich so zu Hause und geborgen wie bei Hella am Küchentisch mit einer Tasse Kaffee und einem großen Stück Käsekuchen, den Erzählungen der Bäuerin lauschend. Ihre Gabe, über alles und jeden im Dorf Bescheid zu wissen, verwandtschaftliche Beziehungen zu kennen, über die manchmal die Betroffenen nicht Bescheid wussten und überraschende Schlüsse zu ziehen, war legendär und unschlagbar.

Nur manchmal ärgerte er sich ein wenig über Hella. Es kam selten vor, dass der Kuchen nicht schmeckte, aber wenn sie über irgendetwas verstimmt war, konnte es vorkommen, dass sie sich an den Küchentisch stellte und ihre Wut und Rachsucht in den Teig knetete. So wurde Allmers manchmal wortlos ein Stück staubiger Sandkuchen oder klebriger Marmorkuchen auf den Teller geworfen, lauwarmer Kaffee eingeschenkt und, als Höhepunkt, keine Milch auf den Tisch gestellt. Allmers trug diese seltenen Ausbrüche mit Fassung. Er wusste, er durfte keine Miene verziehen, denn wenn Hella meinte, Allmers hätte genug an dem gelitten, woran er keinerlei Schuld hatte – es konnte sich dabei um einen Streit zwischen Hella und Renate Poppe um ausgerissene Karnickel handeln, die bei Köhlers den Gartenkohl abgefressen oder um Kinder von Nachbarn, die Hella die ersten

Kirschen vom Baum geklaut hatten – stand sie plötzlich seufzend auf, murmelte: „Ist ja auch egal" und öffnete die Tür eines Hängeschrankes. Im zweiten Teil des Nachmittags wurden dann Höhepunkte ihres konditoralen Schaffens präsentiert, die die beiden, Friedel musste ja Kühe holen, mit stillem Genuss verzehrten.

„Du siehst aus wie deine Mutter!", bemerkte Hella plötzlich und Allmers sah mit Schrecken, wie Ninas Gesicht versteinerte. „Wie deine Mutter. Ich sehe sie noch vor mir, als Dreizehnjährige, wenn sie mit Anita aus dem Konfirmationsunterricht kam. Sie sah aus wie du. Genauso."

„Ich bin fünfzehn." Nina brachte es nur mit zusammengepressten Zähnen heraus.

Allmers tat sie leid. Insgeheim bereute er es, sie mitgebracht zu haben.

Aber Hella war nicht zu bremsen. Allmers hatte ihre Direktheit bisher nicht gestört, aber heute war es ihm unangenehm.

„Und groß bist du geworden", fuhr Hella ungerührt fort. „Und schon eine richtige junge Dame."

Nina holte tief Luft, aber sagte nichts. Allmers sah sie eindringlich an und sie verstand, dass es jetzt besser war, zu schweigen.

„Und? Hast du schon einen kleinen Freund?"

Dass Friedel den Kopf zur Tür hereinstreckte, erschien Allmers wie eine Erlösung. Weitere unpassende Fragen von Hella schienen unausweichlich und so beschloss er, Nina aus Hellas Küche zu befreien.

„Kommst du mit?"

Nina sprang auf und heuchelte Begeisterung. Überzeugend, wie Allmers fand: „Darauf habe ich mich schon den ganzen Nachmittag gefreut", log sie und Allmers hatte schon das zweite Mal das Gefühl, dass er sich mit ihr gut verstehen könnte. Immerhin konnte sie genauso gut und überzeugend lügen wie er.

„Ich komme auch gleich", rief Hella hinter ihnen her und Nina sah ihren Onkel wortlos an. Allmers grinste.

Die Arbeit im Stall während der Milchkontrollen wurde bei Köhlers immer durch frischen Kaffee erleichtert. Normalerweise lief Friedel im Laufschritt durch den Stall, riss seinen Kühen die Melkzeuge vom Euter und hechtete zu Allmers, der am Ende des Futtertisches sein kleines, aus dünnen Rundeisen selbstgebautes Schreibpult aufgebaut hatte. Friedel molk nicht viele Kühe, sein Betrieb hatte das Schicksal der meisten kleineren Bauernhöfe ereilt: es gab keinen Nachfolger. Köhlers Kindern war der Hof zu klein, es gab keine Entwicklungsmöglichkeit und so ließen Hella und Friedel, wie viele Nachbarn, ihren Betrieb langsam auslaufen. Sie hatten noch zwei Jahre bis zur Rente und in den beiden letzten Jahren wollten sie nichts Neues mehr in Angriff nehmen. Allmers bedauerte sich schon jetzt manchmal selbst, wenn er daran dachte, dass diese kleinen Schmuckstücke seines Milchkontrollbezirkes einfach aussterben würden und er nur noch in riesigen Melkständen gegen den Krach der großen Pulsatoren anarbeiten sollte.

„Der Tierarzt kommt noch", meinte Friedel, „ich muss mich ein bisschen beeilen."

„Dann wird's ja heute mal schnell gehen", spottete Allmers, aber Friedel war schon hinter der ersten Kuh verschwunden und hörte ihn nicht.

Nina sah Allmers wortlos bei der Arbeit zu und langweilte sich offensichtlich.

„Die haben schöne Katzen", meinte Allmers und hoffte, Nina würde sich angesprochen fühlen.

„Ah ja“, erwiderte sie und gähnte.

„Mareike“, Friedel kam mit dem Proberöhrchen und dem Namen der ersten gemolkenen Kuh an das Pult.

Allmers trug die gemessene Milchmenge des Tieres in seiner Liste ein und entnahm dem Röhrchen ein paar Kubikzentimeter Milch, die später im Labor untersucht werden sollten.

„Verstanden?“, fragte er seine Nichte, in der Hoffnung, bei ihr etwas Leidenschaft für seinen Beruf entfachen zu können.

„Glaub schon“, erwiderte sie tonlos und sah in die Ferne.

„Der Tierarzt ist da“, rief Hella aus der Küche. In den alten Bauernhäusern führte oft eine Tür aus der Küche, in der sich das familiäre Leben abspielte, direkt in den Stall, so als ob die Tiere besser gedeihen würden, wenn sie teilhaben konnten an den Gesprächen, Auseinandersetzungen oder Streitereien, die aus der Küche fast ungefiltert hinaus drangen.

Dr. Richter kam wie immer in den Stall. Den rechten Arm bedeckte schon ein langer Untersuchungshandschuh, der bis zur Schulter reichte, er streckte ihn weit von sich und schnaubte: „Wo ist sie?“ Er meinte das Tier, das er entweder besamen oder behandeln musste. Immer hatte er es eilig und selten nahm er sich die Zeit, das Rind erst einmal in Ruhe zu begutachten oder zu untersuchen, bevor er seine Diagnose fällte.

Spötter unterstellten ihm, dass seine Assistentin die Diagnose schon bei den Anrufen der Bauern in der Praxis stellte, sie säuberlich in eine Liste eintrug und er damit losfuhr. Immer wusste er schon im Voraus, woran das Tier erkrankt war, auch wenn der Bauer nur unsicher vage Symptome am Telefon beschrieben hatte.

„Wer soll's sein?“ fragte er. Köhler hatte ihn einer Besamung wegen bestellt.

„Amadeus“, erwiderte Friedel.

Nina sah Allmers fragend an. Sie hatte den Sinn der formelhaften Unterhaltung nicht verstanden.

„Der Bulle, mit dem die Kuh besamt wird, heißt so“, erklärte Allmers. Nina nickte.

Dr. Richter entnahm dem Gefrierfach, das in seinem Auto eingebaut war, eine Spermaportion, zog sie auf die Küvette auf und ging in den Stall. Sein Blick fiel auf Nina. Was jetzt kam, überraschte nicht nur Allmers.

„Ah“, sagte der Tierarzt gedehnt, „deine Assistentin?“

„Meine Nichte.“

„Komm mal her, ich erklär dir das.“

Nina ging zögernd zu dem Tierarzt. Trotz ihrer Gummistiefel wollte sie so wenig wie möglich mit Kuhmist in Berührung kommen.

Der Tierarzt begann, die Feinheiten der künstlichen Besamung zu erklären und schien es zu genießen, die Details der Spermaentnahme dem jungen Mädchen erklären zu können

„Der Samen“, begann der Tierarzt und rückte seine randlose Brille auf der Nase gerade, „wird mit Hilfe einer künstlichen Scheide gewonnen. Dabei lässt man den Bullen auf ein Holzgestell springen. Darunter sitzt ein Helfer und hält den Behälter, in den der Bulle ejakuliert.“

Nina verzog keine Miene.

Dr. Richter kam in Fahrt und fuchtelte mit seiner Küvette vor dem Hinterteil der Kuh herum:

„Das Sperma wird geprüft, verdünnt, portionsweise in kleine Küvetten gefüllt und bis zum Gebrauch tiefgefroren. Man muss die Portion auftauen. Manche Kollegen stecken sich die Küvette in den Stiefel oder unter die

Jacke. Andere nehmen die Portion in den Mund. Hauptsache warm." Er lachte. Nina schwieg.

Der Tierarzt schob mit der einen Hand den Schwanz der Kuh zur Seite, Friedel Köhler kam zu Hilfe und hielt den Schwanz fest. Mit seinen behandschuhten Fingern öffnete Dr. Richter die Scheide der Kuh und führte die Küvette ein.

Nina beobachtete interessiert das weitere Vorgehen des Arztes, der seinen anderen Arm fast bis zum Ende des Handschuhs in den After der Kuh zwängte.

„Durch die Darmwand kann ich den Muttermund erfühlen. Jetzt öffne ich den Muttermund", erklärte er beflissen. „Wenn die Brunst fast vorbei ist, schließt er sich schnell und die Küvette kommt nicht mehr so ohne weiteres hinein."

Er hörte auf zu reden, schloss die Augen und konzentrierte sich auf seine Aufgabe. Oberflächlich betrachtet schien es, als würde er die Besamung genießen.

„Ein oft eingesetzter Bulle kann es auf zwanzigtausend Nachkommen pro Jahr bringen. Im Natursprung nur auf ein paar hundert."

Er zog seinen Arm aus dem After und die Küvette aus der Scheide. Ein prüfender Blick auf die Spitze des Instrumentes zeigte ihm, dass sich in der Gebärmutter des Tieres kein Eiter befand. Zufrieden nickte er und wandte sich zum Gehen.

An der Stalltür drehte er sich noch einmal um:

„Du wunderst dich vielleicht, dass ich den Muttermund geöffnet habe?", fragte er.

Nina tat interessiert: „Mhm …"

„Die Kühe sind eigentlich keine Gebärmutterbesamer, so wie die Hunde zum Beispiel. Dafür ist das erigierte Glied des Bullen zu kurz."

Der Tierarzt ließ eine Pause folgen, wohl um zu testen, wie seine Worte auf das junge Mädchen wirkten, die ihm alleine mit den beiden anderen Männern zuhören musste.

Allmers wurde unruhig: „Wollen wir weitermachen?", fragte er zu Friedel Köhler gewandt, der staunend neben dem Tierarzt stand. So viel Zeit hatte sich der Mann noch nie in seinem Stall genommen, um eine Kuh zu besamen.

„Kühe sind Scheidenbesamer!" Dr. Richter sprach das Wort langsam und bedächtig aus. Er wollte Wirkung erzielen, das war Allmers klar, er wollte Allmers Nichte so in Verlegenheit bringen, dass sie zumindest rot bis an die Ohren werden sollte.

Nina blieb gelassen.

Der Tierarzt setzte nach: „So wie wir Menschen. Wir sind auch Scheidenbesamer."

Nina drehte sich um und fragte Allmers: „Kann man in der Elbe eigentlich baden?"

Kapitel 16

Horst kannte Peter Gerlach schon aus der Schule, sie waren sich aber meistens aus dem Weg gegangen. Gerlach war ein paar Jahre älter und er beherrschte den Schulhof nach Belieben. Er ärgerte die jüngeren Schüler, wo er konnte. Er liebte es, rennenden Fünft- oder Sechstklässlern das Bein zu stellen, sie von hinten an den Haaren zu ziehen oder sie, betont gelangweilt, so anzustoßen, dass sie unweigerlich in den Dreck fielen.

Horst wusste, dass Gerlach keinen Tag länger als die ausgemachten vier Wochen warten würde, um sein Geld abzuholen. Alex' Anwesenheit war nicht immer leicht zu ertragen gewesen, trotzdem war er immer noch mit seiner Investition zufrieden. Manchmal, wenn er Lissy von weitem sah und er etwas klarer denken konnte, als dann, wenn sie vor ihm stand und er ihren Körper bewunderte, dachte er, dass sie wirklich ihr Geld wert sei.

Peter Gerlachs Vater hatte nach dem Krieg als junger Knecht auf dem Hof eines reichen Marschbauern Unterschlupf gefunden. Niemand wusste wo er her kam, irgendwo aus Ostpreußen wurde gemunkelt, und dass er seine Eltern auf der Flucht verloren haben sollte. Er selbst erzählte nicht viel, ab und zu ließ er ein paar Bemerkungen fallen über den großen Hof im Osten, der seit vielen Generationen im Besitz der Familie gewesen sein soll. Im Laufe der Jahre wurde der Hof in den Erzählungen immer größer, die Eltern immer reicher und die Flucht immer abenteuerlicher.

Das Ehepaar, das ihn als Knecht auf ihrem Hof anstellte, hatte ihr einziges Kind, einen Sohn, der schon die

Ausbildung zum Landwirt hinter sich hatte, im Krieg verloren. Franz Böhm, Peter Gerlachs Vater, wusste das auszunutzen und hatte nach ein paar Jahren die beiden Alten so von sich überzeugt, dass sie ihn als Ersatz für den gefallenen Nachfolger ansahen. Sie adoptierten ihn. Der Hof, den er einmal erben sollte, war einer der prächtigsten der ganzen Gegend, voll mit Möbeln aus mehreren Jahrhunderten, Schränken voll handgewebtem Leinen, wertvollem Geschirr und kostbarem Tafelsilber. Die Ställe waren großzügig und hell, die Ochsen fett und die Milchkühe immer an der Spitze des Zuchtfortschritts. Die Ländereien lagen in der Nähe der Elbe, hatten Böden, deren Qualität kaum zu übertreffen war: junge, fruchtbare Marschböden, die hohe Erträge garantierten.

Franz Böhm hieß nach der Adoption Gerlach und nutzte seine Adoptiveltern aus, wo er nur konnte. Antiquitätenhändler räumten nach und nach das halbe Haus leer, wobei Franz Gerlach so geschickt vorging, dass die Alten nichts davon mitbekamen.

Bewunderung über diese Dreistigkeit erhielt er von seinen Freunden, die von dem heimlich eingenommenen Geld profitierten. Franz war bekannt für seine großspurig angekündigten Saalrunden, die er regelmäßig spendierte, wenn er in den Kneipen des Dorfes auftauchte.

Im Herbst, an dessen Ende die Alten starben, lieferte er seine Meisterleistung ab. Zumindest sahen das einige seiner Kneipenbekanntschaften so: Er begann abends mit großem Aufwand den Trecker mit dem Pflug herzurichten, berichtete lautstark seinen Adoptiveltern davon und fuhr nach dem Abendessen los, das Feld, das direkt hinter dem Hof fast bis zum Deich reichte, zu pflügen. Er wusste, dass die beiden Alten abends gerne noch einen Blick auf die Felder warfen, bevor sie zu Bett gingen. Als er bemerkte, dass das Licht auf dem Hof erloschen und seine Adoptiveltern zu Bett gegangen waren, stellte er den Trecker am entgegen gesetzten Ende des Feldes ab, ließ das Licht brennen und ging zu Fuß in die nächste Kneipe, wo er unter großem Hallo erzählte, dass die beiden Alten so begeistert von seinem Fleiß wären. Immer wenn sie nachts aufwachen und aus dem Fenster sehen würden, steche ihnen das Licht des Treckers ins Auge und sie meinten, er würde die ganze Nacht fleißig mit dem Pflug seine Runden drehen.

Als Peter Gerlach den Hof von seinem Vater übernahm, waren von den ursprünglichen 75 Hektar noch 30 übrig geblieben. Die wertvollen Möbel waren verkauft, die Schränke leer und die Tiere im Stall mager und klapprig. Nach sechs Jahren eigener Wirtschaft hatte Peter das von seinem Vater begonnene Werk vollendet. Er hatte rund um den Hof so viel wertvolles Land verkaufen müssen, dass die Kühe im Sommer zu den Melkzeiten nicht mehr in den Stall gehen konnten. Sein weniges Land war abgeschnitten vom Hofplatz. Gerlach musste einen Melkschuppen bauen und auf der Moorwiese melken. Nach zwei weiteren Jahren gab er auf. Er begann sich an alte Familienbande zu erinnern und zog einen Handel mit Lumpen auf, die er nach Polen und Weißrussland verhökerte. Schnell sah er, dass die geschäftlichen Aktivitäten nicht nur in eine Richtung gehen mussten. Bei der Rückfahrt nahm er immer das mit, was am besten in der Gegend an den Mann zu bringen war: Schwarzarbeiter und Frauen.

Viele Dorfbewohner, die als Angestellte jeden Arbeitskampf mitmachten und bereit waren, für gerechte Einkommen und vernünftige Arbeitsbedingungen auf die

Straße zu gehen oder in den Streik zu treten, nahmen gerne die Angebote an Arbeitskräften von Peter Gerlach in Anspruch, wenn ein Dachgeschoss ausgebaut werden sollte oder ein Bad neu gekachelt. Peter verlieh die Schwarzarbeiter, die meist aus Polen oder Weißrussland kamen für 10 Euro in der Stunde, ausbezahlt bekamen die Männer, die in einer Scheune auf seinem Hof hausten und vorher ihre Pässe bei ihm abliefern mussten, nach Abzug der Miete für die verwanzten Betten, drei. Dreimal im Jahr fuhr Gerlach nach Polen und organisierte die Einreise seiner Arbeiter. Meist nahm er seinen kleinen Bus und wenn er von seiner Reise an die polnische Ostgrenze zurückkam, begleiteten ihn mehrere Frauen, für die er schon lange vorher dankbare Abnehmer gefunden hatte. Nicht alle erfüllten die hochgesteckten Erwartungen einsamer Auftraggeber und konnten bleiben. Für die ließ Gerlach dann gerne seine Kontakte in andere Kreise spielen. Für einige Kunden waren auch andere Arrangements möglich.

Horst Winkler ahnte, was auf ihn zukommen würde, als er sah, dass Peter Gerlach sein Auto vor dem Stall abstellte. Lissy schien ihm jetzt die einzige Rettung, aber seine Frau war nirgends zu sehen. Sie schien sich mit Gerlach gut zu verstehen und vielleicht könnte sie noch eine kleine Fristverlängerung herausbetteln, hoffte er. Horst Winklers Konto war leer, er hatte alles, was er an Bargeld besessen hatte, abheben müssen, um den Wirt davon abzuhalten, ihm den Gerichtsvollzieher auf den Hof zu schicken. Das kleine Guthaben auf dem Sparbuch, ein Erbe von seiner Mutter, wollte er auf keinen Fall anrühren. Das sollte der Not-Notgroschen bleiben und außer ihm wusste nur Lissy von seiner Existenz.

„Moin“, sagte Winkler leise, als Gerlach in den Stall trat. Klausi Winkler ließ die Heugabel sinken und starrte auf die beiden Kontrahenten. Gerlach hatte einen Anzug an, dessen Stoff ein bisschen zu edel war. Die dicke grüne Krawatte passte nicht zur Farbe seines protzigen Rings, den er am kleinen linken Finger trug.

„Moin“, erwiderte Gerlach.

„Ist Lissy nicht da?“, fragte er und Horst schüttelte mit dem Kopf.

„Was willst du?“ Horst wusste genau, was Peter Gerlach wollte. Er versuchte, mit einem forschen Ton ein wenig Oberwasser zu gewinnen.

„Du weißt genau, was ich will“, erwiderte Gerlach leichthin und niemand hätte ihm so etwas wie einen drohenden Unterton unterstellen können.

Horst schwieg.

„Ich will mein Geld.“ Jetzt wurde Gerlachs Tonlage aggressiver.

„Du hast ja gesehen, was passiert ist“, erwiderte Horst, „mein ganzes Geld ist bei Reinecke.“

„Das interessiert mich nicht“, sagte Gerlach, „ich bekomme von dir dreitausend. Unsere Abmachung ist klar. Wenn du nicht zahlst, wird es eng für dich.“

„Und wenn schon“, erwiderte Horst Winkler und wunderte sich über seinen Mut. „Lissy kannst du mir nicht mehr wegnehmen, wir sind verheiratet.“

Gerlach schüttelte den Kopf: „Ich meine es ernst, Horst. Das ist kein Spiel. Wenn ich sage, dass es eng für dich wird, dann meine ich das auch so. Ich nehme dir den Laden hier auseinander. Ich hole mir mein Geld, das garantiere ich dir. Noch einmal: Wann zahlst du?“

„Ich zahle auch Zinsen“, erwiderte Horst eingeschüchtert. Er zweifelte nicht, dass Peter Gerlach es ernst meinte.

„Ich brauche mindestens ein Jahr."

Gerlach schüttelte ungläubig den Kopf. „Du spinnst. Ich gebe dir noch einem Monat. Wenn das Geld dann nicht da ist, gibt es richtig Ärger. Dann komme ich nicht alleine."

Gerlach drehte sich um und ging zu seinem Auto. Er drehte noch einmal die Scheibe herunter, bevor er losfuhr.

„Ich meine es ernst."

Winkler glaubte ihm.

Kapitel 17

„Kuchen?“

Allmers nickte: „Zwei, wenn du hast.“

Hella brühte den Kaffee auf, legte Allmers zwei Tortenstücke auf den Teller und setzte sich ihm gegenüber an den Küchentisch.

„Wann fangen wir an?“, fragte sie. Allmers musste einen Moment überlegen, dann fiel es ihm wieder ein.

„Unser Backbuch?“

Hella Köhler nickte: „Ich will, dass wir bald anfangen, schließlich will ich es auch noch einmal in den Händen halten.“

„Du redest, als ob du morgen in die Kiste steigen wolltest“, sagte Allmers, „heute Abend?“

Hella nickte: „Am besten, du kommst nach dem Melken. Ich habe Papier und Bleistift. Ich diktiere und du schreibst.“

Allmers nickte: „Ich bringe mein Laptop mit.“

„Was ist mit Horst?“, fragte Hella Köhler nach einer kleinen Pause, in der Allmers überlegte, ob sie darüber gegrübelt haben könnte, was ein Laptop sei.

Allmers zuckte mit den Schultern: „Was soll mit Horst sein?“

„Er hat abgesagt. Dabei haben wir alles vorbereitet.“

„Vielleicht ist er krank“, warf Allmers zaghaft ein und nahm sich ein zweites Stück: „Das ist aber Käsesahne, oder? Kein Käsekuchen! Wenn wir die Rezepte aufschreiben, dürfen wir so etwas nicht verwechseln.“

Hella nickte und trank ihre Tasse leer: „Immer nur Käsekuchen backen ist langweilig. Das Rezept habe ich von meiner Nichte. Ich glaube nicht, dass er krank ist. Da stimmt was nicht."

Allmers schüttelte den Kopf: „Du hast zu viel Phantasie", meinte er mit vollem Mund. „Dann schlachtet er eben nächste Woche."

Schon zu Lebzeiten seines Vaters hatte Horst Winkler sich nebenher zum Hausschlachter ausbilden lassen und ihm diese Arbeit abgenommen. Seitdem war er im Herbst regelmäßig auf den Höfen als Schlachter unterwegs. Mittlerweile brachten die Bauern aber meistens das Vieh zu den kleinen Schlachtereien in der Umgebung, zu mühsam waren die bürokratischen Hindernisse, die nach und nach dazu führten, dass den Bauern die Lust verging am Schlachten auf den Höfen. Die meisten hatten außerdem die Schweine abgeschafft und sich nur noch auf die Rinderhaltung spezialisiert. So wurde der Ruf nach dem Hausschlachter immer seltener.

Friedel und Hella Köhler hielten nichts von den neumodischen Errungenschaften. Ihnen schmeckte die Wurst nur, wenn sie sie in der eigenen Küche machten und alle Beteiligten zum Schluss des kleinen Schlachtfestes zur dampfenden Wurstsuppe einladen konnten. Sie schlachteten jedes Jahr ein Schwein und ein Rind, waren den ganzen Tag mit dem Wurstmachen beschäftigt, nur den Schinken gaben sie zum Pökeln und Räuchern einem befreundeten Schlachter. Am Ende verteilten sie das Fleisch an die Kinder und behielten einen Jahresvorrat für sich.

„Trotzdem!", beharrte Hella Köhler, „ich habe ein komisches Gefühl." Sie schnitt sich ein weiteres Stück Käsesahne ab.

Allmers horchte auf. Hellas Intuitionen hatten immer

eine tatsächliche Ursache. Woher sie die meisten Sachen wusste, war Allmers klar.

„Hat Friedel was erzählt?“, fragte er und wunderte sich selbst über die selbstverständliche Scheinheiligkeit, mit der er diese Frage stellte.

„Nein.“ Hella ließ sich nichts anmerken. Allmers war erleichtert. Und als sie weiterredete, wusste er, dass sie sich hatte überrumpeln lassen: „Die Fenster bei Horst haben seit neuestem alle Vorhänge.“

„Wenn man frisch verheiratet ist, ist es wahrscheinlich ganz gut, Vorhänge zu haben“, Allmers beeilte sich, von dem Thema weg zu kommen. „Hast du noch die Nussecken von gestern?“

Hella stand auf, öffnete den Wandschrank und zu Allmers Freude zauberte sie noch ein paar Stückchen hervor.

Heute war Allmers bei Köhlers Nachbarn zur Milchkontrolle angemeldet und war wie üblich bei Hella Köhler zu Kaffee und Kuchen eingekehrt.

„Außerdem hat *sie* abgesagt, die Russin“, spann Hella den Faden weiter. „Normalerweise geht sie nie ans Telefon, aber diesmal hat sie extra hier angerufen.“

„Ich glaube, sie kommt aus Polen. Das hört man bei jedem Satz.“

„Ich kann nicht unterscheiden, ob jemand aus Polen oder Russland kommt. Ist ja auch egal. Und außerdem haben sie Ines weggeschickt.“

„Na und? Die war sowieso noch viel zu jung für diesen Gewichtheber“, meinte Allmers.

Hella nickte. „Ewald ist ganz froh darüber. Ines war so wild auf den Kerl, dass sie nachts aus dem Fenster geklettert war, obwohl Renners ihr den Umgang verboten hatten. Irgendwann haben sie resigniert. Dann ist sie auch gleich nach der Schule hin.“

Allmers stand auf und sah aus dem Fenster.

„Ich glaube, Brokelmann hat die Kühe immer noch nicht geholt", sagte er. Hella schenkte Kaffee nach.

„Ines glaubt nicht, dass Alex einfach ausgezogen ist", Hella konnte nicht von dem Thema lassen. „Sie haben ihr gesagt, er wäre ausgezogen und sie sollen schön von ihm grüßen."

„Hast du Ines gesprochen oder woher weißt du das alles?", Allmers wunderte sich immer wieder über Hella Köhlers umfangreiches Wissen, dass sie zu einer nicht zu überbietenden Quelle für Gerüchte, Halbwahrheiten und Tatsachen über das Leben der Dorfbewohner machte.

Hella nickte: „Inge und Ewald haben bald Silberhochzeit und da bin ich einfach mal hingegangen um ein bisschen über die Vorbereitungen zu sprechen."
"Und dabei hast du Ines getroffen?"

„Ines wusste, dass Alex auch etwas mit Lissy hatte". Hellas Stolz über die Brisanz dieser Nachricht war ihr anzusehen.

„Mit Lissy? Weiß Horst davon?", fragte Allmers verwundert. „Hat Ines das nicht gestört?"

Er legte sich vorsichtig einen Klecks Schlagsahne auf seine Kirschtorte, die mittlerweile auf seinem Teller lag. Die Kirschzeit war fast zu Ende. Erst dann, Mitte bis Ende Juli, gab es die „Bittere Blanke", eine fast vergessene Sorte, die als Marmelade oder Kuchenbelag unschlagbar war, wie Hella und Allmers gemeinsam fanden. „Hast du noch Kaffee?"

„Das Wasser kocht bald", erklärte Hella. „Ob Horst das weiß, kann ich nicht sagen, aber Ines war wohl so vernarrt in ihn, dass sie ihm das nachgesehen hat. Sie war halt sein Vögelmädchen."

Allmers lachte: „Was ist denn das für ein Ausdruck?"

„Wenn die Mädchen 12 oder 13 sind, werden viele Pferdemädchen. Sie pflegen oft kostenlos die Pferde von irgendwelchen reichen Städtern und dürfen dafür ab und zu mal reiten. Meine Tochter hat so etwas auch mal gemacht, bis ich ihr das verboten habe. Der Pferdebesitzer wollte nämlich auch etwas Pflege."

Allmers wunderte sich manchmal über Hella. Sie konnte oft die kompliziertesten Sachverhalte mit einem einzigen Wort auf den Punkt bringen. Wie in diesem Beispiel.

„Dieser Alex muss ein rücksichtsvoller Mensch sein", spottete Allmers, „ein Ausbund an Höflichkeit. Erst schläft er wochenlang mit dem Mädchen, und dann fährt er ab und lässt schön grüßen. Hat er auch Horst schön grüßen lassen?"

„Keine Ahnung", sagte Hella. „Ines hat das auf alle Fälle stutzig gemacht, außerdem ist sie natürlich immer noch verliebt."

„Hat sie denn …", fragte Allmers und schielte aus dem Fenster. Georg Brokelmann hatte gerade den Hof verlassen, um die Kühe von der Weide zu holen. „Hat sie denn irgendeinen Grund, der Sache nicht zu glauben?"

„Sie hat natürlich nur geheult und geschluchzt, aber was sie sich überlegt hat, ist vielleicht nicht von der Hand zu weisen: Du hast doch sicher", nun senkte Hella ihre Stimme, was sie immer tat, wenn es Dorfgeheimnisse weiter zu erzählen galt, „von dem komischen Mord gehört."

Allmers sah Hella mit großen Augen an: „Das glaubst du doch selbst nicht! Der??"

„Ines sagt, das Auto sei das gleiche wie das von Alex, außerdem sei der Mann so groß und alt wie Alex gewesen, sie hat das aus der Zeitung."

„Du hast ein Laptop?“, fragte Nina verwundert, als Allmers sich bereit machte, um zu Hella zu fahren.

Allmers grinste: „Es gibt hier sogar Fernsehen. Und Coca Cola. Wir leben also nicht auf dem Mond.“

Nina war beleidigt: „Ich dachte nur…“ sagte sie.

Allmers schrieb drei Stunden. Hella setzte sich ihm gegenüber und begann zu diktieren:

„Ein Pfund Mehl, 3 Eigelb, fünf Eischwer Zucker…“

„Stopp!“, meinte Allmers, „nicht so schnell. Du hast die Rezepte schneller parat, als ich sie aufschreiben kann.“

Nina war schon zu Bett gegangen, als Allmers nachts um halb elf nach Hause kam. Hella hatte ihm wahllos Rezepte diktiert, wie sie ihr gerade eingefallen waren. Auf der Fahrt nach Hause hatte Allmers überlegt, wie man das Ganze am sinnvollsten ordnen könnte.

Kapitel 18

Es war Ninas Idee gewesen, zur Elbe zu fahren. Allmers hätte den Nachmittag lieber lesend in der Hängematte verbracht, seine Nichte hatte dagegen protestiert. Sie wolle ihm nicht beim Dösen zusehen, hatte sie gemeint, sie hätte schon immer einmal in der Elbe baden wollen. Außerdem sei sie schon eine Woche hier und die Ferien bald vorbei.

Allmers hatte schon seit seiner Kindheit nicht mehr in der Elbe gebadet, er wusste es auch von niemandem, den er näher kannte. Die meisten seiner Bekannten waren Bauern, die dafür keine Zeit hatten. Bei Badewetter waren die Bauern auf den Äckern und Wiesen, mähten Gras oder droschen Getreide.

Die Elbe war in seiner Kindheit so schmutzig gewesen, dass ein Badeverbot verhängt worden war und die langen Sandstrände auf Krautsand im Sommer nur noch zum Sonnenbaden genutzt werden konnten. Mit 15 oder 16 war er gerne hingefahren, hatte die Mädchen in den Bikinis, die sich faul in der Sonne räkelten, betrachtet und wenn er sich an den Abenden unter der Bettdecke entspannte, dachte er gerne an sie.

„Man kann jetzt nicht schwimmen“, sagte Allmers mit genervter Stimme. Er hatte sich Ninas Buchgeschenk genommen und freute sich auf kubanische Kriminalgeschichten. Dabei wollte er nicht gestört werden.

„Und warum?“, Nina ließ nicht locker. „Ich habe gelesen, die Elbe sei wieder sauber.“

„Gerade ist Ebbe, da ist es zu gefährlich.“

„Dann warten wir!“

„Es dauert 6 Stunden bis die Flut so hoch ist, dass man gefahrlos schwimmen kann."

„Woher weißt du eigentlich", fragte Nina misstrauisch, „dass gerade jetzt Ebbe ist?"

„Das weiß man, wenn man hier wohnt", Allmers zeigte seine Unlust, indem er die Worte langsam und gedehnt aussprach. „Außerdem steht es in der Zeitung."

Nina nahm die Hängematte in beide Hände und hob sie hoch wie eine Schaukel: „Wehe, das stimmt nicht!" sagte sie und ließ los. Allmers schaukelte wie in einer Wiege, an Lesen war nicht zu denken und er überlegte, wie schwierig das Zusammenleben mit Fünfzehnjährigen im Allgemeinen und hier im Speziellen doch war.

Als Nina aus dem Haus gelaufen kam, wusste er, dass er verloren hatte. Nina schwenkte triumphierend die Zeitung und schrie: „Du Lügner! Wir fahren sofort los. In einer halben Stunde ist Hochwasser."

Allmers seufzte und schälte sich aus der Hängematte: „Es ist halb drei, in zwei Stunden muss ich zu Garbe zur Kontrolle."

„Wenn wir mit dem Auto fahren, sind wir doch in einer Viertelstunde dort."

Resigniert klappte Allmers das Buch zu: „Es gibt zwei Bedingungen: erstens gehe ich nicht ins Wasser, meine Schwimmkünste sind so bescheiden, dass ich das nicht vorführen muss."

„Und die zweite?", fragte Nina neugierig.

„Du hältst dich an meine Anweisungen, wenn du ins Wasser gehst."

Nina hatte verständnislos genickt, fand ihren Onkel so albern wie die eigenen Eltern.

Noch im Auto hatte Allmers Nina erklärt, dass die Elbe ein tückisches Gewässer sei. Sie sei ganz anders als der Eindruck, den sie vermittle, wenn die riesigen Containerfrachter, die kleinen Segler und die langen Küstenmotorschiffe friedlich auf ihr fuhren, jedes mit einem unsichtbaren Ziel. Er erzählte ihr von den vielen Unglücklichen, die regelmäßig jedes Jahr im Fluss zu Tode kamen. Die meisten ertranken, wenn sie von ihrem Schiff gefallen waren, viele überschätzten ihre Kräfte auch und schwammen zu weit hinaus, wollten die grünen oder roten Bojen, die das Fahrwasser begrenzten erreichen und meinten, dort könne ihnen noch nichts passieren. Aber die Fahrrinne war tief und die Strömung viel reißender, als man sich das vom Ufer aus vorstellen konnte. Vor ein paar Jahren hatte Allmers einen Hund beobachtet, der übermütig einem ins Wasser geworfenen Stock hinterher geschwommen war. Eine große Welle, ein Schwall Wasser hatte ihn erfasst und auf die Elbe hinaus gezogen, bis er irgendwann die Gefahr erkannt hatte und verzweifelt versuchte, das Ufer zu erreichen.

„Hunde können gut schwimmen", meinte Allmers, als er das Auto abschloss, „aber er hatte keinerlei Chance. Seine Besitzer schrien und fuchtelten mit den Armen, lockten ihn und waren nur mit Mühe davon abzuhalten, hinterher zu schwimmen. Irgendwann war der Hund nicht mehr zu sehen."

„Du erzählst Märchen", sagte Nina erbost. „Genau wie mein Vater. Wenn der nicht will, dass ich irgendetwas tue, erzählt er auch immer Schauergeschichten wie die von dem Bach hinter unserem Haus. Dem durften Christiane und ich, als wir kleiner waren, uns höchstens auf zehn Meter nähern. Sonst käme der Schlammmann heraus, hat er uns früher immer mit drohender Stimme erzählt und dabei ein grimmiges Gesicht gemacht. Der würde uns schnappen und unter Wasser ziehen."

„Christiane ist jünger als du?", fragte Allmers.

„Das weißt du nicht?", Nina war entsetzt. „Du kennst noch nicht einmal das Alter deiner Nichten!"

„Ich vergesse so etwas immer", entschuldigte sich Allmers. „Das war übrigens kein Märchen. Ich kann dir noch so eine Schauergeschichte, wie du es nennst, erzählen."

„Nur zu", erwiderte Nina, „den Spaß am Schwimmen nimmst du mir nicht."

„Vor ein paar Jahren", begann Allmers und überlegte kurz, „genauer gesagt vor 10 Jahren, hatte mich Ludwig, ein Freund von mir, zu einer Segeltour auf der Elbe eingeladen. Er hatte ein kleines Boot von seinem Cousin geschenkt bekommen, es lag hier im Hafen im Rutenstrom. Ich wusste nicht, ob er gut oder schlecht segeln konnte, ich habe mich nur über die Einladung gefreut. Zwei Freundinnen von uns waren auch dabei, wir hatten uns einen schönen Ausflug vorgestellt. Er hatte vorgeschlagen, nach Pagensand zu fahren und dort ein kleines Picknick zu machen. Mitten auf der Elbe merkte ich, dass es mit seinen Segelkünsten nicht so weit her war. Er hatte keinen Segelschein und wenig Erfahrung. Kurz gesagt, der Wind frischte auf und er hatte alle Segel gesetzt. Das Vorsegel und das Hauptsegel blähten sich auf und das Boot legte sich zur Seite. Wir setzten uns schnell auf die hohe Seite des Schiffes, aber die Schlagseite wurde immer mehr. Dazu fuhren wir genau in die Fahrrinne hinein, in der die Riesenpötte verkehren. Wenn man mit einem Segelbötchen wie dem unseren einem solchen Kahn in die Quere kommt, hat man keine Chance. Man wird einfach untergepflügt, das große Schiff benötigt ein paar Kilometer, bis es stillsteht."

Nina hörte atemlos zu.

„Man hat ihm angesehen, dass er Ruhe zeigen wollte, aber innerlich war Ludwig in Panik geraten. Die beiden Mädchen waren aschfahl, sie hatten solche Angst, dass sie anfingen, zu schreien. Wir hatten alle Schwimmwesten an, aber die nützen dir auch nichts, wenn ein Containerfrachter über dich hinweg fährt. Das Boot lag so schief, dass ich auch damit gerechnet hatte, dass wir gleich kentern werden. Plötzlich hatte Ludwig eine Eingebung. Er machte das Hauptsegel los und das Boot kippte im letzten Moment zurück. Als das Segel schlaff war, konnte der Wind nicht mehr auf das Schiff drücken."

Nina schluckte.

„Hast du auch Angst gehabt?"

Allmers nickte: „Vor allen Dingen, weil ich kein guter Schwimmer bin. Danach war ich nie wieder auf einem Segelboot. Ludwig hat dann gleich den Motor angeworfen und wir sind nach Hause getuckert. Keiner hat während der ganzen Rückfahrt auch nur ein Wort gesprochen."

„Und dein Freund?"

„Der hat das Boot verschenkt." Allmers machte eine Pause, sie sollte dramatisch wirken, er wollte unbedingt Eindruck bei seiner Nichte schinden.

„Am Höhepunkt der Flut", beruhigte Allmers Nina, die immer noch erschrocken war, „wenn die Gezeiten kippen, dauert es eine ganze Weile, bis sich der Strom umkehrt. Dann ist die Elbe so ruhig wie ein See, es gibt praktisch keine Strömung und man kann gefahrlos baden."

Kapitel 19

Sie waren ein paar hundert Meter auf dem Deich gelaufen und, als sie die Stelle erreicht hatten, die Allmers am besten gefiel, hinunter gerannt und waren atemlos, als sie den Sandstrand der alten Elbinsel erreicht hatten. Nina staunte: die Unterschiede zwischen dem kleinen Hof im Moor und der Weite hier am Fluss beeindruckten sie wieder so stark wie beim ersten Mal, als sie die Elbe erkundet hatte. Es schienen Welten und nicht nur einige wenige Kilometer zwischen diesen beiden unterschiedlichen Landschaften zu liegen. Der Strand war vor Jahren künstlich aufgeschüttet worden, man hatte den Tourismus ankurbeln wollen und von weit her Sand gekarrt, mit großen Lastwagen und ihn mit einem Bagger verteilt. Ein paar Jahre später war ein Großteil der ganzen Pracht schon wieder auf dem Weg in die Nordsee. Der Strom hatte begonnen, die alten Buchten wieder einzukerben: bei manchen war es noch kaum zu bemerken, andere hatten schon fast wieder ihre ursprüngliche Form.

Es war sehr heiß und Allmers sehnte sich nach friedlicher Lektüre in seiner Hängematte. Nur der Schatten der knorrigen Weiden, die widerspenstig den ewigen Wasserwechseln Paroli boten und kreuz und quer in alle Richtungen wuchsen, tröstete ihn über den Verlust seiner Gartenidylle. Die Bäume standen in einigem Abstand vom Wasser auf einer etwas höher gelegenen Sandfläche, der Boden zwischen ihnen wurde abwechselnd von Licht und Schatten bemalt und war bewachsen mit schütterem Gras. Viele junge Leute nutzten diese Wäldchen, um im Sommer dort verbotenerweise zu zelten und laute Feste zu feiern. Heute schien es noch zu früh zu sein, die Jugendlichen kamen immer erst gegen Abend und Allmers war froh, von ihrer Musik verschont zu werden.

„Hier?", fragte Nina enttäuscht, als Allmers sich unter den Bäumen niederlassen wollte. „Ich will in die Sonne."

Allmers schlug einen Kompromiss vor: er werde sich an den letzten Schatten spendenden Baum lehnen, sie könne sich ein paar Meter davor in den Sand legen.

Allmers schlug sein Buch auf, versuchte zu lesen, klappte es wieder zu, stand auf, ging unruhig umher und setzte sich nervös. Wenn er am Nachmittag in seinem Garten in der Hängematte lag und las, konnte das niemand sehen, dachte er. Wenn ihn aber hier jemand sehe, würde er sofort zum Objekt des Spotts im Dorf werden, dessen war er sich sicher.

Er sah auf die Uhr. Nina machte immer noch keine Anstalten, ins Wasser zu gehen, rieb sich ausführlich und mit Hingabe mit Sonnenmilch ein und bat Allmers schließlich, ihr den Rücken einzucremen.

„Du kannst ins Wasser", sagte er schließlich, in der Hoffnung, bald wieder seine Sachen packen zu können.

„Du kommst nicht doch mit?"

Allmers schüttelte den Kopf: „Ich genieße es gerade, nur hier zu sitzen."

Allmers beobachtete seine Nichte und war erleichtert: sie schien sich an seine Warnung zu erinnern und schwamm nur in der Nähe des Ufers.

Erstaunt sah er, wie sich Nina ohne Scheu einer Gruppe junger Leute näherte und mit ihnen ins Gespräch kam. Wenn mir das auch so leicht fiele, dachte er, ginge es mir sicher besser. Seit Monaten hatte er mit niemandem anderen geredet als den Bauern, seinem Bruder und Nina. Insgeheim war er sehr froh über ihren Besuch, ihre plappernden Gespräche. Manchmal hatte er das Gefühl, dass er sich innerlich schon auf die Rente vorbereitete.

„Deine Freundinnen werden wohl immer jünger?", sagte eine schneidende Stimme hinter ihm und Allmers drehte sich erschrocken um. „Hast du nur noch Erfolg bei Schulmädchen?"

Allmers sprang auf. Wiebke Voß stand hinter ihm und ihre Augen verhießen nichts Gutes.

Wiebke Voß. Er hätte jeden hier erwartet, nur nicht sie.

„Was machst du denn hier?", fragte er überrascht.

„Meine Frage war ernst gemeint!", zischte sie. „Das kann ich kaum glauben. Macht es dich an, jungen Mädchen den Rücken einzucremen?"

Allmers schüttelte nur den Kopf: „Rege dich bitte ab. Das ist Nina, meine Nichte aus Stuttgart. Ich muss den Bademeister spielen."

„Entschuldige", murmelte Wiebke Voß verlegen, wurde rot und drehte sich um. Sie schien wieder gehen zu wollen.

Allmers hatte Wiebke schon ein paar Monate nicht mehr gesehen. Nach der Verhaftung ihres Mannes Jochen war Wiebke in ein tiefes Loch gefallen, wie sie es nannte und hatte ein paar Mal Trost bei Allmers gesucht. Sie hatten mehrmals versucht, ihre alte Jugendliebe wieder aufzufrischen, aber es war immer nach ein paar Tagen gescheitert.

„Warte", sagte Allmers, „wir können uns ja setzen."

„Ich glaube, ich möchte nicht. Mir ist das von eben sehr unangenehm", erwiderte Wiebke. „Ich wusste ja nicht, dass du Besuch hast. Ist deine Schwester auch da?"

„Gott bewahre", meinte Allmers und lachte, „das wäre zu viel Familie."

Wiebke schwieg und sah auf das Wasser. „Ich bin zur

Zeit jeden Nachmittag hier“, sagte sie nach einer Weile. „Ich arbeite nur vormittags in der Apotheke.“ Sie drehte sich zu Allmers um und er sah, wie ihre Augen nass wurden. „Ich kann immer noch nicht richtig arbeiten.“

„Nimmst du noch die Mittel?“, fragte Allmers und meinte die Antidepressiva. Wiebke nickte und setzte sich verlegen.

„Davon wird man auch nicht fitter“, meinte sie, „man kann nur alles besser ertragen.“

Nina kam das Ufer hoch gerannt, winkte einem Mädchen zum Abschied zu und stellte sich vor Allmers. Sie schüttelte den Kopf und bespritzte ihn mit Wasser. Dann sah sie Wiebke, grüßte verlegen und ging zu ihrem Handtuch.

„Wir müssen bald los“, rief Allmers, „ich muss nachher zur Kontrolle.“

„Und bei Hella Kuchen essen“, meinte Wiebke trocken.

Kapitel 20

„Als das Mädchen zu uns kam", sagte der Staatsanwalt, „habe ich zuerst gelacht. Ausgerechnet bei unserem Freund Horst! Aber sie erzählte und erzählte, bis ich hellhörig wurde."

Hans-Georg Allmers sah seinen Bruder erstaunt an: „Du hast ihr geglaubt?"

Allmers war sehr verwundert. Die Polizeiaktion war ein paar Tage her und er hatte seinen Bruder zum letzten Mal gesehen, als er ihn mit Nina in seinem Büro besucht hatte. Werner Allmers war überraschend am Abend aufgetaucht, „Auf ein Bier", wie er sagte. Hans-Georg war sich gleich sicher, dass der Staatsanwalt mehr wollte, als nur ein Bier trinken.

„Sie war so aufgelöst", nickte Werner Allmers. „Sie weinte so überzeugend, dass ich mich breitschlagen ließ, ihr zuzuhören. Sie wandte sich gleich an mich", Hans-Georg hörte den Stolz aus den Worten, „sie wusste ja, dass ich schwierige Fälle immer gerne selbst in die Hand nehme."

Hans-Georg atmete tief durch. Er beschloss, sich keinen Unmut anmerken zu lassen: „Natürlich. Außerdem ist sie ja unsere Nachbarin."

Werner Allmers nickte: „Na ja, meine Erfolge bei Poppe und deinem Freund Jochen sind ja auch nicht von der Hand zu weisen." Er rückte ächzend seinen Stuhl zurecht. Sie saßen in Allmers Küche am großen Tisch, an den er meistens seinen Besuch bat. „Das Mädchen hat also was mit Alexej Kowalenko gehabt. Er wohnte bei Horst und seiner Schönen und das Mädel ist jede freie Minute hingelaufen."

Hans-Georg nickte. „Das wusste jeder hier. Erst wollten die Eltern das verhindern, aber Ines ist siebzehn und hat sich nichts mehr sagen lassen, erzählte Hella. Sie ist aus dem Fenster gestiegen und hat bei Alex übernachtet. Irgendwann haben die Eltern aufgegeben."

„Richtig. Das ging ganz schön lange so. Er scheint sie gut um den Finger gewickelt zu haben. Aber plötzlich war er verschwunden, sagt sie."

„Sie hat das hier auch rumerzählt. Jeder hat mit den Schultern gezuckt und gedacht: da wird er ihrer wohl überdrüssig geworden sein und ist abgehauen. Außerdem war er wohl illegal hier, wurde jedenfalls gemunkelt."

Werner Allmers nickte: „Das war perfekt eingefädelt. Als sie den Namen Alexej Kowalenko nannte, hat es eine Weile gedauert, bis es bei mir geklickt hat. Aber dann habe ich nachforschen lassen, und siehe da: den Herrn kennen wir. Eine ganz dicke Akte. Gesucht wegen gefährlicher Körperverletzung, Drogen, Mädchenhandel, Autoschiebereien, die ganze Palette, alles richtig schöne Sachen. Und: er war gar nicht illegal, er hat seit Jahren einen deutschen Pass. Er ist ein Aussiedler aus Kasachstan."

Hans-Georg schüttelte den Kopf: „Wenn er legal war, warum das ganze Spiel mit der Illegalität?"

„Da wurde Horst eine Komödie vorgespielt: Solange Horst meint, er beherberge einen Illegalen, solange meint er, er mache sich selbst strafbar. Und solange wird er ihn nicht verpfeifen, selbst wenn sich Alexej mal daneben benimmt. Clever, nicht?"

„Ich habe noch etwas für Dich, was Dich sicher interessieren würde. Hella, meine nie versiegende Quelle für aktuelle Neuigkeiten hat sich rein zufällig mit Ines unterhalten."

Der Staatsanwalt hob die Augenbrauen: „Und?"

„Laut Ines hat dieser Alex etwas mit Lissy gehabt."

Werner Allmers winkte ab: „Weiß ich auch schon. Deshalb sind Horst und Lissy ja ein bisschen in mein Blickfeld geraten. Und natürlich sein dummer Bruder Klaus. Der hat vielleicht auch etwas damit zu tun."

„Klaus ist viel schlauer, als alle denken", sagte Allmers. „Er ist nur unglaublich stur und sagt wenig. Ihm versagt einfach die Stimme, wenn er aufgeregt ist und dann stellt er sich dumm."

Der Staatsanwalt hatte nach dem Gespräch mit Ines den Winklerschen Hof durchsuchen lassen. Das Mädchen hatte ihn mit vielen Details so überzeugt, dass er schließlich der Meinung war, dass das Verschwinden von Alexej Kowalenko „zumindest untersuchungswürdig sei", wie er sich ausdrückte. Ines' Verdacht, dass es sich bei dem Toten auf dem Autodach um ihren verschwundenen Liebhaber handeln könne, hatte er sich irgendwann auch zu Eigen gemacht.

Lissy und Horst Winkler wurden zu Vernehmungen nach Stade ins Polizeipräsidium gebracht. Die Hausdurchsuchung wurde nach ein paar Stunden ohne Ergebnis beendet. Man fand zwar persönliche Dinge des Verschwundenen, aber das war nicht ungewöhnlich, jeder wusste ja, dass er eine Zeitlang auf dem Hof gelebt hatte. Einen Beweis für ein Gewaltverbrechen konnte man nicht finden. Man fand keine Tatwaffe und Alex Zimmer war aufgeräumt. Ines wurde nicht zu Details der Hausdurchsuchung befragt. Sie identifizierte nur einige Kleidungsstücke, dann wurde sie dankend entlassen.

Lissy und Horst blieben bei der Vernehmung bei ihrer Version, Alex sei vor ein paar Tagen morgens zum Frühstück gekommen, schon mit gepackten Reisetaschen, habe sich für die Gastfreundschaft bedankt und sei dann mit seinem Auto weggefahren.

Auf die Frage, wohin er denn gefahren sei, hätten beide nur mit den Achseln gezuckt. Ob sie wüssten, ob und wann er wiederkommen wollte: das Gleiche. Sie hätten beide nichts gewusst.

Klaus sagte überhaupt nichts. Er schwieg so lange, bis der verhörende Beamte entnervt aufgab.

„Lissy hieß vor der Hochzeit Sziborski mit Nachnamen", meinte der Staatsanwalt leichthin.

„Sie sollen verwandt gewesen sein", entgegnete Hans-Georg.

Sein Bruder nickte: „Wie man es nimmt. Sie kommt aus Polen und er aus Kasachstan. Ich glaube nicht an den Schmus mit der Verwandtschaft. Sie sind höchstens geistig verwandt, wenn du mich fragst. Außerdem ist es eher ungewöhnlich, dass ein Cousin mit seiner Cousine schläft. Beide sind schräge Vögel."

„Bekommt Horst jetzt irgendwelche Schwierigkeiten?"

Der Staatsanwalt lachte: „Ich glaube nicht, dass es strafbar ist, jemanden zu beherbergen, von dem man annimmt, er sei illegal, der es aber in Wahrheit gar nicht ist. Da würde sich jeder Jurastudent im ersten Semester auf den Arm genommen fühlen, wenn er diese Frage beantworten sollte."

Der Staatsanwalt erhob sich: „Spät geworden. Wo ist eigentlich Nina? Ist sie schon wieder weg gefahren?"

„Sie geht früh ins Bett. Erstaunlich für eine Fünfzehnjährige, aber sie ist äußerst pflegeleicht."

„Dann grüße sie mal von mir. Halte mal die Augen und Ohren offen. Das darf nicht wieder so ein Desaster werden wie bei Poppe."

Nachdenklich sah Allmers seinem Bruder hinterher.

Kapitel 21

Nina verstand den Anrufer nicht, er schien seine Worte mit zusammen gepresstem Mund auszustoßen, atmete dabei schwer und antwortete auf ihre Fragen nicht. Sie legte schließlich auf. Das Telefon hatte zur Mittagszeit geklingelt und Allmers war nicht erreichbar gewesen. Nina konnte ihn erst am Abend über den Anruf informieren.

„Hat er seine Nummer gesagt?“, fragte er.

„Ich habe kein Wort verstanden. Er nuschelte und sprach Plattdeutsch. Wie soll ich da ein einziges Wort verstehen? Er könnte auch chinesisch sprechen. Du kannst ja auf dem Display nachsehen.“

Allmers nickte und nahm sich das Telefon. Nach mehreren Versuchen gab der das Gerät seiner Nichte: „Versuche du es einmal. Ich scheitere regelmäßig.“

Nina arbeitete sich durch das Menu und hatte nach kurzer Zeit die Nummer herausgefunden: „Eine Handynummer. Rufe doch einfach an.“

Es war Horst Winkler, der ans Telefon ging.

Er wolle bald Milchkontrolle machen, sagte er und Allmers war einverstanden.

„Morgen Abend geht's zum Taktschlachter“, Allmers grinste. „Willst du mit?“

Nina sah ihn verständnislos an: „Wohin?“

„Zum Taktschlachter“, lachte Allmers.

„Und was ist das?“, Nina wusste nicht, ob sie sich auf den Arm genommen fühlen sollte.

„Das ist der Spitzname von Horst Winkler. Er spielt Schlagzeug in einer Band, die hier auf Hochzeiten auftritt. Er spielt nicht besonders gut, aber auch nicht besonders schlecht. Daher ‚Takt'. Und dann arbeitet er neben seinem Beruf als Bauer auch noch als Hausschlachter. Daher ‚Schlachter'. Also: Taktschlachter."

Nina lachte so heftig, dass sie sich verschluckte.

„Sein Bruder ist Klausi Pinkler."

Allmers' ernst gemeinte Bemerkung führte bei Nina zu noch heftigerem Lachen, das so lange anhielt, dass Allmers fast die Geduld verlor.

In ihr immer wieder prustendes Lachen erklärte er, dass Klaus auch heute noch bei größeren Aufregungen Probleme mit der „Beherrschung der Blasenmechanik", wie er es nannte, habe. Die nasse Hose passiere Klaus Winkler immer, wenn er in irgendwelche Auseinandersetzungen geriet, denen er sich nicht gewachsen fühlte und sei es eine Diskussion beim Schmied über eine angeblich schlecht ausgeführte Reparatur.

„Klausi ist der Mann mit dem Fahrrad."

„Ich bleibe zu Hause!", bestimmte Nina.

*****

Wiebke schien auf ihn gewartet zu haben. Kaum war Allmers denselben Weg gegangen wie ein paar Tage zuvor mit Nina und hatte den Sandstrand der Elbe erreicht, löste sich aus dem Schatten der Weiden eine Gestalt und kam zielstrebig auf ihn zu.

Allmers zeigte sich überrascht, aber es war gespielt. Er hatte gehofft, Wiebke zu treffen, nur deshalb war er kurz nach dem Mittagessen nach Krautsand gefahren. Nina war ihm, ohne es zu ahnen, entgegengekommen, als sie verkündete, den Nachmittag nicht mit ihm verbringen zu wollen, auch kein Interesse habe, am Abend zur Milchkontrolle mitzugehen, sondern mit ihrer neuen

Bekanntschaft – da wurde Allmers hellhörig und fragte: „männlich oder weiblich?“ – den Nachmittag verbringen zu wollen. Bei Allmers Frage hatte sie nur gelangweilt die Augenbrauen gehoben. „Ein Meter fünfundachtzig, Bizeps wie ein Speerwerfer und ein Bauch wie ein Sixpack.“ Sie hatte sich umgedreht und war aus der Küche gerauscht.

„Lass uns ein wenig spazieren gehen“, meinte Wiebke ohne lange Begrüßung und hakte sich bei ihm ein.

Wie ein altes Ehepaar, dachte Allmers, als sie mehrere Minuten schweigend direkt am Wasser entlanggingen. Manchmal, sinnierte er, schweigen die Leute, weil sie sich auch durch das Schweigen gut verstehen, manchmal, weil sie sich nichts mehr zu sagen haben.

„Wie lange kennen wir uns?“ fragte Wiebke in seine Überlegungen hinein.

„Seit du vierzehn warst“, Allmers konnte sich noch sehr genau an den Beginn ihrer Sommerfreundschaft erinnern. Sie war es gewesen, die ihn aus seiner Schüchternheit gegenüber Mädchen herausgeholt hatte. Jeder Junge in der Schule wollte damals Wiebke als Freundin haben, sie war mit ihrer forschen Freundlichkeit der Mittelpunkt auf dem Schulhof gewesen. Sie hatte sich aber Allmers, den unsicheren und pickeligen Jungen, ausgesucht, der zudem noch die altmodischsten Klamotten getragen hatte. Das alles war Wiebke egal gewesen, sie hatte sich heftig in ihn verliebt und allen anderen Bewerbern die kalte Schulter gezeigt.

„Fast zwanzig Jahre“, Wiebke schien ehrlich erstaunt. „Und was ist in der Zwischenzeit alles passiert!“

„Ich habe immer die Leute bedauert“, meinte Allmers, „die als Kinder oft umziehen mussten. Man kann dann einfach keine dauerhaften Freundschaften aufbauen, die über ein ganzes Leben gehen. Du kennst doch Garbe, den Bauern?“

Wiebke nickte: „Das ist doch der mit dem Melkkarussell?“

„Sein bester Freund ist an der Uni in Hamburg. Ich weiß nicht, was er da arbeitet. Sie kennen sich seit der Zeit in der Grundschule – er kommt aus dem Dorf – waren auch dann unzertrennlich als der eine aufs Gymnasium und der andere auf die Realschule ging. Wenn sie sich heute sehen, ist es bei ihnen wie vor fünfzehn Jahren: sie vertrauen sich vollkommen.“

„Das schaffen viele Paare nicht, auch wenn sie schon ewig zusammen sind.“

„Meine Eltern waren das beste Beispiel“, meinte Allmers. „Sie hatten nie so etwas wie Zuneigung oder Vertrauen zueinander entwickelt.“

„Meinst du, wir könnten so etwas schaffen?“

„Zuneigung und Vertrauen? Das ist für mich nicht die Frage.“ Allmers dachte weiter: „Wir müssen uns eher fragen, warum es bei uns nicht mehr wird? Warum haben wir nicht schon längst mehr daraus gemacht?“

Wiebke löste ihren Arm aus seinem und umfasste sich mit beiden, als ob ihr kalt wäre. Sie schwieg erst eine Weile und sagte dann:

„Manchmal klappt die Liebe und meistens eben nicht.“

Es gab wenig Dinge in Wiebkes Leben, die Allmers ihr kaum verzeihen konnte, aber die Heirat mit Jochen Wiborg gehörte dazu. An einen, wie Allmers von Anfang an fand, stinklangweiligen, spießigen und nichts sagenden Menschen hatte Wiebke ihr Herz verloren und war entsetzlich getäuscht worden.

„Du wolltest zum Beispiel nie Kinder“, fuhr sie fort. „Die sind für dich doch schlimmer als die sieben Plagen Ägyptens. So hast du das einmal ausgedrückt.“

Allmers wurde unsicher: „Heute sehe ich das anders. Nimm zum Beispiel Nina. Die ist so vernünftig und erwachsen mit ihren fünfzehn Jahren. So eine Tochter könnte ich mir tatsächlich vorstellen.“

„Vorher sind sie aber viele Jahre nicht so pflegeleicht“.

Allmers wechselte das Thema. Das Gespräch bekam eine Richtung, die er gerade nicht haben wollte. Mit Wiebke über Kinder reden war schon immer eine heikle Sache gewesen. Auch ihr Mann Jochen hatte es vermieden, sich darauf einzulassen, sehr zu ihrem Leidwesen.

„Heißt du jetzt wieder Voß oder hast du immer noch diesen grässlichen Doppelnamen?“

„Voß. Wiebke Voß, so wie früher.“

„Aber“, Allmers spann den Faden der Unterhaltung weiter, „Jochen war wohl auch nicht der Richtige?“

„Ach, Hans-Georg“, Wiebke Voß blieb stehen und drehte sich zu Allmers, „ich habe einfach kein Glück bei den Männern. Weißt du, wann ich das letzte Mal Sex hatte?“

Allmers zuckte mit den Schultern.

„Vor drei Monaten. Und da war ich alleine.“

Allmers kannte den Witz, er war von Woody Allen, aber er merkte, dass Wiebke

es ernst meinte. Und er stimmte ihr insgeheim zu. Das ist bei mir nicht viel anders, dachte er.

Allmers hatte Wiebke Voß früher immer für ihr Selbstbewusstsein bewundert. Sie schien immer zu wissen, was sie wollte und Schwierigkeiten räumte sie klug und zielstrebig aus dem Weg. Die Schule bestand sie mit

Leichtigkeit und alle fragten sich, warum sie kein Abitur machen wollte. Irgendwann, nach ein paar heftigen Liebschaften, die sie offensichtlich genossen hatte, deren Enden sie aber auch nicht aus der Bahn zu werfen schienen, lernte sie Jochen Wiborg kennen und Allmers wandte sich damals enttäuscht von ihr ab. Sie war von einem auf den anderen Tag wie verwandelt, ließ nach der Hochzeit ihr Leben von ihrem Mann bestimmen und hatte erst ganz zum Schluss den Mut, sich einzugestehen, dass ihre Ehe ein Desaster war.

„Nimm mich mal in den Arm", Wiebke wischte sich Tränen aus dem Gesicht. Allmers tat wie ihm geheißen und freute sich insgeheim über ihre Traurigkeit. Endlich durfte er sie wieder einmal anfassen.

„Wie sieht denn deine Traumfrau aus?", fragte Wiebke und schniefte.

„Sie muss klug sein und eine gute Liebhaberin."

„Warum trennst du das?" Wiebke löste sich aus seinen Armen und sah ihn erstaunt an, „Eine gute Liebhaberin. Das hört sich so an, als ob sie nur richtig die Hüften schwingen muss, wenn sie auf dir sitzt. Hauptsache handwerklich perfekt. Eine kluge Frau ist auch eine kluge Liebhaberin, weil sie nämlich weiß, was ihrem Liebsten gut tut. Und weil sie weiß, was ihr gut tut. Und weil sie, wenn ihr etwas nicht passt, den Mund aufmacht."

Allmers wollte sich nicht in Definitionen verstricken, er ahnte, was kommen würde und schwieg.

„Deshalb kann es mit uns nichts werden", sagte Wiebke bestimmt. „Weil ich nicht klug bin. Ich mache einfach nicht das Maul auf, wenn ich es eigentlich müsste. Mir hat es nie Spaß gemacht, mit Jochen zu schlafen, trotzdem habe ich es jahrelang ertragen, ohne ihm einmal zu sagen, wie miserabel er im Bett ist. Wenn es überhaupt mal dazu kam, war es in fünf Minuten erledigt, Einmal rein, einmal raus…“

Sie hakte sich wieder bei Allmers ein und lief weiter.

„Ich glaube, beide müssen klug sein“, meinte Allmers. „Es fällt einem einfach schwer, so offen darüber zu reden.“

Wiebke nickte: „Jochen hat sofort gesagt, wenn ihm das Essen nicht geschmeckt hat. Und zwar deutlich. Manchmal an der Grenze zur Unhöflichkeit. Ich habe das so hingenommen, aber meinst du, ich hätte den Mut gehabt, zu sagen: „Ich koche normalerweise gut, aber du fickst immer schlecht.“

Allmers fing an zu lachen und war erleichtert, als Wiebke einfiel und mitlachte.

„Wie hätte er dir denn sagen sollen, dass das Essen nicht geschmeckt hat?“, fragte Allmers. „Ohne dich zu verletzen oder unhöflich zu sein?“

„Man könnte zum Beispiel sagen“, meinte Wiebke, „das Essen war gut, aber du brauchst es nicht noch einmal zu kochen.“

„Und du hättest dann gesagt“, er spann den Faden weiter, „ das war schon ganz gut, aber das nächste Mal musst du dich auch mal ein bisschen anstrengen??“

„Jetzt machst du dich über mich lustig“, sagte sie. „Komm, wir setzen uns an den Baum.“

Allmers lehnte sich an die alte Weide, die an der Grenze zum Sandstrand mehr lag als stand, ihre Wurzeln ragten teilweise in die Luft, von einer der letzten Fluten freigelegt.

Wiebke setzte sich mit dem Rücken zu ihm davor und ließ Sand durch die Finger rieseln. Nach einer Weile rückte sie nach hinten und lehnte sich mit dem Rücken an ihn.

„Es ist wirklich schön hier“, sagte sie, „an der Elbe zu sein ist wie in Urlaub fahren.“

Allmers nahm den Geruch ihrer Haare wahr und schmiegte seinen Kopf an ihren.

„Wir haben einmal hier übernachtet“, sagte er.

„Das gab großen Ärger mit meinem Vater“, lachte Wiebke. „Ich sei ein halbes Flittchen oder so ähnlich. Dabei war es doch schon längst passiert.“

Sie nahm seine rechte Hand und legte sie auf sich. „Drück mich ein bisschen“, sagte sie, „ich hab's nötig.“

Allmers kam der Aufforderung gerne nach und streichelte ihre Brust, Wiebke genoss es und schmiegte sich enger an ihn. Als er mutiger wurde und seine Hand ihren Körper hinunter wanderte, ließ sie es geschehen.

„Auf dem Weg zum Kreuz des Südens?“, fragte sie leise und hielt seine Hand fest, die an ihrem Hosenknopf herumnestelte.

„Darf ich?“, flüsterte er ihr ins Ohr.

Wiebke öffnete die Hose, zog den Reißverschluss ein wenig auf und meinte:

„Aber es darf niemand mitbekommen.“ Sie zog ihre leichte Jacke aus und legte sie über ihren Schoß. Die in großer Entfernung vorbeiflanierenden Spaziergänger und die im Sand spielenden Kinder sollten sich höchstens über das seltsam verknotete Paar wundern, das scheinbar reglos an einem Baum saß.

Als Allmers Hand da angekommen war, wo sie sie haben wollte, verlagerte sie leicht ihre Position, schob sich ein wenig näher an ihn und ließ ihn gewähren.

Sie gab kaum einen Laut von sich, grub ab und zu, wenn der innere Aufruhr zu heftig wurde, ihre Hände in Allmers Schenkel und als einmal ein altes Ehepaar nahe an ihnen vorbeizog, Allmers aber nicht innehalten wollte, schien sie völlig unbeteiligt die Schiffe auf der Elbe zu zählen.

„Mach weiter“, sagte sie leise, aber Allmers hatte gar nicht aufgehört.

„Du bist wahnsinnig“, zischte sie ihm noch zu, als das Ziel erreicht war, sie zu zittern begann und schließlich erschöpft an ihn sank.

Allmers fiel nach einer Weile auf, dass sie sehr regelmäßig atmete und als er sich vorbeugte, merkte er, dass sie schlief. Er zog seine Hand zurück und drückte sie fest an sich.

Wiebke war nie schlank gewesen. Er hatte ihre kräftige Figur vom ersten Tag an geliebt, und hatte sich jedes Mal, wenn er mit seiner Hand über ihren mächtigen Hintern streichen durfte, gefreut. Aber jetzt, bemerkte er, war sie fast mager geworden. Manche fressen sich Kummerspeck an, schoss ihm durch den Kopf, wenn sie unglücklich sind, andere hören auf, zu essen.

Trotzdem schien ihm ihr Körper noch nie so begehrenswert wie jetzt.

Als sie nach ein paar Minuten aufwachte, drehte sie sich um, zog sie seinen Kopf zu sich und flüsterte ihm ins Ohr: „So schön war es noch nie.“

Kapitel 22

Klaus Winkler war noch damit beschäftigt, die Kühe anzubinden, als Allmers sein Rad an die Hauswand lehnte. Horst war nirgends zu sehen. Klaus verschwand im Wohntrakt des alten Bauernhauses und es dauerte eine Weile, bis Horst zum Melken erschien. Winkler sah übernächtigt aus, molk sehr nervös und redete kaum ein Wort mit Allmers. Stutzig wurde Hans-Georg Allmers, als er feststellte, dass Horst sich heute nicht um die Melkordnung seiner Tiere kümmerte. Als er schließlich begann, schon lange trockenstehende Kühe, deren Euter klein und schlaff herunterhingen, zu säubern und er Anstalten machte, sie zu melken, Allmers deshalb eingreifen musste, war ihm klar, dass zumindest mit Horst etwas nicht stimmte.

Aber Allmers konzentrierte sich auch nicht auf die Arbeit sondern dachte die meiste Zeit an den Nachmittag mit Wiebke am Strand, machte dauernd kleine Flüchtigkeitsfehler, einmal goss er die Milch in das falsche Laborröhrchen, das nächste Mal vertat er sich in der Zeile und ordnete die Milch von „Lisbeth“ der Kuh „Emma“ zu.

Endlich, dachte er, als Horst kurz angebunden sagte: „Morgen um halb sieben.“ Die Luft in dem engen Stall war immer schon stickig, heute schnürte ihm der Ammoniakdunst fast den Hals zu. Erleichtert schwang er sich auf sein Rad und fuhr zu Hella Köhler.

„Die haben Dreck am Stecken“, meinte Hella nur, als Allmers ihr von Horst Winklers eigenartigem Verhalten erzählte. Sie saß am Küchentisch und versuchte mühselig ein Kuchenrezept, das ihr eine Nachbarin gegeben hatte, zu lesen. Ihre Augen waren so schwach geworden, dass sie sich mittlerweile die Zeitungsartikel von ihrem Mann vorlesen lassen musste. Was sonst in der Welt passierte erfuhr sie aus dem Fernsehgerät oder dem ewig laufenden Radio und für die Neuigkeiten aus dem Dorf hatte sie einen ganzen Schwarm von Zuträgerinnen sowie Friedel, dessen Fähigkeit in der Dämmerung unbemerkt durch alle Fenster zu sehen, jede Zeitung ersetzte.

„Soll ich dir helfen?“, fragte Allmers und Hella nickte.

„Lies mir das mal vor“, sagte sie, „wenn ich das Rezept einmal gehört habe, weiß ich, wie es geht.“

Vor ein paar Jahren war Hella Köhlers Ruhm als Konditorin bis zu einer großen Frauenzeitschrift gedrungen und eine Reporterin war losgeschickt worden, einen Bericht über diese „sagenumwobene“ – so drückte sie es aus – Kuchenbäckerin zu verfassen. Hella hatte erst nicht glauben wollen, dass diese magere kleine Person, die sie nur schemenhaft erkennen konnte, ein Gespräch über das Kuchenbacken mit ihr führen sollte. Erst als sie und der begleitende Fotograf eingewilligt hatten, von jedem Kuchen zu probieren, den sie vorbereitet hatte, war Hella Köhler zu ein paar Auskünften über sich bereit. Die beiden konnten es dann kaum fassen, was Hella Köhler aus ihren Schränken zauberte.

Sie begann die Kuchenvorführung mit Altdeutschem Napfkuchen, Prager Nussrolle und Böhmischen Striezeln. Die Reporterin hielt sich zurück und naschte nur wenig von jedem Kuchen. Sie ahnte, dass es ein harter Arbeitstag für sie werden würde. Der Fotograf griff beherzt zu und bereute es später, als er im Auto saß und das Steuer der Journalistin überlassen musste, weil ihm hundeelend war.

Hella Köhler servierte dann einen noch warmen Butterkuchen, dessen Foto in der Zeitschrift über zwei

Seiten ging und die ganze Geschichte einleitete. Dann folgten Cremeschnitten, Apfeltaschen, finnische Korvapuusti, ein Quarkstollen und Schwäbischer Käsekuchen ohne Boden.

Die Journalistin erbat sich nach der Hälfte des Nachmittags eine Pause, verschwand auf die Toilette und als sie mit frisch gewaschenem Gesicht wiederkam, hatte sie den Eindruck, als ginge es erst richtig los. Es standen eine Sachertorte, Nussschiffchen und eine mächtige Eistorte, für die Hella extra einen Teil des Inhalts ihrer Tiefkühltruhe ins Dorf zum Kalthaus gebracht hatte, auf dem Tisch.

Dazu waren der Kaffee vorzüglich und die Sahne frisch geschlagen. Hella Köhler musste mehrere Tage durchgearbeitet haben, auch wenn sie ihre Nachbarinnen eingespannt hatte, die den einen oder anderen Kuchen in ihre Backöfen geschoben hatten.

Hella Köhler bestand darauf, dass die Journalistin alle angebrochenen Kuchen mitnahm und die Redaktion damit versorgte. Sie lieferte die Kuchen in der Redaktion ab und verkroch sich in ihrer Wohnung. Es dauerte mehrere Tage, bis sie wieder zum Dienst erscheinen konnte, genauso wie der Fotograf, der seine Bilder in die Redaktion mailte und sich dann drei Tage in sein Bett legte, wo er von seiner Frau mit Tee und Zwieback versorgt werden musste.

Die Reportage ging über mehrere Seiten und Berichte über die Kuchenorgie in der Redaktion wurden von Neulingen nur so lange nicht ernst genommen, bis sie an der redaktionellen Pinnwand die entsprechenden Bilder sahen.

„Was willst du denn backen?", fragte Allmers interessiert.

Er freute sich schon auf etwas Neues aus Hella Köhlers Backofen.

„Ich glaube“, sagte sie, „ich muss ein wenig aufpassen, sonst sehe ich bald gar nichts mehr.“

Der Verlauf ihrer Krankheit wäre, das wusste Allmers und er hat es ihr immer wieder vergebens zu erklären versucht, viel milder gewesen, wenn sie ihre Naschsucht und ihre Kuchenleidenschaft in den Griff bekommen hätte. Aber selbst ihr Arzt hatte es irgendwann aufgegeben, sie zu warnen, nachdem sie ihn bei jedem Arztbesuch mit Zitronentorte verwöhnt hatte.

„Lies mir das mal bitte vor“, meinte sie und deutete auf ein Rezept.

Allmers glaubte seinen Augen nicht zu trauen, als er die Überschrift über dem Rezept sah: „Diättorte“ stand da in großen Buchstaben und als er langsam die Zutatenliste vorlas, sah er, wie sich Hellas Miene verfinsterte.

„6 Blatt weiße Gelatine“, begann er, „ ein achtel Liter kaltes Wasser, Saft von 4 Orangen, soviel Süßstoff wie 60 g Zucker entspricht, 350 g Magerquark, 200 g Zwieback.“

„Das reicht“, sagte Hella und stand auf. „Das kann doch kein Mensch essen. Süßstoff, Magerquark und Zwieback! Das soll dann ein Kuchen werden. Sehr lecker. Der Mist kommt nicht in unser Buch!“

„Aber“, versuchte Allmers zaghaft einzuwerfen, „wenn du so weitermachst, bist du bald ganz blind.“

Wie immer an diesem Punkt wechselte Hella Köhler abrupt das Thema:

„Wie lange bleibt deine Nichte noch?“

Allmers überlegte, ob er das Gespräch wieder auf ihren Diabetes bringen sollte, aber er wusste, dass es hoffnungslos war:

„Übermorgen fährt sie wieder. Morgen treffen wir uns noch einmal mit Werner, ihr Zug geht übermorgen um halb acht."

*****

Das Haus war leer, als er nach dem Besuch bei Hella auf seinem Hof ankam, ebenso der kleine Schuppen, der als Fahrradunterstand diente. Nina war noch unterwegs, dachte er und er hatte ein seltsames Gefühl dabei. Sie war bisher sehr zuverlässig und pünktlich gewesen. Zum Abendessen war sie immer erschienen, auch wenn vorher nichts abgemacht worden war.

Allmers stellte das Rad ab, sah sich ein wenig auf dem Hof um, in der Hoffnung, ihr Rad irgendwo an einer Hauswand abgestellt zu entdecken, aber seine Suche blieb erfolglos.

Irritiert ging er ins Haus, begann den Tisch zu decken, kochte Tee und legte Käse auf einen Teller. Als er auf die Uhr sah, erschrak er. Er selbst hatte die Zeit bei Hella vergessen und es war mittlerweile zehn Minuten nach Neun.

Allmers nahm sein Handy, suchte im Speicher nach Ninas Nummer.

„Sie sind verbunden mit der Mailbox des Anschlusses von", quakte die Computerstimme und Allmers legte auf, bevor er Ninas Stimme ihren Namen sagen hörte.

Er schrieb ihr per SMS, sie solle nach Hause kommen, aber nichts geschah.

Allmers wurde erst wütend, nach einer weiteren halben Stunde Wartezeit ängstlich und um zehn rief er seinen Bruder an.

„Bei jungen Mädchen sollte man sich nicht so aufregen“, versuchte sein Bruder ihn zu beruhigen, „das ist doch normal.“

„Was weißt du denn von jungen Mädchen?“, Allmers war wieder wütend. „Da bist du ein richtiger Experte, oder?“

„Willst du etwa eine Vermisstenanzeige aufgeben?“, Der Staatsanwalt wurde ungehalten. „Vielleicht hat sie einen aufgegabelt und vergnügt sich ein bisschen. Lass sie doch.“

„Sie ist in den drei Wochen noch nie zu spät gekommen. Außerdem hat sie heute Nachmittag gesagt, dass sie sich mit einem Mädchen trifft.“

„Sie hat sich also ordnungsgemäß abgemeldet?“, spottete Werner Allmers.

„Mir fehlt gerade jeder Sinn für deinen Humor“, entgegnete Hans-Georg böse. „Wenn ihr irgendetwas passiert, werde ich meines Lebens nicht mehr froh. Rosemarie wird mir das nie verzeihen.“

Mittlerweile war es dunkel geworden. Allmers beendete das Gespräch mit seinem Bruder und beschloss, auf die Suche nach Nina zu gehen. Krampfhaft überlegte er, wer die Jugendlichen gewesen sein könnten, die Nina am Strand kennen gelernt hatte. Er vermutete, dass sie sich mit jemand aus dieser Gruppe getroffen hatte. Warum sie sich nicht meldete, war ihm schleierhaft.

Er saß schon auf seinem Fahrrad und wollte losfahren, als er sich entschloss, doch das Auto zu nehmen. Er wollte schneller einen größeren Radius abfahren können. Zuerst steuerte er Hella Köhlers Hof an. Es war nur eine vage Vermutung, als er aber den Hof dunkel vor sich liegen sah, war ihm klar, wie falsch die Idee gewesen war. Nina war zwar von Hellas Kuchen begeistert gewesen, der

Rest des Besuches auf dem Hof war aber gründlich schief gegangen. Er fuhr langsam die kleine Straße entlang. Dabei dachte er darüber nach, dass sie vor ein paar Jahren von der Gemeinde passenderweise in „Milchstraße“ umbenannt worden war. Die Anwohner hatten noch andere Vorschläge gemacht, die nicht angenommen worden waren. „Jungfernstieg“ lautete eine der Favoriten der Bauern. In zehn Familien waren innerhalb von ein paar Jahren zwanzig Mädchen aber nur sechs Jungen geboren worden. Allmers hielt sich nicht lange bei diesen Gedanken auf. Er sah in jede Hofeinfahrt, versuchte den Straßengraben im Blick zu behalten und wendete am Ende der Straße. Er fuhr genauso langsam zurück. Schließlich traf er Georg Brokelmann, der misstrauisch den langsam fahrenden Wagen musterte.

„Ach, du bist es“, sagte Brokelmann. Er hatte den im Schritttempo fahrenden Allmers erkannt. Allmers kurbelte die Scheibe herunter und hielt vor Brokelmann an.

„Hast du Nina gesehen?“, fragte er ohne Begrüßung.

„Wen?“, erwiderte Georg Brokelmann verwundert.

„Meine Nichte. Nina.“

„Ich wusste gar nicht, dass deine Schwester da ist“, erwiderte Brokelmann.

„Ist sie auch nicht, Nina ist alleine hier.“

„Ist sie schon so groß? Mann, wie die Zeit vergeht.“ Die letzten Worte hörte Allmers schon nicht mehr. Er gab Gas und beendete das unergiebige Gespräch so schnell, wie er es begonnen hatte.

Er fuhr noch ein paar Runden. Er hielt an jedem kleinen Feldweg und ließ das Fernlicht über die Wiesen leuchten. Schließlich fuhr er nach Hause.

Kurz vor der Einfahrt seines Hofes hätte er fast Nina überfahren, die langsam in Richtung des Hauses radelte.

Nina tat erstaunt, als Allmers sie zur Rede stellte. Sie zuckte mit den Schultern und meinte nur, es sei ihre Sache.

„Das sehe ich aber anders", Allmers war wütend geworden, „so lange du hier bei mir bist, habe ich die Verantwortung."

„Du bist genauso wie meine Eltern. Nichts kann man euch recht machen", ereiferte sie sich. „Ich war bei Ines."

„Ach", jetzt wusste Allmers, wer das Mädchen am Strand gewesen war, „bei Ines. Und was habt ihr da gemacht?"

Nina schüttelte erstaunt den Kopf: „Du willst doch nicht wirklich wissen, was zwei Mädchen, die weniger als halb so alt sind wie du, an einem Nachmittag machen, oder?"

„In diesem Fall schon", sagte Allmers, „Ines hat sich mit Werner unterhalten und daraufhin wurde der Hof von Winklers durchsucht. Ich will nicht, dass du da in etwas hineingezogen wirst."

„Darüber haben wir überhaupt nicht geredet", meinte Nina leichthin, „wir haben uns voneinander verabschiedet. Und das dauert bei jungen Mädchen nun mal etwas länger. Schließlich fahre ich bald wieder nach Hause."

Allmers wusste sofort, dass sie log.

Kapitel 23

Horst Winkler wurde von Lissys Reisevorbereitungen überrascht. Nach dem Melken war er morgens in die Küche gekommen, hatte sich auf seinen Morgenkaffee gefreut und war sehr verwundert gewesen, als Lissy nicht in der Küche war. Er hatte sie im Schlafzimmer gefunden, die Koffer waren praktisch gepackt.

„Was machst du?“, fragte er.

„Ach, Horst“, Lissy begann zu weinen, „Ich halte das alles kaum noch aus.“

Horst schwieg.

„Das mit Alex, du weißt. Dauernd die Polizei hier.“

„Die kriegen nichts raus.“

„Natürlich nicht!“ Lissy nickte. „Das haben wir gut gemacht, das mit Auto. Aber trotzdem: ich muss Wallfahrt machen. Zur Buße.“

Horst bekam große Augen: „Eine Wallfahrt? Wohin denn? Dann lässt du mich hier alleine?“

„Nicht lange“, Lissy versuchte ihn zu trösten. „In zwei oder drei Wochen ich wieder da.“

„Wo willst du denn hinfahren?“, fragte er zweifelnd.

„Zur Reliquie des Heiligen Trigeminus. In Polen, da ist Tradition, dass man, wenn man Sünde begangen hat, nach Zcewinstok pilgert.“

Horst sah seine Frau ungläubig an. Dass in Polen viele Wallfahrten stattfanden, wusste er, und daran, dass Lissy dauernd den Rosenkranz betete, hatte er sich schon lange gewöhnt, aber dass sie jetzt, in dieser schwierigen Situation weg wollte, konnte er nicht verstehen.

„Zur was?“, brachte er kaum heraus, ein Kloß im Hals schien seine Stimme zu verschlucken.

„Zur Reliquie des Heiligen Trigeminus." Lissy packte weiter, während sie Horst erklärte: „Das ist Heiliger aus Polen, der wohl in seinem Leben mal was Schlimmes gemacht hat, Verbrecher oder Mörder oder so etwas war. Dann hatte er Erscheinung und hat sich Gericht gestellt, weil Gott es ihm so befohlen hat. Dann haben sie ihn gerädert oder gevierteilt, ich weiß nicht mehr."

„Und dafür ist er heilig gesprochen worden?"

Lissy nickte: „Ja, er hat es wegen Gott gemacht, oder so. Jetzt frag nicht so viel, ich weiß es auch nicht so genau."

Horst begann nachzudenken, während er Lissy beim Packen beobachtete.

„Ich habe noch eine Frage", Horst ließ nicht locker. Lissy rollte mit den Augen. „Hast du gesagt, du fährst zu seiner Reliquie? Das verstehe ich nicht."

Lissy sah hektisch auf die Uhr. „Ich muss bald los. Es ist so: von Heiligen ist nur kleines Teilchen in Kirche. Manche Kirchen habe Knöchelchen, andere habe Haare, die dritten Oberschenkelknochen oder Zeh und diese Kirche hat eben Mittelfinger von Heiligen. In einer Kirche in Italien haben sie Gefäß, da ist sogar Blut von Heiland Jesus Christus drin! Und alle zehn Jahre an Ostern wird flüssig." Sie bekreuzigte sich und murmelte ein paar Worte. „In Polen, beim Heiligen Trigeminus ist eben Mittelfinger von Heiligen in Glas. Man kann ansehen und anbeten."

Horst schüttelte den Kopf: „Und der streckt sich alle zehn Jahre in die Höhe, oder wie?"

Lissy wurde ernst: „Das ist Gotteslästerung, was du da machst, das verbiete ich dir!"

„Wann ist der denn heiliggesprochen worden? Direkt nach seinem Tod?"

„Mein Gott!", schrie Lissy. „Lass mich doch endlich in

Ruhe mit deinen Fragen, ich habe zu tun. Hundert Jahre später oder so, woher soll ich das so genau wissen?"

Horst blieb stur: „Dann müssen die den Kerl ja hundert Jahre später wieder ausgegraben und die Finger abgeschnippelt haben. Haben die den dann ganz ausgeweidet und die Reste an die verschiedenen Kirchen verteilt?"

Lissy zuckte mit den Schultern.

Horst schüttelte den Kopf. „Ihr Katholiken seid komische Leute. "

Lissy wurde wütend: „Das kannst du gar nicht beurteilen, das ist Sache von Papst und den darf man nicht kritisieren. Das ist in Polen nicht üblich!"

„Was macht man denn, wenn man dann vor dem Gefäß steht?"

„Man betet das Vaterunser, vielleicht ein oder zwei Rosenkränze und bittet Heiligen um Beistand."

„Du betest dann den Mittelfinger an?"

„Ja, von mir aus. Ich bete Mittelfinger an!"

„Ich dachte immer, so etwas machen nur Eingeborene in Neuguinea."

„Sehr witzig", Lissy sah nervös auf die Uhr.

„Was ist los?", fragte Horst ungehalten, „warum erzählst du mir nicht, was du vor hast?"

„Ich habe dir doch schon gesagt", erwiderte Lissy scharf, „dass ich nach Polen fahre. Glaubst du mir etwa nicht? Muss ich wie Kleinkind meine Reiseroute genehmigen lassen?"

„Ich wollte nur wissen", erwiderte Horst kleinlaut, „ob du mit dem Zug fährst und ich dich vielleicht zum Bahnhof fahren soll."

„Ich fahre mit Peter", wieder sah sie auf die Uhr, „der muss auch nach Polen und ich kann mit ihm mitfahren."

Peter Gerlach, dachte Horst und jäh wurde er an seine Schulden erinnert, die er noch bei ihm hatte. Er hatte noch immer kein Geld und wusste nicht, wie er Peter noch einmal dazu bringen sollte, ihm mehr Zeit zu lassen.

„Ich mache noch einen Kaffee, bis er kommt", rief er aus der Küche, aber Lissy antwortete nicht.

Nach ein paar Minuten stand sie in der Tür. „Ist der Kaffee endlich fertig?", fragte sie nur und Horst nickte. Als er ihr die Tasse auf den Tisch stellte, streifte sie ihn scheinbar zufällig mit der Hand über die Hose und flüsterte: „Es dauert nicht lange..."

Horsts Eifersucht war verflogen. Er beugte sich über sie und küsste ihre Haare. „Wie soll ich das so lange aushalten?", fragte er leise.

Als sein Bruder in die Küche kam, begann Lissy zu lachen:

„Mach es doch einfach so wie Klausi!"

Horst verstand nicht, was Lissy meinte.

„Ich zeige es dir!" Lissy stand auf, rannte durch das Haus in Klaus' Schlafzimmer und kam nach ein paar Minuten mit Minnie, Klausis Puppe, im Arm wieder. Sie begann in der Küche zu tanzen, legte ihre Hand auf den Plastikhintern und schlang ihr rechtes Bein um das der Puppe.

„Ist so richtig, Klausi?", fragte sie, „so mag sie es am liebsten, oder?"

Klaus stiegen die Tränen in die Augen. Horst sah sprachlos zu, wie Lissy mit der Puppe tanzte.

„Unser Fachmann für die Erotik", zog sie Klaus auf, „er übt. Aber noch mit Plastikfrau." Sie begann zu lachen und drehte sich immer schneller im Kreis.

„Du gemeine Kuh", schrie Klaus weinend und versuchte Lissy die Puppe zu entreißen, aber sie war schneller und rannte um den Küchentisch.

„Was mag sie denn am liebsten? Wenn du es ihr mit Mund machst?“ Sie streckte die Zunge heraus: „So?“

Klaus warf den Tisch um und stürzte sich auf Lissy. Sie warf ihm die Puppe entgegen und brachte sich in Sicherheit.

„Hast du das gewusst?“, rief Lissy lachend und atemlos, aber Horst konnte nicht antworten, ihre Bosheit hatte ihn völlig sprachlos gemacht.

Klaus Winkler stand unbeweglich in der Mitte der Küche, hielt die Puppe umschlungen und war unfähig, sich zu bewegen. Erst als er bemerkte, dass seine Hose nass wurde und sich dunkel verfärbte, stürzte er aus der Küche.

„Das machst du nie wieder!“, sagte Horst leise und drohend. „Nie wieder.“

Aber Lissy ließ sich nicht beeindrucken:

„Du hast mir gar nichts zu sagen“, erwiderte sie kalt. „Du hast ihn schließlich umgebracht, nicht ich.“

Lissy hatte die Koffer schon vor die Haustür getragen, als Gerlach auf den Hof gefahren kam. Staunend betrachtete Horst Winkler Gerlachs neues Auto. Er saß betont lässig in einem schwarzen A6 und Winkler war sich sicher, dass das Auto neu war.

Seine Schlitten werden immer größer, dachte Horst, seine Geschäfte müssen gut gehen. Als er noch Bauer war, hat er nicht annähernd so viel verdient.

Gerlach ließ die Scheibe herunter und winkte Horst lässig zu sich heran.

„Übermorgen bin ich wieder zurück“, meinte er mit gespielter Freundlichkeit. „Ich hoffe, wir haben dann keine Schwierigkeiten. Denke an meine Worte.“

Nachdenklich sahen Horst und Klaus Winkler, der im Schatten des Hauses stand, dem abfahrenden Auto hinterher.

Kapitel 24

Das Wurstmachen hatte Horst Winkler von seiner Mutter gelernt. Selbst die Königsdisziplin der Schlachter, das Pökeln und Räuchern von Schinken beherrschte er meisterhaft. Hätte er nicht den Hof übernehmen müssen, wäre er sicher Schlachter geworden, das war ihm schon immer klar gewesen. Dazu noch ein bisschen trommeln und sein Leben wäre perfekt gewesen.

Horst Winkler verarbeitete lieber Schweine als Rinder, die Stücke waren handlicher und man musste das Fleisch nicht so lange abhängen lassen. Er arbeitete am liebsten alleine, nur sein Bruder durfte ihm ein wenig zur Hand gehen, indem er die Wannen mit dem Abfall beseitigte.

Winkler verfütterte die Schlachtabfälle an seine eigenen Schweine. Es war zwar verboten, Schweine mit den Fleischresten ihrer Artgenossen zu füttern, aber Winkler fand, dass es den Tieren egal war. Sie schmatzten immer gleich, dachte er, egal ob Rind- oder Schweineabfälle im Trog waren.

Klausi half ihm auch, wenn die größeren Teile aus dem Kühlhaus geholt werden mussten. Um ein Rind alleine zu zerteilen, benötigte Winkler einen ganzen Vormittag. Um Goulasch zu schneiden und die Fleischreste für Hackfleisch durch den Wolf zu drehen, den halben Nachmittag. An solchen Tagen musste alle andere Arbeit ruhen und so kam es, dass er dann manchmal erst spät abends mit dem Melken beginnen konnte. Bei Schweinen ging alles viel schneller, sie waren handlicher und das meiste Fleisch wurde verwurstet und musste nicht so exakt geschnitten werden wie bei den Rindern.

Das Schwein, das er am Tag zuvor für Hella und Friedel Köhler geschlachtet hatte, hing vor ihm am Haken, säuberlich in zwei Hälften geteilt und wartete auf das scharfe Messer, mit dem er begann, den Schlachtkörper zu zerteilen. Er war nicht so versiert wie ein professioneller Schlachter, aber nach einer Stunde lagen die Teile, die er zum Wurstmachen benötigte, auf dem Tisch vor ihm.

Er legte den Kotelettstrang und die Bratenstücke in eine Kiste, die Filets befreite er mit einem kleinen Messer von kleinen und kleinsten Überresten von Fett und Häuten. Die Edelteile wurden von Hella und Friedel an ihre Kinder verteilt.

Horst war in seine Arbeit vertieft und bemerkte Peter Gerlach erst, als er in der Tür des kleinen Schlachthauses stand.

„Du?“ sagte er erschrocken. „Ich denke, du bist in Polen.“

„Das Denken war noch nie deine Stärke“, erwiderte Gerlach unfreundlich. „Aber vielleicht kannst du dir jetzt denken, warum ich gekommen bin.“

Horst beugte sich über die Wanne mit Innereien, beäugte ausgiebig die Leber und die Nieren, nahm ein kleines Messer und säuberte die Zunge des Schweins und schwieg.

Peter Gerlach trat an den Tisch und besah sich die Teilstücke, schwieg ebenfalls und Horst wurde es nach ein paar Minuten mulmig.

Als Gerlach ein großes Messer in die Hand nahm, verlor Winkler fast die Fassung: „Leg das hin“, befahl er, „das ist kein Spielzeug.“ Gerlach ließ das Messer wie ein Fallbeil auf den Tisch fallen und durchschnitt die beiden exakt nebeneinander liegenden Filets in der Mitte. Horst war entsetzt. „Das sind Filets!“ stotterte er. „Die zerschneidet man nicht.“

„Spielzeug“, erwiderte Gerlach ungerührt. „Spielzeug. Das musst gerade du sagen.“ Er hob drohend das Messer und hielt es Horst vor das Gesicht: „Es gibt da einen schönen Film“, meinte er und grinste. „Chinatown. Kennst du den?“ Horst wagte sich nicht zu bewegen, das Messer war direkt vor seiner Nase.

„Ein schöner Film“, Gerlach fuchtelte mit dem Messer. „Da wird einem, der nicht zahlen will, die Nase aufgeschlitzt.“

„Ich kann dir nur tausend geben“, sagte Horst heiser vor Angst. „Mehr habe ich nicht.“

Gerlach schüttelte den Kopf: „Ich glaube“, er senkte die Stimme fast zu einem Flüstern, „da solltest du noch ein bisschen was draufpacken. Chinatown!“

Horst rettete sich hinter den Tisch: „Ich habe nicht mehr, ich muss immer noch die Hochzeit abbezahlen. Ich kann dir jetzt nur tausend geben.“

Horst Winkler schloss vor Schreck die Augen, als Gerlach das Messer mit der Spitze in den Tisch rammte: „Ich gebe dir noch zwei Tage. Übermorgen bin ich wieder hier.“

Als er sich zum Gehen wenden wollte, nahm Horst seinen Mut zusammen: „Du kannst mir Lissy sowieso nicht mehr wegnehmen, wir sind verheiratet.“

„Bist du vollkommen übergeschnappt? Willst du pampig werden?“, schrie Gerlach und fegte mit einem Schwung das Fleisch von der Platte. „Was bildest du dir eigentlich ein, du miese kleine Ratte?“

Horst schnappte sich das Messer und hielt es drohend vor sich:

„Mach keinen Schritt weiter!“, sagte er voller Angst, aber Gerlach ließ sich nicht beeindrucken. Er ging auf

Winkler zu, als ob der kein Messer in der Hand halten würde, machte einen Satz nach vorne, warf den Tisch um und stürzte sich auf ihn. Horst versuchte auszuweichen, stolperte dabei über das auf dem Boden verteilte Schweinefleisch, verlor das Messer, rutschte auf dem fettigen Boden aus und schlug der Länge nach hin. Gerlach trat ihm mit aller Kraft zwischen die Beine, so fest, dass Winkler aufjaulte.

„Du und deine kleine Nutte“, zischte Gerlach und spuckte auf das Fleisch, das kreuz und quer auf dem Boden lag, „die steigt doch mit jedem ins Bett, der genug zahlt, du Idiot.“ Er drehte sich um und ging zur Tür.

„Du Schwein!“, schrie Horst, Gerlach fuhr erschrocken herum und als er sah, dass sich Horst das Schlachterbeil geschnappt hatte, versuchte er sich umzudrehen, aber bevor Horst ihn erreichen konnte, rutschte er auf dem schmierigen Boden aus, stolperte und schlug mit dem Kopf an den Türrahmen Er fiel rücklings auf den Kachelboden. Als sein Kopf aufschlug, meinte Winkler ein Krachen zu hören, wie von berstenden Knochen.

Plötzlich war es totenstill, nur Horst Winklers keuchendes Atmen war zu hören. Er stand, das Beil in der Hand, über Gerlach gebeugt, sah verwirrt auf den leblosen Körper und war sich sofort sicher, dass er tot war.

‚Diesmal darfst du nicht weglaufen‘, schoss ihm plötzlich durch den Kopf. Lissy! dachte er. Warum ist sie nicht da? Sie hätte wieder eine gute Idee gehabt.

Er sah durch das kleine Fenster auf den Hof und beobachtete die Umgebung. Niemand schien etwas bemerkt zu haben, alles war ruhig. Auf der Nachbarweide grasten ein paar friedliche Kühe, in der Ferne sah man einen Trecker, der seine Runden zog, auf der weit entfernten Landstraße ab und zu ein Auto.

Plötzlich stand sein Bruder vor ihm, sah erstaunt in den kleinen Schlachtraum. Als er Gerlach entdeckte, fragte er:

„Ist er tot?"

Horst zuckte mit den Schultern.

„Was machen wir mit ihm, wenn er tot ist?" Klaus bückte sich zu Gerlach und tätschelte ihm auf die Wangen. „Vielleicht ist er tot."

„Wir warten ein bisschen", erwiderte Horst Winkler, „vielleicht wacht er dann ja auf."

Klaus nickte. Er begann die Unordnung zu beseitigen. Als er fertig war, war Gerlach immer noch nicht aufgewacht.

„Willst du Wurst machen?", fragte er seinen Bruder.

Horst Winkler nickte und schielte zu Gerlach, der regungslos auf den kalten Kacheln lag.

„Ja", sagte er nur, nahm sein Messer und beugte sich über den Toten. Er hatte eine Idee.

„Soll ich dir helfen?", fragte Klaus.

„Lass mal", sagte Horst, „das mache ich lieber alleine."

Kapitel 25

Am Anfang ihrer Beziehung hatte Klaus jede Nacht mit Minnie verbracht, in der letzten Zeit aber hatte er sich manchmal nicht gewagt, sie aus dem Schrank zu sich zu holen. Es gab so viel zu erzählen, hatte er gedacht, vielleicht wolle sie gar nicht alles hören.

Nach der Demütigung durch Lissy merkte er, wie sehr er sie brauchte. Er zog sie aus und schlüpfte zu ihr unter die Bettdecke.

„Ist dir kalt?", fragte er leise, „ich kann dir auch etwas zum Anziehen holen. Aber so finde ich es besser."

Er ließ seine Hand über ihren kalten Körper wandern und nahm sie schließlich in seinen Arm.

„Lissy meinte es nicht so", begann er leise. „Sie hat ein schlechtes Gewissen, außerdem meint sie, ich würde nichts wissen. Manchmal weiß ich wirklich wenig, Minnie, aber ich glaube, ich weiß mehr als Horst. Ich weiß seit dem ersten Tag, dass Lissy nicht die Cousine von Alex ist und dass sie jeden Tag miteinander geschlafen haben. Immer, wenn Horst aus dem Haus ist und Gras gemäht oder die Kühe geholt hat, haben sie es miteinander gemacht. Manchmal zweimal am Tag. Außer, wenn Ines da war – da schlief Alex mit Ines. Aber Lissy hat das nicht gestört. Wenn sie wollte, konnte sie auch noch mit Horst schlafen. Und weißt du was?"

Er legte sich auf die Seite und sah Minnie in die Augen, die unbewegt zur Decke starrte. „Ich bin ihr deswegen nicht böse. Horst ist so gut gelaunt, seit sie bei uns ist, da habe ich mir gedacht, dann ist es egal, was Lissy sonst macht. Sie hat ihn nämlich nicht vernachlässigt. Trotzdem kann ich Horst verstehen. Sie hätten sich einfach nicht erwischen lassen sollen. Ich fand es toll, dass er so einen Mut hatte. Ich habe durch die Küchentür gesehen, was passiert ist. Die Schlafzimmertür stand einen Spalt weit auf und dann ist Horst wie der Teufel auf Alex los. Alex hat keinen Mucks gemacht. Ich habe dann die Küchentür leise zu gemacht und Geschirr gespült. Horst ist erst aus dem Haus gestürmt und dann in den Keller gerannt. Den Spaten hatte er immer dabei. Im Keller hat er wie wild auf seinem Schlagzeug rumgedroschen und ist dann in die Scheune gerannt.

Und jetzt hat er Peter Gerlach ordentlich vermöbelt. Ich weiß nicht, was er mit ihm gemacht hat, er hat mich fortgeschickt. Ich will es auch gar nicht wissen.

Alle meinen, ich sei dumm und blöde. Aber das stimmt nicht, ich weiß genau, wie der Hase läuft. Aber diesmal war ich froh, dass alle das geglaubt haben, ich habe nicht viel sagen müssen. Und wer nicht viel sagt“, dabei sah er Minnie ins Gesicht, „sagt auch nichts Falsches, oder?“

Er streichelte sanft über ihre Plastikbacken und legte sich etwas bequemer hin.

„Manchmal passieren mir dumme Sachen, das stimmt. Wenn die jungen Mädchen von der Schule nach Hause fahren, macht es mir Spaß, sie ein bisschen zu erschrecken, das finden die nicht so toll. Da bekomme ich dann Ärger.

Oder die Sache mit dem Eis. Jedes Mal passiert es mir, dass ich mich verspreche und der Wirt sich hinter dem Tresen über mich lustig macht.

Ich bin so froh, dass die beiden nicht die Polizei geholt haben. Lissy hat ein wenig an Horst rumgefummelt, glaube ich und dann war wieder alles gut. Und ich werde niemandem außer dir etwas erzählen. Horst und Lissy wissen gar nicht, dass ich alles gesehen habe. Denen werde ich auch nicht erzählen, dass ich alles weiß.

Früher habe ich Lissy geliebt“, er streichelte Minnie über das Gesicht, „aber seit du da bist, liebe ich nur dich.“

Klaus legte sich wieder auf den Rücken, zog Minnie noch näher an sich heran und starrte an die Zimmerdecke.

„Wenn die Polizei herausbekommt“, sagte er nach einer Weile „dass Horst Alex und vielleicht auch Peter umgebracht hat, holen sie ihn ab und ich muss hier weg. Und du kannst dann nicht mehr bei mir sein. Wir müssen einfach den Mund halten, versprichst du mir das?“

Minnie antwortete nicht.

„Wenn Lissy nicht gekommen wäre“, sagte Klaus leise, „wäre ich nie auf die Idee gekommen, dich aus dem Geschäft zu holen. Deshalb bin ich Lissy dankbar. Das wäre doch total schade, wenn du nicht mehr bei mir sein könntest, oder?“

Das kalte Plastik von Minnies Körper begann ihn stärker zu erregen als je zuvor. Er legte sich vorsichtig auf sie und als er sein Geschlecht an ihren Körper presste wurde es groß und heiß. Er rieb sich an ihr bis zum Ende.

Kapitel 26

„Was ist eigentlich mit Horst los?“ Erich Garbes dröhnender Bariton schreckte Allmers aus seinen Träumen. Das Licht in Garbes Melkkarussell war so schlecht, dass Allmers regelmäßig einzuschlafen drohte, wenn er dort Milchkontrolle machte.

„Wieso?“, Allmers verstand nicht gleich, was Garbe wollte.

„Diese Frau, diese Russin …“

„Polin“, unterbrach Allmers, „sie kommt aus Polen. Das hört man doch“.

„Egal“, Garbe ließ sich nicht beirren. „Sie heißt Lissy, nicht?“

Allmers wunderte sich: „Du warst doch auf ihrer Hochzeit, oder?“

Garbe nickte: „Aber nicht lange. Als die Russengang aufgetaucht ist, sind Erika und ich gleich nach Hause.“

„Ich kenne sie“, sagte Garbe plötzlich und wie beim ersten Mal erschrak Allmers. „Ich habe sie schon mal gesehen, bevor sie bei Horst aufgetaucht ist.“

„Peter hat sie ihm besorgt“, sagte Allmers, der eigentlich keine Lust auf ein Gespräch hatte. „Peter handelt mit allem. Lumpen, Arbeiter und Frauen. Du musst nur sagen was du brauchst. Dann fährt er nach Polen und kommt mit ein paar Schwarzarbeitern oder einer Heiratswilligen zurück.“

„Das denkst du“, Erich Garbes Stimme hatte einen eigenartigen Ton. „Das denken alle. Aber es war nicht so. Sie ist eine Nutte. Sie arbeitete vorher in Hamburg. Oder liegt Hamburg etwa in Polen?“

Allmers schwieg verblüfft.

„Ich habe sie da gesehen." Garbe war nicht zu bremsen, es schien ihm völlig egal zu sein, was Allmers dachte

„Sag das noch einmal, Erich", Allmers konnte sich ein Grinsen nicht verkneifen, er war froh, dass Garbe es nicht sehen konnte. „Du? Du hast sie gesehen? Etwa in einem Puff?"

Schon wieder, dachte Allmers. Das ganze Dorf hatte vor zwei Jahren über Garbe gelacht, als die Geschichte von seinem Besuch des Bordells im Nachbarort ruchbar geworden war.

Garbe engagierte sich ehrenamtlich viel in der bäuerlichen Selbstverwaltung. So war er auch Mitglied im örtlichen Unterhaltungsverband. Die Funktion dieses Organs kannten nur die Bauern, kaum einem Dorfbewohner war sie geläufig. Allmers musste auch Wiebke damals erklären, dass dieser Verband nur die Entwässerungsgräben unterhielt und nicht die Bauern.

Die jährliche Mitgliederversammlung, Erich Garbe war Schriftführer, endete wie fast alle solche Versammlungen. Viel Bier floss und auch viel Korn. Gegen Ende beschlossen einige Bauern noch einen Abstecher ins nahe gelegene Puff zu machen, zur Abrundung des Abends. Garbe hatte vorsorglich das Auto zu Hause gelassen, war extra mit dem Fahrrad gekommen, um im alkoholischen Notfall über die Feldwege nach Hause radeln zu können.

„Nur auf ein, zwei Bier", versicherte er später, sei er mitgegangen, er habe nur an der Bar gestanden.

Spät in der Nacht kam Garbes Frau mit einer Freundin aus einer Theatervorstellung, fuhr zufälligerweise an dem an der Hauptstraße gelegenen Bordell vorbei und sah das Fahrrad ihres Mannes friedlich an die Hauswand gelehnt.

Sie hielt sofort an, schloss es ab und steckte den Schlüssel ein.

Garbe war um eine Lösung nicht verlegen. Er trug eine halbe Stunde später das Rad zur Gaststätte, in der der Unterhaltungsverband getagt hatte, rief ein Taxi und ließ sich nach Hause fahren.

„Weißt Du", erzählte er am nächsten Morgen nach dem Melken seiner Frau, „was mir heute Nacht passiert ist? Da hat doch so ein Idiot mein Fahrrad abgeschlossen, als ich nach Hause wollte. Ich musste mit dem Taxi fahren."

Erich Garbes Frau legte wortlos den Fahrradschlüssel auf den Tisch und zog aus. Es dauerte mehrere Wochen, bis er sie überredet hatte, wieder bei ihm einzuziehen.

„Nur wegen der Kinder!", hatte sie gesagt und lange im Gästezimmer geschlafen.

„Wir fahren einmal im Jahr mit dem Stammtisch nach Hamburg ins Musical. In irgend so einen Schrott, der da immer spielt. Phantom der Löwen oder so ähnlich. Ich habe eigentlich nie Lust mitzugehen. Meistens bin ich froh, wenn wir wieder zu Hause sind. Und letztes Jahr haben mich die anderen noch ins Puff geschleift. Ich war eigentlich viel zu besoffen, aber die anderen waren stärker." Garbe lachte verlegen.

„Und da hast du sie gesehen?"

„Sie stellte sich vor mich und sagte: Ich bin Lissy, komm doch mit auf mein Zimmer. Glaub ich wenigstens, ich bin fast eingeschlafen. Sie hat sich dann einen anderen geschnappt und ist weg. Ich glaube, es war Werner, oder… Paul. Ich weiß nicht, ist ja auch egal."

„Meinst Du, dass Horst das weiß?", Allmers versuchte sich nichts anmerken zu lassen.

„Nein, das glaube ich nicht". Erich Garbe schüttelte

den Kopf. „Aber wenn er es wüsste, wäre es ihm egal. Er ist ja völlig vernarrt in sie. Der ist ihr hörig. Ich glaube, die kann mit ihm machen, was sie will."

„Weiß deine Frau davon?", fragte Allmers, als er seinen Holzkasten zuklappte, in dem die Proben aufbewahrt wurden.

„Keiner weiß davon. Und du hältst dein Maul. Klar?", Garbe entließ die letzte Kuh in die Freiheit und kletterte aus dem Melkkarussell.

„Bis morgen. Halb sieben."

Kapitel 27

Lothar Wiesler schrie: „Zündung!“ und im Bruchteil einer Sekunde schoss das mächtige Boot mit voller Wucht ins Wasser, versank und dann geschah etwas, womit keiner gerechnet hatte.

Bei der alten Elbinsel Krautsand mündete der Rutenstrom, ein kleiner Seitenarm der Elbe, wieder in den großen Fluss. Viele Jahre gab es dort einen kleinen Anleger, an dem Küstenmotorschiffe ihre Ladung löschen konnten, mittlerweile hatten die Container auf den großen Schiffen und die Lastwagen dem kleinen Hafen fast den Todesstoß versetzt. Eine kleine Werft nebenan war mit der Zeit immer größer geworden, hatte einige erfolgreiche Produkte für Rettungsboote entwickelt und nutzte das tiefe Wasser als Versuchsbecken, um die Rettungsboote einem Härtetest zu unterziehen. Diejenigen Mitarbeiter, die das jeweilige Rettungsboot auf der Werft aus Kunststoff zusammengeklebt hatten, mussten es zum abschließenden Test besteigen und wurden aus zehn Meter Höhe ins kalte Wasser der Elbe katapultiert. Der Werftbesitzer hatte den umliegenden Bereich ausbaggern lassen, damit er die Rettungsboote aus großer Höhe ins Wasser fallen lassen konnte.

Der Versuchsleiter sah fassungslos, wie das Boot nicht wie sonst im Rutenstrom versank und planmäßig wieder an die Oberfläche kam, so wie ein Hund, der erst versank aber scheinbar automatisch seinen Kopf aus dem Wasser streckte, sondern wie von einer Feder getrieben wieder aus dem Wasser schleuderte und in der Luft auseinander brach. Die Schreie der Besatzung übertönten noch das Krachen und den Lärm des berstenden Kunststoffrumpfes. Als es wieder versank, waren die Arbeiter, die an der Kaimauer standen und dem Versuch gelangweilt zugesehen hatten, für einen Moment gelähmt. Dann sprangen sie in den kleinen Fluss und zogen die um ihr Leben kämpfenden Männer aus dem sinkenden Wrack.

Wiesler, der seit vielen Jahren die Übungen zur Sicherheit der Boote leitete, rief seinen Chef an.

Als die Taucher den Grund für das Unglück suchten, wurden sie schnell fündig. Das Boot war auf ein Autowrack geprallt, das von der Kaimauer in den Fluss gerollt war. Hinter dem Steuer saß ein Mann. Er war angeschnallt und alle Fenster des Autos waren geöffnet.

„Ein klarer Fall“, sagte der Kranführer, als er das Auto aus dem Wasser herausgeholt hatte. „Selbstmord. Wer fährt schon mit vier geöffneten Fenstern spazieren?“

*****

„Wann fährt dein Zug?“, fragte Allmers mit vollem Mund. Nina hatte ein Abschiedsessen gekocht. Sie wusste noch von Allmers’ lange zurückliegendem Besuch in Schwaben, dass er Käsespätzle gerne aß und hatte sich die Mühe gemacht, dieses Essen zu kochen. Allmers war begeistert. Nina hatte zwischendurch ihre Bereitschaft verflucht, es war in Allmers Küche natürlich keine Spätzlepresse vorhanden und so hatte sie mühevoll den Teig über einem Brett in den Topf mit kochendem Wasser geschabt.

„Um kurz nach zwölf“, sagte sie. „Wenn du Zeit hast, würde ich gerne morgens noch etwas einkaufen.“ Dass es ein Abschiedsgeschenk sein sollte, verriet sie ihm nicht.

Allmers hatte sich den letzten Abend mit Nina frei gehalten, die Kontrolle bei Ilse Voß verschoben.

„Das passt mir gut", meinte er und schaufelte sich die Gabel mit Käsespätzle voll, „ich will seit Wochen zum Friseur. Das kann ich dann gleich mit erledigen."

Allmers und Nina fuhren um kurz nach zehn vom Hof und das Mädchen beschlich ein wenig Wehmut. Sie hatte sich nicht viel versprochen von den Ferien bei ihrem Onkel, obwohl sie schnell mit dem Vorschlag ihrer Eltern einverstanden gewesen war. Aber nach drei Wochen war sie traurig, wieder abfahren zu müssen. Hans-Georg war so, wie ihre Eltern ihn abschätzend beschrieben hatten. Lässig und faul und für jeden noch so albernen Scherz zu haben. Genau das aber gefiel ihr und sie bewunderte, wie er die ewigen Attacken seines Bruders parierte.

Am Ende der Fußgängerzone in Stade, kurz vor dem Fischmarkt steuerte Allmers einen Friseur an. Er hatte Gutes von dem Frisiersalon gehört und wollte ihn ausprobieren.

„Ich komme in einer halben Stunde wieder", sagte Nina und wollte sich umdrehen, als sie plötzlich schallend lachte.

Allmers konnte sich keinen Reim auf ihr Lachen machen und sah sie fragend an.

„Sieh mal", sagte sie und zeigte auf den Eingang des Frisiersalons. Direkt neben dem Schaufenster stand ein Glaszylinder, in dem sich eine rot-weiß gestreifte Säule drehte. Daneben stand ein Schild mit der Aufschrift „Dreht die Säule hell und klar, schneiden wir sofort Ihr Haar."

„So etwas Bescheuertes habe ich noch nie gesehen", prustete Nina und hielt sich den Bauch vor Lachen. Allmers stimmte zu.

„Allerdings“, sagte er und ging in den Frisiersalon.

Allmers liebte es, zum Friseur zu gehen. Schon als Kind konnte er es kaum erwarten und freute sich jedes Mal auf den Augenblick, wenn die Friseurin, er ließ sich schon immer nur von den weiblichen Angestellten der Frisiersalons die Haare schneiden, den surrenden Rasierapparat herausholte und ihm den Nacken ausrasierte. Es durchfuhr ihn dann regelmäßig ein wohliger Schauer, der ihm als kleiner Junge nur gefiel, als Fünfzehnjährigen aber so erregte, dass er die Illustrierte, die er nebenher las, auf seinen Schoß legen musste.

Die Friseurin sprach wenig. Sie fragte ihn, wie lange er das Haar denn tragen wolle und nachdem Allmers nur „Kurz“ geantwortet hatte, legte sie los. Eine Illustrierte konnte Allmers beim Friseur schon lange nicht mehr lesen, regelmäßig wurde er gebeten, die Brille abzunehmen. Ohne die Sehhilfe sah er sich nur verschwommen im Spiegel und musste darauf vertrauen, dass der Geschmack der Friseurin und sein eigener einigermaßen gleich waren.

„Soll ich die Haare im Nacken gerade abschneiden oder ausrasieren?“

Allmers nahm seine Brille, betrachtete die junge Frau und sagte: „Rasieren bitte.“

An der Kasse erlebte er eine Überraschung.

„Fünf Euro“, sagte die Friseurin und Allmers war zu überrascht über den niedrigen Preis um zu merken, dass er ein Trinkgeld hätte geben müssen. Verwirrt verließ er den Laden und wartete auf Nina.

„Fünf Euro?“, fragte sie verblüfft, als er von seiner Verwunderung erzählte.

Sie studierte die Preistafel und als sie ein zweites Mal vor dem Friseursalon in schallendes Gelächter ausbrach, wusste Allmers wieder nicht den Grund.

„Lies mal“, japste sie. „Senio…“ Weiter kam sie nicht, das Lachen schüttelte sie so, dass sie sich an Allmers Schulter festhalten musste. „Lies doch mal“, mehr konnte sie vor Lachen nicht sagen und Allmers entzifferte:

„Seniorenkranz 5 Euro“.

Kapitel 28

„Kubanische Kriminalgeschichten“ las Allmers und er hoffte, dass ihn diesmal niemand stören würde. Er sah zum Himmel, beschloss, die Hängematte zwischen die beiden Bäume in seinem Garten zu hängen und sich einen gemütlichen Nachmittag zu genehmigen. Ninas Mitbringsel war ihm auf der Heimfahrt aus Stade wieder in den Sinn gekommen und er hatte beschlossen, jetzt endlich mit dem Buch zu beginnen.

Nina hatte sich erst beruhigt, als sie fast schon den Bahnhof erreicht hatten.

„Nicht böse sein“, hatte sie gebeten. „Ich finde, das war der Hammer! Seniorenkranz.“ Sie hatte wieder so laut gelacht, dass sich manche Fahrgäste umgedreht hatten. „Wenn ich ehrlich bin“, hatte sie nach einer Weile fröhlichen Glucksens tröstend gesagt, „habe ich erst vorhin richtig realisiert, dass du bald eine Glatze hast. Vorher ist mir das überhaupt nicht aufgefallen.“

Allmers war gelassen geblieben. Auch sein Bruder hatte sich von dem Tag an, als er bemerkte, dass Hans-Georgs Haare schütter wurden, darüber lustig gemacht. Allmers hatte alles an sich abprallen lassen. Es lohnte sich einfach nicht, hatte er beschlossen, etwas so Unabänderliches auch noch durch unnötige Aufmerksamkeit aufzuwerten und zu einem Problem zu machen.

„Dein Zug kommt“, hatte er gesagt und Nina hatte unsicher begonnen, in ihrer Tasche zu kramen.

„Ich habe dir noch etwas gekauft, aber erst zu Hause aufmachen.“

Als der Zug sich langsam in Bewegung gesetzt hatte,

winkte sie so lange hinter dem Fenster bis Allmers aus ihrem Sichtfeld verschwunden war.

Allmers hatte schon am Bahnhof erraten, was Nina ihm gekauft hatte und er hatte sich gewundert, dass so etwas in einer norddeutschen Kleinstadt vorrätig war. Es war eine Spätzlepresse und er hatte sofort beschlossen, Wiebke einmal damit zu bekochen.

Die Sonne hatte nicht mehr so viel Kraft wie zu Beginn des Sommers, für ein paar schöne Nachmittage mit Wiebke am Strand würde es noch gehen, dachte er, aber er wusste, dass sie heute keine Zeit hatte.

Er legte sich in die Hängematte, schlug das Buch auf und studierte das Inhaltsverzeichnis. Zehn Geschichten waren da verzeichnet. „Der alte Mann und ein wenig mehr" hieß die erste und Allmers war irritiert. Ein bisschen platt, dachte er, ein wenig zu viel… er kam nicht auf den richtigen Ausdruck und las den nächsten Titel: „Zwei!"

Ungewöhnlich, dachte Allmers, mit Ausrufezeichen. Die dritte Geschichte hieß „Raffaelitas Rache" und er erinnerte sich, dass Nina ihm von dieser Geschichte erzählt hatte. Sie hatte sie gelesen, als sie mit dem Zug gekommen war und schien begeistert gewesen zu sein.

Allmers schlug die Seite auf und begann zu lesen:

Raffaelitas Rache

Es war ein schöner Tag gewesen für Raffaelita Segundo. Nachdem sie morgens auf dem Markt Zuckerrohr und Salat verkauft hatte, war sie in der Hitze der Siestazeit mit Raul am Strand spazieren gegangen.

Natürlich war ihr das von ihrem Vater verboten worden. Sie hätte sofort nach dem Markt zurück nach Hause gemusst.

Er wollte verhindern, dass sie auch nur einen einzigen Centavo ausgeben konnte.

Und das mit Raul! Nicht auszudenken, dachte Raffealita, wenn er das herausbekäme.

Allmers Handy klingelte. Wiebke, dachte er und hielt das Mobiltelefon an sein Ohr.

„Hallo", sagte er liebevoll.

„Hier ist Werner."

Allmers holte Luft.

„Bist du da?"

„Ja", sagte Allmers.

„Gib mir mal Nina", meinte sein Bruder, „ich habe ihre Handynummer nicht."

„Die ist heute nach Hause gefahren, sie ist nicht mehr da. Die drei Wochen sind vorbei."

„Ohne sich von mir zu verabschieden?", fragte der Staatsanwalt und Allmers überlegte, ob seinem Bruder das wohl wirklich wichtig gewesen war.

„Ich glaube", sagte Allmers, um seinen Bruder zu beschwichtigen, „das war keine Absicht."

„Genau das vermute ich aber", sagte der Werner Allmers, „sie hat wohl allen Grund dazu. Weißt du, was sie in Wirklichkeit gemacht hat, als du sie vermisst hast?"

„Keine Ahnung."

„Sie hat mit Ines Detektiv gespielt."

Allmers setzte sich erschrocken auf: „Detektiv?", fragte er verblüfft.

„Die beiden haben gewartet, bis es dunkel war und haben sich dann auf Winklers Hof geschlichen. Ines ist in das Haus eingestiegen und Nina hat Schmiere gestanden."

Allmers schluckte. Er konnte kaum glauben, was sein

Bruder erzählte. Nina hatte, so dachte er zumindest bisher, panische Angst vor Klaus. Sie hatte es ja abgelehnt, mit zur Milchkontrolle auf den Hof zu gehen.

„Waren die beiden übergeschnappt?", fragte er. „Was wollten die denn dort?"

„Ines ist immer noch der festen Überzeugung, dass ihr Liebhaber von Horst umgebracht worden ist. Und weil wir nichts gefunden haben, obwohl ich, das muss ich zugeben, auch so denke, wollte sie das in die eigene Hand nehmen."

„Da haben zwei Mädchen ein bisschen zu viele Krimis gesehen", meinte Allmers. „Gott sei Dank ist nichts passiert. Lass das bloß nicht Rosemarie wissen, die reißt mir den Kopf ab."

„Allerdings muss ich sagen", der Staatsanwalt senkte die Stimme, so als ob jemand mithören würde, „sie hat da eine merkwürdige Sache entdeckt. Sie sagt, dass das Schlafzimmer von Alex vollkommen neu eingerichtet sei. Sie könne das genau sagen, sie habe schließlich oft genug darin geschlafen."

„Na und?", fragte Allmers. „was ist daran so komisch?"

„Alex hatte sich laut Horst und seiner Schönen ja nicht für immer abgemeldet. Da räumt man doch kein Zimmer um, wenn der Benutzer wieder zu kommen gedenkt, oder?"

„Aber mittlerweile ist er tot. Die könnten das Zimmer erst vor kurzem umgeräumt haben."

„Das eine ist so plausibel wie das andere. Wir haben einfach noch keine Spur."

„Das war ganz sicher ein grauenerregender Ritualmord", spottete Allmers „mit weltumspannenden Verbindungen zu bolivianischen Kokainmördern. Oder zu Irene Hintelmann."

„Danke für den Scherz. Kennst du eigentlich Peter Gerlach näher?“

„Natürlich. Der örtliche Sklavenhändler unseres Vertrauens. Den kennt doch jeder. Warum fragst du?“

„Er ist tot.“

Vor Schreck brachte Allmers kein Wort heraus.

„Bist du noch dran?“

„Wieso tot?“, fragte Allmers immer noch fassungslos. „Das sind ganz schön viele Tote in kurzer Zeit.“

„Wahrscheinlich Selbstmord“, sagte Werner Allmers. „Er saß in einem Auto, das aus dem Rutenstrom herausgezogen wurde. Alle Fenster waren offen, er war angeschnallt.“

Allmers hatte sich wieder gefangen und fing an zu lachen: „Das war bestimmt kein Selbstmord. Höchstens ein Unglück. Der würde sich niemals umbringen, dazu ist er viel zu feige und außerdem gefühllos. Vielleicht hat ihn einer seiner Haussklaven in die Elbe geschubst, wundern würde es mich nicht.“

„Wenn der Obduktionsbericht vorliegt, wissen wir mehr.“

„Rufe Nina bitte nicht an“, bat Allmers seinen Bruder zum Schluss. „Wir tun einfach so, als ob wir es nicht wüssten. War Ines bei dir, oder woher weißt du das alles?“

„Heute Morgen. Sie war gleich nach Dienstbeginn hier.“

„Ich muss bald los“, verabschiedete sich Allmers, „tschüss.“ Er legte auf.

Allmers klappte seufzend das Buch zu, legte sich wieder in die Hängematte und begann nachzudenken. Alex verschwindet ohne sich von seiner Bettgenossin zu verabschieden, die dafür keinerlei Verständnis hat. Dann wird er ermordet und praktisch aufgebahrt und verbrannt. Das sollte sicher seine Identifikation erschweren, aber es hatte nicht lange gedauert und die Polizei wusste, wer er war. Ein vager Verdacht fällt auf Horst Winkler, aber eine Hausdurchsuchung bringt keine Ergebnisse. Es stellt sich heraus, dass auch Lissy ein Verhältnis mit ihrem angeblichen Cousin hatte, der gar nicht illegal in Deutschland war. Aber genau das hatten sie Horst Winkler erzählt. Ob Horst von dem Verhältnis wusste, war unklar, Ines wusste es auf alle Fälle. Garbe hat Lissy angeblich vor einem Jahr in einem Bordell gesehen. Und jetzt ist Peter Gerlach tot, der Lissy auf den Hof gebracht hatte.

Allmers griff nach seinem Handy und rief seinen Bruder an:

„Mir ist etwas eingefallen", begann er sofort. „Vor zwei Wochen war ich mit Nina in der Stadt in einem Eiscafe. Wir saßen draußen, als Lissy an uns vorbeigeschlendert ist, ohne uns zu sehen."

„Komm zur Sache", sagte sein Bruder ungehalten, „ich habe keine Zeit, der Obduktionsbericht ist gerade gekommen."

„Lissy stand an einem Schaufenster, als von hinten ein Mann an sie herantrat, ihre Hand nahm und sie drückte, so wie Verliebte das tun. Dann ist er wieder gegangen, so als ob sie sich nicht kennen würden."

„Horst war es sicher nicht, wer dann?", fragte Werner Allmers ungeduldig.

„Peter Gerlach".

Sein Bruder pfiff durch die Zähne: „Womit wir wieder bei Winkler wären. Es war wirklich kein Selbstmord, das war mir gleich klar." Dass sein Bruder genervt die Augen rollte, blieb dem Staatsanwalt verborgen. „Der Tod, so steht es hier ist eindeutig nicht durch Ertrinken eingetreten, sondern durch eine Gewalteinwirkung am Hinterkopf. Er war schon tot, als er ins Wasser rollte."

„Also erschlagen", konstatierte Allmers. „Vielleicht solltest du mal bei den Sklaven auf seinem Hof anfangen, da hatte sicher jeder einen guten Grund, ihm den Schädel einzuschlagen, bevor du wieder Horst verdächtigst."

„Entschuldige", erwiderte Werner Allmers, *„du* hast doch den Schluss schon gezogen, als du noch gar nicht wusstest, dass er umgebracht worden ist."

„Stelle dir doch einmal Horst vor: der ist doch viel zu schlicht, als dass er so etwas Kompliziertes wie die Entsorgung einer Leiche hinbekommen könnte. Außerdem traue ich es ihm einfach nicht zu. Wir kennen uns seit der Grundschule."

„Du darfst Lissy nicht vergessen, vielleicht steckt sie mit ihm unter einer Decke."

„Dann müsste sie einverstanden gewesen sein, dass Horst ihre beiden Liebhaber beseitigt. So groß ist die Liebe zu ihm dann doch nicht. Außerdem ist sie weggefahren. Zu einer Wallfahrt nach Polen."

„Wallfahrt?? Soviel Scheinheiligkeit kann man ja kaum aushalten", stöhnte der Staatsanwalt, „hat einen Ehemann und zwei Liebhaber und geht dann auf Wallfahrt. Wir werden als erstes Peter Gerlachs Hof durchsuchen und wenn wir da nicht fündig werden, uns ein zweites Mal bei Horst umsehen."

Kapitel 29

„Wallfahrt!“ Hella Köhler lachte. „Ich kann es kaum glauben.“ Sie schüttelte den Kopf und stand von ihrem Stuhl auf. „Wohin willst du heute?“

„Zu Dammann, aber er fängt erst um halb sechs an zu melken. Seit Nina weg ist, habe ich wieder etwas mehr Luft in der Planung.“

„Ist sie schon wieder weg?“, wunderte sich Hella Köhler. „Wann ist sie denn gefahren?“

„Vor drei Tagen“, sagte Allmers.

„Sie ist ein nettes Mädchen“, sagte sie und Allmers wusste, dass sie es ernst meinte. „Wie Rosemarie.“

Sie stand auf, und füllte die Kaffeekanne mit Pulver.

„Jetzt ist noch Zeit für einen Kaffee“, sagte sie. „Es ist erst halb fünf. Soll ich dir noch ein paar Rezepte diktieren?“

Hella Köhler verabscheute Kaffeemaschinen, mochte auch keinen Filterkaffee, sondern bevorzugte mittlerweile die modischen Kannen, in denen das Kaffeepulver von einem Sieb auf den Boden gedrückt wird. Darauf habe sie nicht vierzig Jahre gewartet, hatte sie misstrauisch zu Allmers gesagt, als er ihr eine solche Kanne zum Geburtstag geschenkt hatte. Aber nach der ersten Tasse leistete sie Abbitte und warf ihre alte ungeliebte Kaffeemaschine in die Mülltonne.

„Und?“, fragte sie erwartungsvoll, nachdem sie die Johannisbeertorte aus dem Schrank geholt hatte.

„Ich habe mein Laptop nicht dabei“, entschuldigte sich Allmers. „Ich kann aber heute Abend kommen. Seit Nina weg ist, habe ich abends wieder Zeit.“

„Das meinte ich nicht“, erwiderte Hella Köhler kühl.

Allmers wusste natürlich, was sie meinte, beschloss aber, das Gespräch noch etwas warten zu lassen und öffnete ungefragt den Kühlschrank: „Hast du noch Sahne?"

„Ich soll nicht so viel fettiges Zeug essen", meinte Hella und holte zielsicher die Sahne aus dem Kühlschrank. „Kannst du sie schlagen?"

„Alle reden von Horst", meinte er schließlich und wischte sich Johannisbeerreste aus den Mundwinkeln. „Ich glaube, da ist nichts dran."

„Da bin ich anderer Meinung", erwiderte sie. „Ich habe den Beiden schon lange nicht mehr über den Weg getraut. Und seit die Russin da eingezogen ist, sowieso nicht mehr."

„Polin", sagte Allmers mit vollem Mund. „Sie stammt aus Polen."

„Horst ist ja völlig vernarrt in sie", erzählte Hella. „Kurz nachdem er sie kennen gelernt hatte, habe ich ihn beim Einkaufen getroffen. Friedel hat mich hingefahren. Ich habe ihn an seiner Stimme erkannt, er stand vor uns an der Kasse und sprach mit Marieke, die an der Kasse sitzt. Ich habe dann ein paar Worte mit ihm gewechselt, was man halt so redet. Über das Wetter und die Ernte. Plötzlich sagt er: Ich habe jetzt auch eine Frau. Ich war ganz verblüfft, so wie er es gesagt hat, klang es wie das Vorzeigen einer Trophäe. Ich habe jetzt auch ein Wildschwein erlegt oder so. Ich bin ja nun wirklich nicht auf den Mund gefallen, aber im ersten Moment wusste ich nicht, was ich sagen sollte. Schließlich fiel mir doch etwas ein und ich fragte ihn, wo sie denn her komme. Ich dachte, sie stammt aus Stade oder Harsefeld oder irgendwo da hinten von der Geest, wo ihn keiner kennt. Sie komme aus Polen, meinte er dann, Peter Gerlach habe sie ihm besorgt. Besorgt!" Sie schüttelte den Kopf und lachte: „Er hat sie ihm besorgt! Ich meinte dann: Na, das sei ja toll, in Polen soll es ja die schönsten Frauen Europas geben. Darauf sagte er, und jetzt pass' auf, er sagte wörtlich: Das stimmt, aber ich habe mir extra keine so Schöne ausgesucht, die laufen einem nach der Heirat ja sowieso wieder weg."

Allmers sah Hella verblüfft an, dann begannen beide gleichzeitig los zu prusten und schließlich lachten sie, bis ihnen die Tränen kamen. Immer, wenn die Stimmung wieder normal zu werden drohte, wiederholte Hella Winklers Bemerkung und beide legten wieder los.

Auf Hellas Stirn erschienen kleine Schweißperlen, aber Allmers achtete nicht darauf. Als sie sich wieder beruhigt hatten, meinte er, sein Bruder sei felsenfest davon überzeugt, dass Alex auf dem Hof umgebracht worden sei.

„Ehrlich?", Hella schien wirklich überrascht, aber schnell merkte Allmers, dass sie ihn ein wenig auf den Arm nehmen wollte. „Das war sicher so, aber scheinbar war es der perfekte Mord. Sie haben bei der Hausdurchsuchung nichts gefunden, so stand es in der Zeitung. Keine Tatwaffe, kein Tatort, kein Motiv."

„Das mit dem Motiv stimmt nicht, ich glaube das war eine bewusste Falschmeldung der Polizei um die beiden in Sicherheit zu wiegen. Lissy hatte ja etwas mit Alex, da ist Eifersucht natürlich das erste Motiv."

Hella holte tief Luft und sagte leise: „Mach mal die Tür auf, ich bekomme kaum Luft."

Allmers stand auf, öffnete die Tür, die von der Küche in den Garten des Hofes hinausführte und noch Wochen später fragte er sich, warum er nicht spätestens jetzt gemerkt hatte, dass etwas mit Hella nicht stimmte.

„In den letzten Jahren ist hier zu viel passiert", sagte er, setzte sich wieder und nahm noch ein Stück Kuchen,

„vielleicht habt ihr ja Recht, dass die beiden es waren, aber ich habe einfach keine Lust mehr auf Leichen und die dazugehörigen Mörder."

„Peter Gerlach ist auch tot", sagte Hella leise und rührte ihren Kaffee um. Ihre Hand zitterte, dabei wurde sie grau im Gesicht.

„Soll das auch Horst gewesen sein? So sieht es jedenfalls mein Bruder."

„Es war noch jemand im Haus, als Peter zu Horst gekommen ist", flüsterte Hella mit schwacher Stimme und Allmers konnte sie kaum verstehen.

„Wer?", fragte Allmers wie elektrisiert. Jetzt hatte er Feuer gefangen.

Hella sah ihn an, öffnete den Mund, sagte noch leise: „Ich wollte noch einmal Petits Fours machen" und rutschte bewusstlos vom Stuhl.

Als Allmers hinter dem Krankenwagen her fuhr, wusste er im Grunde, dass Hella es nicht schaffen würde. Er hatte sofort über sein Handy den Notarzt alarmiert, Friedel gerufen und seine Milchkontrolle bei Dammann abgesagt. Es dauerte fast eine halbe Stunde, bis der Krankenwagen kam, Hella war mittlerweile dämmernd bei Bewusstsein, aber der Notarzt machte Friedel noch im Auto wenig Hoffnung. „Ein schwerer Schlaganfall", meinte er, „typisch für Diabetiker."

Später erinnerte sich Allmers nur noch bruchstückhaft, wie er mit Friedel durch das Krankenhaus gerannt war, immer hinter dem Krankenbett her, dass von zwei Pflegern durch die Korridore des Klinikums geschoben worden war. Friedel war kalkweiß und nur, weil sich Allmers als Sohn ausgab, war ihm erlaubt worden, bei der Erstversorgung dabei zu bleiben. Er stützte Friedel, der vor Aufregung und Sorge umzukippen drohte, verließ mehrmals den Raum mit ihm und begleitete ihn einmal zur nächsten Toilette, wo Friedel Köhler sich mit kaltem Wasser im Gesicht zu erfrischen suchte.

„Sie schafft es, oder?", fragte er mit heiserer Stimme, aber Allmers wagte nicht zu antworten. Er hatte nur noch wenig Hoffnung.

Gegen zehn Uhr erhob sich Allmers vom Stuhl an Hella Köhlers Krankenbett und verabschiedete sich leise. Ihr Zustand war unverändert ernst und er hatte mittlerweile eingesehen, dass es wenig Sinn machte, weiter an ihrem Bett zu sitzen.

„Ich melke morgen deine Kühe", sagte er leise zu Friedel Köhler, der ihn dankbar ansah. „Hast du meine Handynummer?"

Köhler schüttelte den Kopf: „Ich habe kein Handy, ich kann dich nicht anrufen."

„Ich lasse meine Nummer bei der Stationsschwester, für alle Fälle."

Allmers setzte sich in seinen Wagen und fuhr traurig nach Hause. Dass Hella sterben könnte, war in seinem Lebensplan einfach nicht vorgesehen, sie schien ihm so unersetzlich wie kaum eine andere Konstante in seinem Leben. Er musste sich eingestehen, dass sie ihm mehr bedeutete als seine eigene Mutter, ihr Tod würde ihn schwer treffen.

Erst vor ein paar Tagen war Hella noch in Hochform gewesen. Allmers war auf dem Weg zu einer Kontrolle stutzig geworden, als er auf dem köhlerschen Hof Autos sah, die er nicht kannte. Neugierig bog er ab und sah zu seinem Erstaunen, dass der Stall hell ausgeleuchtet war. Überall standen große Halogenscheinwerfer, die alles in gleißendes Licht tauchten. Allmers lehnte sein Rad an die Stallwand und trat durch die große Tür ein. Erschrocken blieb er stehen, als eine wütende Stimme ihn anbrüllte:

„Hauen Sie ab!"

Allmers hielt die Hand vor die Augen und versuchte zu erkennen, wer ihn so unhöflich begrüßte.

„Hella?", fragte er schüchtern.

„Jetzt hauen Sie doch endlich ab", schrie die Stimme, „Sie versauen die ganze Einstellung".

„Komm hier her", meinte Friedel Köhler und zog ihn in eine dunklere Ecke.

Allmers folgte Köhler und sah verwundert, wie Hella durch die Küchentür geschlendert kam, einen riesigen Käsekuchen balancierend und sich bemühte, entspannt auszusehen. Es gelang ihr nicht und sie musste den Gang wiederholen.

„Was ist hier los?", fragte Allmers leise.

„Das soll ein Werbefilm werden für…" Friedel Köhler stockte. „Ach, keine Ahnung. Die Leute nerven schon den ganzen Vormittag."

„Backpulver?", fragte Allmers. „Hefe?"

Köhler schüttelte den Kopf: „Nein."

Hella lief zum vierten Mal durch die Küchentür in den Stall und man merkte, dass sie die Anstrengung genoss. Es war ihr vollkommen egal, wie oft sie die Einstellung wiederholen musste, sie hätte, wenn nötig, den Kuchen auch auf dem Kopf balanciert.

„Den Landkreis!", sagte Köhler plötzlich leise zu Allmers.

„Bitte?", schüttelte Allmers den Kopf: „Ich verstehe nicht. Was hat der Landkreis damit zu tun?"

„Das soll ein Werbefilm für den Landkreis werden, jetzt ist es mir wieder eingefallen. Da sollen ein paar

Leute aus dem Landkreis gezeigt werden."

„Wofür die alles Geld haben!", wunderte sich Allmers. „Meinen die, dass deshalb mehr Touristen kommen?"

Friedel zuckte mit den Schultern: „Keine Ahnung."

Schweigend sahen Allmers und Köhler zu, wie Hella durch die Küche und den Stall gescheucht wurde, dauernd unterbrochen von den genervten Anweisungen des Regisseurs, den Nachbesserungen der Maskenbildnerin und den Einwendungen des Kameramanns. Das Team schien sich nie einig zu sein und so dauerte es lange, bis alle zufrieden waren.

„Kriegen wir einen Kaffee?", fragte der Regisseur unvermittelt und Hella sprang in die Küche.

„Hoffentlich hauen die bald ab", meinte Köhler, „nachher kommt noch der Tierarzt."

„Sie haben mir ganz schön die Einstellung versaut", meinte der Kameramann mit einer Tasse Kaffee in der Hand zu Allmers. Der verstand ihn kaum, weil der Mann mit vollem Mund sprach.

„Schmeckt der Kuchen?", fragte Allmers.

„Göttlich! Die Frau kann wirklich backen."

„Machen Sie immer so etwas?", fragte Allmers, weil er das Gefühl hatte, der Kameramann hatte keine Lust, die Kaffeepause mit dem Regisseur zu verbringen.

„Nein, normalerweise mache ich Werbung", antwortete er. „Also, Design und Kommunikation, keine Visitenkärtchen."

„Ah ja", sagte Allmers. Er hatte kein Wort verstanden. „Brauchen Sie noch lange?"

„Ich glaube, wir sind hier noch eine Weile. Martin arbeitet akribisch."

„Martin?", fragte Allmers.

„Der Regisseur."

„Nachher wird Ihnen wahrscheinlich der Tierarzt die Einstellung versauen", warf Friedel Köhler ein.

Der Kameramann sah interessiert zu Köhler: „Das ist ja spannend, was macht der denn bei Ihnen, ist ein Tier krank?"

Köhler schüttelte den Kopf: „Der kommt zu einer Besamung."

„Macht der so etwas immer?"

„Nein", meinte Allmers trocken. „Normalerweise macht er Diarrhöe und Obstipation. Keine Meerschweinchen."

Hella hatte das Gespräch mitgehört und feixte den ganzen Abend mit Allmers über „das blöde Gesicht" des Kameramannes, wie sie immer wieder sagte.

Allmers erinnerte sich daran, als er beunruhigt vom Krankenhaus nach Hause fuhr. Erst konnte er kaum einschlafen und schlief dann schlecht.

Um halb fünf Uhr am Morgen wurde er angerufen und ihm mitgeteilt, dass Hella Köhler um vier Uhr gestorben sei.

Kapitel 30

„Wenn es nach dir ginge", sagte Werner Allmers boshaft, „würde jetzt eine einwöchige Staatstrauer ausgerufen werden. Wer backt dir jetzt deinen Kuchen?"

„Deine Scherze kannst du dir sparen", entgegnete Allmers und obwohl er innerlich wütend war, konnte er kaum die Stimme heben. Nach der Todesnachricht war er sofort ins Krankenhaus gefahren und hatte versucht, Friedel zu trösten. Hella lag wie schlafend in ihrem Bett und Allmers hatte Angst, dass der übernächtigte Friedel Köhler seiner Frau bald folgen würde, so in sich zusammengesunken saß er auf seinem Stuhl.

Später, als er die Kühe von Köhlers gemolken hatte, setzte er sich in Hellas Küche, kochte sich Kaffee und entdeckte im Schrank noch ein paar Kuchenreste. Er aß sie mit großem Ernst, er empfand sie wie ein Abschiedsgeschenk. Irgendwann liefen ihm die Tränen und er begann zu realisieren, welchen Verlust er erlitten hatte. Bis zum Mittag saß er am Küchentisch, grübelte über ihr bewegtes Leben, dessen vielfältige Facetten er vor zwei Jahren erst richtig kennen gelernt hatte. Als junge Frau, das wusste er von Bildern, war sie eine begehrte Schönheit gewesen, er selbst kannte sie nur in abgetragenen Kleidern unter einer Kittelschürze. Über die verbliebene Schönheit in ihrem Gesicht hatte er sich nie Gedanken gemacht, zu selbstverständlich war sein Umgang mit ihr gewesen.

Wiebke konnte er nicht erreichen, er wusste auch nicht, ob sie ihm Trost spenden könnte. Sie hatten sich seit ihrem intensiven Nachmittag an der Elbe kaum gesehen. Während Ninas Urlaub wollte er Wiebke nicht einladen, bei ihm zu übernachten, und nun fehlte ihm der Mut, sie für diese Nacht einzuladen, obwohl er ihren Zuspruch dringend hätte gebrauchen können.

Schließlich setzte er sich in seinen Wagen und fuhr nach Stade zu seinem Bruder. Als er in dessen Büro eintrat, fiel ihm plötzlich auf, dass es noch nie passiert war, dass Werner Allmers nicht in seinem Büro war, wenn er ihn besuchen wollte, aber dieses Thema wollte er diesmal lieber nicht anschneiden.

Werner Allmers konnte seine Trauer nicht nachvollziehen, eigentlich war Hans-Georg das von vorneherein klar gewesen, aber er war der einzige Mensch, der ihm noch nahe stand. Von seinen früheren Freunden hatte sich Allmers im Laufe der Jahre entweder selbst abgesetzt oder verlassen gefühlt. Viele hatten geheiratet, andere waren weggezogen, bei einigen war die Entwicklung so anders und unerwartet, dass es keine Berührungspunkte mehr gab.

„Hört Friedel mit dem Melken auf?", fragte der Staatsanwalt und Allmers nickte: „Sicher. Er hatte sowieso praktisch keinen Elan mehr, jetzt ist wahrscheinlich das letzte bisschen davon weg."

„Auch aus staatsanwaltschaftlicher Sicht", sagte Werner Allmers „ist der Tod von Hella nicht zu unterschätzen."

„Ach?", sagte Allmers nur.

„Wieso tust du so erstaunt? Sie war eine gute Quelle, sozusagen eine IM", lachte der Staatsanwalt.

„Dein Humor ist gerade schwierig zu ertragen", sagte Allmers und stand auf. „Ich dachte, du könntest mich ein bisschen trösten."

„Wann ist die Beerdigung?"

„Keine Ahnung, soweit ist Friedel noch nicht." Allmers

öffnete die Tür. „Ich habe noch etwas vergessen. Hella sagte, kurz bevor sie zusammenbrach, etwas Merkwürdiges. Wir haben uns über Horst und deinen Verdacht unterhalten und sie meinte wörtlich, es wäre noch jemand im Haus gewesen, als Horst Besuch hatte."

„Noch mal", sagte Werner Allmers. „Ich verstehe nur Bahnhof. Was hat sie über wen gesagt?"

„Kurz bevor sie zusammenbrach", Allmers setzte sich wieder, „hat sie folgendes gesagt: Es war noch jemand im Haus, als Peter zu Horst gekommen ist."

Der Staatsanwalt riss die Augen auf: „Und weiter? Was hat sie dann gesagt? Wer war dort?"

„Danach sagte sie nur noch, dass sie noch einmal petits fours machen wollte. Dann brach sie zusammen."

„Petits Fours. Petits Fours", Werner Almers grübelte. „Vielleicht ist das der Name des Besuchers, ein Franzose oder Schweizer vielleicht, klingt jedenfalls Französisch. Weißt du, was sie damit gemeint haben könnte?"

Allmers sah seinen Bruder überrascht an und dachte zuerst, Werner wolle ihn auf den Arm nehmen. „Petit Four ist ein klassisches Kleingebäck der französischen Küche. Das hilft dir wohl nicht weiter."

Werner Allmers war ungerührt: „Sie hat also gesagt, dass Peter Gerlach bei Horst war. Das haben wir noch nicht gewusst. Die erste Frage lautet: Was hat er dort gewollt? Und die zweite: Wann war das und kam er lebend wieder aus dem Hof raus?"

„Und", ergänzte Allmers: „Wer war noch auf dem Hof und was hat er oder sie gesehen?"

Kapitel 31

Allmers sagte alle Kontrollen der nächsten Woche ab und verkroch sich in sein Haus. Er wusste, dass es besser für ihn wäre, zu arbeiten, aber ihm fehlte jeglicher Antrieb. Er stand morgens spät auf, trank lustlos ein paar Tassen Kaffee, holte die Zeitung ins Haus und studierte sie ohne großen Ehrgeiz. Auf das Mittagessen verzichtete er meistens, legte sich am frühen Nachmittag in die Hängematte oder bei Regen ins Bett und wachte manchmal erst wieder auf, wenn es dunkel war. Nach ein paar Tagen der Trauer begann ihn sein Selbstmitleid anzuöden, aber er hatte keine Kraft, sich daraus zu befreien. Wiebke fiel ihm ein, er musste umständlich ihre Telefonnummer suchen und ärgerte sich, dass es so weit gekommen war. Früher hatte er sie im Kopf, aber irgendwann hatte er die Nummer wütend aus seinem Handy gelöscht, als sie ihn immer wieder abgewiesen hatte. Wiebke nahm nicht ab. Sie kennt meine Nummer, dachte er resigniert und legte sich deprimiert auf sein Bett. Er nahm das Buch, das ihm Nina mitgebracht hatte, vom Nachttisch und begann zu lesen. Diesmal, beschloss er, lese ich mindestens eine Geschichte und lasse mich durch nichts stören.

Raffaelitas Rache

Es war ein schöner Tag gewesen für Raffaelita Segundo. Nachdem sie morgens auf dem Markt Zuckerrohr und Salat verkauft hatte, war sie in der Hitze der Siestazeit mit Raul am Strand spazieren gegangen.

Natürlich war ihr das von ihrem Vater verboten worden. Sie hätte sofort nach dem Markt zurück nach Hause gemusst.

Er wollte verhindern, dass sie auch nur einen einzigen Centavo ausgeben konnte.

Und das mit Raul! Nicht auszudenken, dachte Raffaelita, wenn er das herausbekäme.

Ihr Vater war aber um die Mittagszeit, wenn er Siesta halten konnte, meist schon so betrunken, dass er die Uhrzeiten verwechselte und so ihr Zuspätkommen nicht auffiel.

Ruben Segundo arbeitete auf einer Zuckerrohrplantage und bewirtschaftete nebenher wie fast alle Dorfbewohner ein paar spärliche Quadratmeter Land. Er besaß eine alte Kuh, die fast keine Milch mehr gab und ein paar große Schweine. Muttersauen, deren Ferkel oft wenige Tage nach der Geburt aus Milchmangel sang- und klanglos eingingen. Sein Leben drehte sich zuerst um die Sorge, nicht genug Geld zu verdienen, um seinen täglichen Rum kaufen zu können und dann darum, Futter für die großen Sauen und die Kuh zu beschaffen. Nach dem Tod seiner Frau hatte er sich alleine um die kleine Raffaelita kümmern müssen. Mittlerweile war sie schon fast erwachsen geworden und er musste sich eifersüchtig eingestehen, dass sie begann, sich ihre Freiheiten zu nehmen.

An langen Abenden, wenn die mörderische Hitze, die den ganzen Sommer unbarmherzig das Land verbrannte, noch immer über dem Dorf lag, saß er nach der Arbeit auf der Veranda seines alten Hauses. Stundenlang wippte er mit dem Schaukelstuhl bis es stockfinster war. Dieses monotone Geräusch hatte Raffaelita früher in den Schlaf gesungen. Heute versuchte er damit die hungrigen Schweine zu übertönen, die in ihrem Stall rumorten.

Seit Monaten hatte es nicht mehr geregnet in dieser abgelegenen kubanischen Provinz. Die Sonne schien ohne Nachsicht auf das Land und die Pflanzen verdorrten, sobald sich die ersten Keimlinge aus der betonharten Erde gekämpft hatten. Meistens kam es jedoch gar nicht so weit. Die paar

Salate, die Raffaelita heute auf den Markt gebracht und verkauft hatte, waren das Resultat ihres Ehrgeizes, dem trockenen Boden doch etwas abzuringen. Jeden Tag hatte sie vor der Schule Wasser aus dem fast ausgetrockneten Fluss nach Hause geschleppt und die Pflanzen begossen, die im Schatten hinter dem Haus gediehen.

Heute hatte sie sie geerntet und stolz auf dem Markt verkauft.

Dem Mann der Nachbarin war sie dabei nur knapp entkommen. Er war schon so alt, dass er nicht mehr auf der Plantage arbeiten musste. Er verbrachte seine Tage in dem Schatten seiner Veranda oder er streifte durch das Dorf. Seinen gierigen Blicken versuchten alle jungen Mädchen und Frauen auszuweichen, auch Raffaelita vermied es, ihm alleine zu begegnen, wann immer sie es einrichten konnte. Andauernd versuchte er, sie zu berühren. Wenn er die Gelegenheit hatte, legte er seinen Arm zudringlich um sie und versuchte, sie an sich zu ziehen. Einmal, es war schon dunkel und Raffaelita beeilte sich, dass sie von ihrer Freundin schnell nach Hause kam, überraschte er sie und griff ihr an die Brust. Sie fürchtete sich vor ihm, seine Annäherungen waren anders, aufdringlicher und vulgärer als das, was sich die Jungs herausnahmen, wenn sie am Samstagnachmittag mit anderen an der Bushaltestelle standen, sich unterhielten und warteten, dass irgendetwas passierte.

„Ich liebe Dich", hatte ihr Raul am Strand ins Ohr geflüstert und sie hatte ihn lachend weggeschoben, als er mit seiner Hand unter ihr Hemd rutschen wollte. Aber schließlich hatte sie es zugelassen und wäre dabei fast zersprungen in einer Mischung aus Aufregung, Scham und Lust.

Nach dem Abendbrot, das heute aus vertrocknetem Weißbrot bestand, weil wieder das ganze Geld für Rum ausgegeben worden war, machte sie noch einen Spaziergang durchs Dorf. Sie hoffte auf einen Blick von Raul, aber sie traf nur ihre Freundin. Es war noch nicht richtig dunkel, als sie ins Bett ging, der Mond stand tief am Himmel und tauchte das Land in mildes Licht. Vor dem Einschlafen, – das hatte sie beschlossen, als sie Raul nicht getroffen hatte – wollte sie wenigstens noch ein wenig an den Strandspaziergang von heute Mittag denken.

Es dauerte länger als sonst, bis sie endlich einschlafen konnte. Die Geräusche des Hauses, das ebenso unter der Hitze zu ächzen schien wie die Menschen und das aggressive Gekreische der Schweine waren nicht das, was sie nicht einschlafen ließ. An diese Geräusche hatte sie sich längst gewöhnt. Heute kam etwas Neues hinzu. Die Erinnerung an Rauls Hand unter ihrem Hemd auf ihrer Haut ließ sie noch jetzt, im Bett, unruhig werden.

Sie sah verliebt an die Decke und dachte an ihn. Schließlich schlief sie darüber ein. Aber es dauerte nicht lange, bis sie aufwachte. Die Schweine begannen lauter als sonst zu toben, so laut, dass Raffaelita hoch schreckte. Seit Tagen waren die Tiere nur mit ein paar Gemüseabfällen gefüttert worden und sie waren durch den Hunger so angriffslustig geworden, dass sie manchmal scheinbar grundlos aufeinander losgingen. Raffaelita wäre nicht überrascht gewesen, wenn sie begonnen hätten, sich gegenseitig aufzufressen.

Gestern hatte sie den Tieren ein paar Salatblätter gebracht und dabei vergessen, die Stalltür hinter sich zu schließen. Ein Hahn aus der Nachbarschaft war ihr gefolgt, hatte hier und dort nach ein paar Krümeln gepickt und war unvorsichtigerweise auf das Gatter des Schweinepferches geflogen. Raffaelita hatte ihn verscheuchen wollen, aber da war es schon zu spät gewesen. Ein Schwein hatte blitzschnell zugeschnappt und den Hahn zwischen den Zähnen. Von dem stolzen Vogel waren nur ein paar Federn auf dem nackten Betonboden geblieben. Raffaelita hatte sich vor Ekel geschüttelt und geschworen, niemals mehr zu den Schweinen zu gehen, obwohl sie natürlich genau wusste, dass sie diesen Schwur nur einen Tag würde durchhalten können.

Das Klopfen am Fenster war so leise, dass sie es zuerst nicht hören konnte, der Lärm der Schweine war lauter. Erst als sie zufällig zum Fenster sah, bemerkte sie eine Bewegung und hörte das nochmalige Klopfen.

Sie sprang aus dem Bett und lief ans Fenster.

„Raul!", zischte sie. „Du bist verrückt! Mein Vater bringt dich um, wenn er dich hier erwischt."

Der Junge ließ sich nicht beirren. Er stand auf einem winzigen Sockel vor dem halb geöffneten Fenster und hielt sich am Fensterbrett fest.

„Hilf mir", flüsterte er, aber Raffaelita schüttelte den Kopf: „Du kannst jetzt nicht hier reinklettern."

„Bitte", drängte Raul. „Sonst falle ich hier runter und bin tot."

Raffaelita blieb hart: „Nein. Du musst wieder runterklettern."

„Liebste, bitte, lass mich rein", bettelte der Junge noch eindringlicher.

„Niemals!", sagte Raffaelita bestimmt und versuchte, alles an Ablehnung in dieses Wort zu legen, was möglich war, aber an ihrem Lächeln erkannte Raul, dass er gewonnen hatte.

„Du darfst dich aber nur aufs Bett setzen!", verlangte sie, nachdem sie lautlos das Fenster geöffnet hatte. „Versprichst du mir das?"

Raul nickte. Er hätte jede Bedingung erfüllt.

Der alte Holzboden knarrte, als sich die beiden barfuß und auf Zehenspitzen zu Raffaelitas Bett schlichen. Sie schlüpfte unter die Decke.

„Sitzen bleiben!", fauchte sie, als er sich über sie beugen wollte.

Er seufzte. „Aber Raffaelita, wenn ich dich nicht küssen darf, wie soll ich dann merken, ob du mich liebst?"

Sie lachte leise und zog seinen Kopf herunter.

„Ruhig!", sagte sie plötzlich, bevor er ihren Mund berühren konnte. „Der Schaukelstuhl!" Sie legte ihren Finger auf seinen Mund. „Der Schaukelstuhl hat aufgehört. Das Knarzen. Hörst du nicht?"

Sie stieß ihn weg und zischte voller Schrecken: „Papas Schritte. Mein Vater kommt. Er kommt die Treppe hoch! Schnell weg hier, um Gottes Willen, Raul, schnell!"

Der Junge sprang auf, war mit zwei großen Schritten am Fenster und verschwand in der Nacht.

„Was war hier los?", brüllte Ruben Segundo in das dunkle Zimmer. Er war zu betrunken, den Lichtschalter zu finden.

Raffaelita stellte sich schlafend. Sie hielt die Augen fest geschlossen, ihr Herz pochte wie rasend und sie schickte Stoßgebete zu allen Heiligen, die ihr einfielen, dass ihr Vater nichts bemerkt hatte.

„Raffaelita!" schrie Segundo. „War er hier? Dieser Nichtsnutz? Dieser kleine widerliche Sohn einer Hure?"

„Was ist? Warum schreist du so?", fragte sie mit verschlafener Stimme.

„Wenn ich ihn hier treffe", drohte Ruben Segundo und schüttelte die erhobene Faust, „in meinem Haus! In deinem Zimmer! Und womöglich noch in deinem Bett! Ich breche ihm alle Knochen. Ich bringe ihn um. Und dich auch!" Er knallte die Tür zu und polterte betrunken die Treppe hinunter, auf der Suche nach einer neuen Flasche Rum.

Raffaelita sprang erleichtert aus dem Bett, lief ans Fenster und spähte in die Nacht. Es war fast Vollmond und die Nacht wurde nicht richtig finster. Von Raul war nichts zu sehen.

Woher wusste ihr Vater von Raul, überlegte sie. Sie hatten alles getan, damit niemand es erführe, aber wahrscheinlich waren sie einfach zu verliebt, um es verbergen zu können.

Die Schweine tobten auch am nächsten Tag in ihrem Stall. Es war so laut, dass man auf der Veranda sein eigenes Wort kaum verstehen konnte. Der Hunger machte die Tiere rasend. Seufzend suchte Raffaelita ein paar Salatblätter zusammen, nahm die weggeworfenen Melonenschalen, die sie im Abfalleimer gefunden hatte und schlich sich angstvoll zum Stall. Alle Bewohner des Dorfes, auch ihr Vater, waren auf der Plantage, niemand kümmerte sich um die schreienden Tiere. Raffaelita hatte immer noch Angst vor ihnen, sie befürchtete, dass sich die Schweine auf sie stürzen würden, wenn sie eine Möglichkeit dazu fänden. Aber sie konnte es auch kaum ertragen, sie hungern zu lassen.

Vor dem Holztor des kleinen Stalles wartete sie einen angstvollen Augenblick, hatte gerade den Riegel beiseitegeschoben, als sie von hinten gepackt wurde. Eine Hand hielt ihr Mund und Nase zu, die andere riss die Tür auf und zerrte sie in den dunklen Stall.

„Raul!", dachte sie im ersten Moment enttäuscht, aber als sie den Atem des Mannes im Nacken spürte, wusste sie, wer es war. Der alte Nachbar umklammerte sie mit einem Arm und versuchte die Tür des Stalles zu schließen. Der Lärm im Stall war unerträglich, er war so laut, dass Raffaelita fast ihre rasende Angst vergaß. Sie wusste genau, was jetzt folgen würde und zitterte. Als der Mann begann, ihr die Unterhose herunter zu ziehen, war sie wie gelähmt. Er hatte es nicht eilig, er schien ihre Angst zu genießen und das bereitete ihr noch größere Qual. Schließlich warf er sie auf den Boden. Sie versuchte sich zu wehren, mit ihrem Knie sein Geschlecht zu treffen, aber sie konnte aus Angst nur kraftlos treten. Raffaelita

hatte sich schon lange genau zurechtgelegt, wie sie reagieren wollte, sollte sie je in eine solche Situation kommen. Schreien wollte sie, hatte sie sich vorgenommen und sich heftig wehren, treten, beißen und so schnell es ging davonrennen. Aber jetzt war sie zu nichts in der Lage. Das Entsetzen lähmte jeden Muskel ihres Körpers. Sie konnte sich nicht wehren, als der Mann sich ihr Bein griff und sie mit großer Kraft auf dem Boden festklammerte.

„Wehr dich nur, kleine Katze", lachte er höhnisch, als er merkte, wie wenig Widerstand sie bot. Er knüpfte genüsslich ihr Kleid bis auf den letzten Knopf auf. Dann riss er es mit einem Ruck von ihr. Sie lag nackt vor ihm. Sein Schweigen war so bedrohlich, dass sie wie gelähmt vor ihm lag. Ohne sie anzusehen und ohne ein Wort zu sagen, riss ihr der Mann die Beine auseinander und noch nie hatte sich Raffaelita so weit von der Welt gefühlt wie in diesem Moment.

Irgendwann, schwor sie sich, würde sie sich an ihm rächen. Sie begann zu schreien und wusste gleichzeitig, dass der Lärm der Schweine auch ihre lautesten Schreie übertönen würde. Sie schloss verzweifelt die Augen, erwartete angstvoll die Schmerzen, von denen sie ahnte, dass sie unerträglich sein würden.

Der Hieb, der den Mann plötzlich traf, musste ungeheuer stark gewesen sein, sie hatte ihn noch unter ihm gespürt. Er war auf sie gefallen und aus seinem Kopf floss Blut durch seine spärlichen Haare. Über ihm stand Raul, schwer atmend und mit einem Baseballschläger in der Hand.

„Raul", schluchzte Raffaelita, „Raul." Die Schweine schrien immer noch so laut, dass sie ihr eigenes Wort nicht verstehen konnte.

Der Junge rollte den bewusstlosen Mann zur Seite und half ihr, aufzustehen. Sie bückte sich schluchzend nach ihrer

Kleidung. Sie schämte sich zutiefst vor Raul, der sie noch nie nackt gesehen hatte. Überhaupt hatte noch nie ein Mann sie nackt gesehen und sie hasste diesen Alten umso mehr dafür, dass er sich dieses Privileg einfach genommen hatte. Erst letzte Nacht hatte sie beschlossen, ihre Nacktheit irgendwann Raul zu schenken. Raul und niemand anderem.

Sie richtete sich auf und entdeckte auf dem Boden ein paar Federn. Der Hahn fiel ihr ein, sie sah ihn förmlich vor sich, wie er von den ausgehungerten Schweinen gepackt worden war.

Sie wischte ihre Tränen mit dem Handrücken ab und zeigte mit einer kurzen Kopfbewegung zu den Schweinen. Raul wurde blass. Er hatte sie verstanden, obwohl sie nichts gesagt hatte. Sie nickte.

„Nein!", rief Raul entsetzt, „Raffaelita, bei allen Heiligen! Du bist wahnsinnig! Das dürfen wir nicht tun."

Sie kam ganz dicht an sein Ohr: „Wenn du mich liebst, musst du es machen."

Raul rang nach Fassung. Er schüttelte den Kopf.

Raffaelita aber schien sich völlig in der Gewalt zu haben. Sie zog ihre Unterhose an, knöpfte ihr halb zerrissenes Kleid zu, beugte sich über den Mann und begann, ihn anzuziehen. Als sie die Hose über seine Beine zog und sein Geschlecht schlaff auf seinem Schenkel lag, musste sie die Augen schließen und einen Brechreiz bekämpfen.

Der Mann bewegte sich leicht, so als ob er im Halbschlaf beim Anziehen behilflich sein wollte.

„Nein!", sagte Raul noch einmal bestimmt und riss sie zurück.

Raffaelita schrie ihn an: „Du musst es machen. Für mich, Raul! Er wird es immer wieder versuchen. Dich wird er bei der nächsten Gelegenheit umbringen. Wenn wir keinen Fehler machen, wird es wie ein Unfall aussehen."

Sie wusste, dass die Schweine nicht lange zögern würden, hungrig wie sie waren. Raffaelita zog den schweren Körper des Mannes vor den Schweinetrog und Raul begann ihr widerstrebend zu helfen.

Der Mann war früher ein in der Provinz lange ungeschlagener Boxer gewesen, noch immer war er muskulös und schwer. Sie mussten sich sehr anstrengen, mit vielen Mühen gelang es ihnen schließlich den Körper über die Holzabtrennung zu hieven und ihm eine kleinen Stoß zu versetzen. Er fiel vor den verdutzten Schweinen auf den Betonboden.

Zuerst steigerte sich der aufgeregte Lärm der Schweine noch, dann war es im Stall ruhig.

Als sie in die gleißende Sonne traten, lag das Dorf so verlassen da wie vor einer Stunde. Niemand hatte etwas bemerkt.

Raul verriegelte die Stalltür von außen und begann zu weinen. Raffealita nahm ihn in den Arm und tröstete ihn wie eine Mutter.

„Wir haben beide Grund zu weinen“, flüsterte sie ihm ins Ohr. Nach einer Weile der Stille, in der man nur ein paar Geräusche aus dem Stall hörte, sagte sie: „Mach den Riegel wieder auf. Wir dürfen keinen Fehler machen.“

Raul nickte gehorsam und öffnete schluchzend die Tür.

„Wir gehen jetzt nach Hause“, bestimmte Raffaelita. „Jeder für sich.“

„Wann sehen wir uns?“, wollte Raul wissen.

„Bald“, tröstete ihn Raffaelita und küsste seinen Mund. „Bald schenke ich dir etwas.“

Kapitel 32

Drei Tage nach Hellas Tod wurde Horst Winkler verhaftet. Ein Sonderkommando der Polizei überwältigte ihn morgens in der Küche. Er saß am Küchentisch und trank den ersten Kaffee nach dem Melken, als die maskierten Männer hereinstürmten und ihn anbrüllten, er solle sich hinlegen und keinen Widerstand leisten. Horst befolgte verängstigt die Anweisungen, legte sich auf den Boden und ließ sich bewegungslos die Hände auf dem Rücken fesseln. Er wäre auch in einen Streifenwagen gestiegen, wenn der Dorfpolizist freundlich gesagt hätte, dass man ihn in Stade in der Polizeiinspektion erwarte. Die Tageszeitung hatte einen Tipp bekommen und berichtete direkt auf ihrer Internetseite.

Staatsanwalt Allmers beobachtete die Festnahme vom Hof aus und gab der Zeitung ein Interview:

„Herr Staatsanwalt Allmers, wie lauten die Beschuldigungen gegen den Verdächtigen?

„Der Verdächtige wird beschuldigt, am gewaltsamen Tod eines 43 jährigen aus dem Landkreis Stade beteiligt gewesen zu sein. Er ist sogar dringend tatverdächtig, den Tod gewaltsam herbeigeführt zu haben."

„Also Mord?"

„Das werden die Richter entscheiden. Ich bin sicher, dass es zu einer Anklage wegen eines Tötungsdeliktes kommen wird."

„Welche Beweise haben Sie?"

„Nun, es wurden Faserspuren von der Kleidung des Beschuldigten im Auto des Toten entdeckt. Dazu kommen noch Indizien am Toten selbst, die ich aus ermittlungstaktischen Gründen nicht preisgeben kann."

„Steht der Tatverdächtige auch im Mordfall Kowalenko im Fokus der Ermittlungen?"

„Sie werden sicher verstehen, dass ich nicht aus den Ermittlungen, die noch laufen, berichten kann. Wir ermitteln aber in alle Richtungen, wenn Sie verstehen, was ich meine. Und jetzt entschuldigen Sie mich bitte."

Werner Allmers drehte sich um und gab den Polizisten, die Horst Winkler in einen gepanzerten Wagen schoben, knappe Anweisungen.

Klausi Winkler war auf dem Heuboden gewesen, als er durch die Ritzen des Daches die Polizeiwagen gesehen hatte, die sich von allen Seiten dem Hof genähert hatten. Er hatte sich überlegt, Horst zu warnen, aber es war zu spät gewesen. Aus allen Autos waren die maskierten Männer mit ihren Maschinenpistolen im Anschlag gesprungen und in das Haus eingedrungen. Klausi war nur noch übrig geblieben, sich unter dem Heu zu verstecken und abzuwarten, bis der Spuk vorüber gewesen war.

In Stade begannen die Beamten auf Werner Allmers' Anweisung sofort mit dem Verhör, ohne auf den Anwalt von Winkler zu warten. Winkler sagte nur einsilbig seinen Namen und beschloss dann, zu schweigen. Die Beamten boten ihm Zigaretten an, kochten Kaffee, setzten sich jovial auf den Tisch im Verhörraum, aber alle Tricks, die sie auf der Polizeischule gelernt hatten, um verstockte Verdächtige zum Reden zu bringen, verfingen bei Winkler nicht. Er schwieg. Nach einer Stunde erschien Franz Hinterberg, Winklers Anwalt, und begann zu toben. Ob Winkler überhaupt über seine Rechte aufgeklärt worden wäre und wieso die Polizei nicht mit dem Verhör gewartet habe, bis er erschienen sei? Er drohte, sofort eine Dienstaufsichtsbeschwerde gegen den Verantwortlichen einzulegen.

Wer das gewesen sei?

Staatsanwalt Allmers, wurde ihm geantwortet. Er habe gemeint, dass Gefahr im Verzuge sei, deshalb habe man sofort mit dem Verhör begonnen.

Gefahr im Verzuge? Bei einem Verhör? Dem Staatsanwalt habe man wohl das Hirn gequirlt, so eine Scheiße habe er ja noch nie gehört, schrie der Anwalt. Das werde Folgen haben. Sie sagen gar nichts mehr, wandte er sich an den verschüchterten Winkler.

Das habe er bisher ja auch nicht getan, versuchten die Beamten den Anwalt zu beruhigen, es sei noch gar nichts passiert.

Ob es stimme, dass man ihn mit fünfzehn Mann überwältigt habe?

Die Beamten nickten: Der Staatsanwalt habe das eindringlich verlangt, der Mann sei brandgefährlich.

Brandgefährlich sei nur dieser Irre, der zu viele Krimiserien gucke, schnaubte der Anwalt. Und so jemand sei Staatsanwalt!

*****

Hans-Georg Allmers konnte sich nicht erinnern, Klausi Winkler jemals weinen gesehen zu haben.

Er hatte Allmers angerufen, aber Hans-Georg hatte ihn am Telefon nicht verstanden, so schluchzte und schniefte er in den Hörer. Schließlich hatte er sich entschlossen, zu Winklers Hof zu fahren, um ihn zu beruhigen.

Klausi hörte nicht auf zu schluchzen. Erst als Allmers ihn in den Arm nahm und über den Kopf streichelte, beruhigte er sich langsam und begann, zu berichten, was geschehen war.

Allmers war nicht überrascht über die Entwicklung.

Eigentlich, dachte er, ist es eher erstaunlich, dass Horst erst jetzt verhaftet wurde.

„Weißt du", fragte er, als Klausi nur noch schniefte und nicht mehr laut heulte, „was man ihm genau vorwirft?"

Klausi Winkler schüttelte den Kopf.

„Ist es wegen Alex oder wegen Gerlach?"

„Horst hat Gerlach nicht umgebracht!", sagte Klausi Winkler mit Nachdruck.

„Und Alex?", fragte Allmers sofort.

Winkler hob nur die Schultern und sagte nichts.

„Das kann ich bezeugen, der ist hingefallen und war tot."

„Du hast das gesehen?", fragte Allmers ungläubig. „Wo war das denn?"

„Er wollte das Geld holen und dabei haben sie sich gestritten. Irgendwann lag er tot auf dem Boden im Schlachthaus."

„Und Horst hat nicht nachgeholfen?"

Winkler schüttelte heftig den Kopf. „Er ist hingefallen. Ines hat es auch gesehen."

Ines! Jetzt war Allmers schlagartig der Zusammenhang klar. Ines war die Person gewesen, von der Hella kurz vor ihrem Schlaganfall gesprochen hatte. Sie war es, die auch im Haus gewesen war.

Allmers nahm sein Handy und rief seinen Bruder an. Er ging nicht ans Telefon, Allmers versuchte es in der nächsten halben Stunde immer wieder, aber das Mobiltelefon des Staatsanwaltes wurde immer zur Mobilbox geschaltet. Allmers sprach darauf und bat dringend um einen Rückruf, aber Werner Allmers meldete sich nicht.

„Ich fahre jetzt nach Hause", sagte Allmers zu Klausi, „kannst du heute die Kühe melken? Ist Lissy schon wieder da?"

Klausi Winkler schüttelte den Kopf.

„Wenn du nicht zurechtkommst, ruf mich an. Ich versuche jetzt, mit Ines zu reden."

Allmers kannte Ines Renner kaum. Ihre Eltern hatten ihre kleine Landwirtschaft schon lange aufgegeben und die Flächen an die Nachbarn verpachtet, Ines ging im Dorf in die letzte Klasse der Realschule und Allmers sah sie nur manchmal morgens, wenn er zur Milchkontrolle fuhr, wenn sie an der Haltestelle des Schulbusses stand. Sie grüßte manchmal freundlich, manchmal überhaupt nicht, je nachdem, welche Laune sie gerade hatte.

„Moin", sagte Allmers laut, als er in das kleine Haus trat und niemanden sah. Renners hatten wie die meisten Bauern längst die Schlüssel für die Haustür verloren. Die Tür war deshalb Tag und Nacht offen und da es auch keine Klingel gab, öffnete man einfach die Tür und rief einen Gruß ins Haus.

„Komm rein, Hans-Georg", sagte eine weibliche Stimme und als er in die Küche trat, begrüßte ihn Brigitte Renner freundlich. „Ich habe dich kommen sehen. Soll ich uns einen Kaffee kochen?"

Allmers nickte: „Den kann ich gut gebrauchen."

Er erzählte von Horsts Verhaftung und seinem Gespräch mit Klausi. Als er von Klausi Winklers Bemerkung erzählte, Ines sei im Haus gewesen, als Gerlach zu Tode gestürzt war, wurde Brigitte Renner blass.

„Mir wird das zu viel", sagte sie mit gepresster Stimme. „Erst die Sache mit Alex und nun noch das." Ihre Augen füllten sich mit Tränen.

„Wenn das wahr ist, was Klausi Winkler sagt, dann muss Ines das bestätigen. Sonst ist Horst dran", sagte Allmers.

„Wenn ich ehrlich bin, muss ich sagen, dass ich froh

bin, dass die Geschichte mit Alex zu Ende ist", meinte sie und wischte sich die Tränen von der Wange. „Aber natürlich nicht so, das wünscht man ja keinem."

„Wo ist Ines jetzt?"

„Irgendwo auf dem Hof, seit Alex tot ist, ist sie anders geworden. Sie redet kaum noch mit uns und macht stundenlange Spaziergänge."

„Weißt du, dass sie zusammen mit Nina bei Horst eingestiegen ist?"

„Mit deiner Nichte?" Brigitte Renner war fassungslos. „Oh Gott, sie ist wirklich völlig von der Rolle. Was wollte sie denn da?"

„Sie glaubt wohl, dass Alex auf dem Hof getötet wurde", erklärte Allmers. „dafür wollten sie Beweise sammeln."

„Da kommt sie", meinte Brigitte Renner plötzlich, „da kannst du selbst mit ihr sprechen."

Erstaunt sah Ines Renner auf Allmers und ihre Mutter, die immer noch aufgelöst und voller Tränen am Küchentisch saß.

„Ist irgendetwas passiert?", fragte sie erstaunt.

„Horst Winkler ist verhaftet worden", sagte Allmers.

Ines begann zu strahlen: „Endlich! Man fragt sich nur, warum erst jetzt? Das alte Arschloch, der tut immer so, als ob er keiner Fliege etwas zu Leide tun könne."

„Klausi sagt, du hättest gesehen, dass Winkler Peter Gerlach nicht getötet hat? Er meint, er sei hingefallen."

„Na und?", fragte sie. „Tut das etwas zur Sache? Er hat Alex auf dem Gewissen, da ist es doch völlig egal, warum er verhaftet wird. Ich werde ihn nicht herauspauken, darauf kannst du dich verlassen. Was hast du überhaupt damit zu tun?", fragte sie erstaunt. „Bist du jetzt der Privatdetektiv von Winklers, oder wie?"

Allmers ging nicht auf ihre Frage ein, obwohl sie, wie er kurz dachte, berechtigt war. Er fing schon wieder an, auf eigene Faust zu ermitteln.

„Wenn das stimmt", sagte er eindringlich, „musste du das gegenüber der Polizei so bestätigen. Du machst dich sonst strafbar. Uneidliche Falschaussage oder so ähnlich."

„Ines!" Brigitte Renner sprang ihm bei: „du musst die Wahrheit sagen. Wenn du etwas gesehen hast, musst du zur Polizei gehen."

„Horst ist ein Schwein!", schrie Ines und begann zu schluchzen. „Er hat Alex umgebracht und dann auf dem Autodach …" sie konnte nicht weiter reden und vergrub ihr Gesicht in ihren Armen.

Brigitte Renner schob Allmers aus der Küche und schloss die Tür hinter sich.

„Lass mich das mal machen", meinte sie. „Ich rufe dich an, wenn sich etwas Neues ergibt."

An Horst Winklers Sturheit bissen sich die Ermittler die Zähne aus. Der Anwalt erklärte ihm vor jeder Vernehmung seine Rechte und Winkler hielt sich eisern daran. Er sagte kein Wort.

Ines Renner ging erst eine Woche nach dem Gespräch mit Allmers zur Polizei. Ihre Mutter hatte Allmers angerufen und ihm von ihr mitgeteilt, dass sie gar nichts sagen würde, wenn er versuche, sie unter Druck zu setzen. Wenn sie eine Vorladung oder ähnliches von der Polizei bekommen würde, würde sie jegliche Aussage verweigern. Sie sei der Meinung, Horst sei ein Mörder, da sei es im Endeffekt egal, für welche Tat er verurteilt werden würde. Sie wolle ihm nicht mehr über den Weg laufen.

Kapitel 33

Lissys Notruf ging um 22 Uhr 10 bei der Zentrale ein. Als der Streifenwagen eine halbe Stunde später auf dem Hof vom Horst Winkler eintraf, lief ihm Lissy mit zerrissenen Kleidern und aufgelöst entgegen.

„Der ist völlig durchgedreht", rief sie aufgeregt, als die Polizisten ausstiegen.

„Jetzt beruhigen Sie sich erst einmal", meinte einer der Streifenbeamten. „Wer ist „der"?"

„Mein Schwager", entgegnete Lissy.

Sie erzählte atemlos, dass sie gegen neun Uhr von einem Bekannten nach Hause gebracht worden sei. Sie hätte ihre Wallfahrt abbrechen müssen, Klausi, also ihr Schwager, hätte sie auf dem Handy ganz aufgeregt angerufen, Horst, das sei ihr Mann, sei verhaftet worden, was sie sich überhaupt nicht erklären könne. Sie habe einen Bekannten gebeten, sie schnell nach Hause zu bringen und der Mann habe sich freundlicherweise dazu bereit erklärt.

„Wo ist der Mann denn jetzt?", fragte ein Polizist.

„Er hat sich in einem Zimmer eingeschlossen, weil er Angst hat", sagte Lissy. „Vor Klaus."

„Ihrem Schwager?"

„Ja", nickte sie. „Kaum hat er meine Koffer in das Haus getragen, als er, also Klaus, herangestürmt kam und uns wüst beschimpft hat." Sie begann zu weinen. „Er hat Norbert, also den Bekannten, angeschrieen, was ihm einfiele, hierher zu kommen, er solle die Finger von mir lassen, wenn er mir auch nur einen Schritt zu nahe kommen würde, würde etwas passieren, an das er sich sein Leben lang erinnern würde."

„Hat er nur gedroht", fragte der andere Polizist, der sich bisher eher im Hintergrund gehalten hatte, „oder ist er handgreiflich geworden?"

„Mein Freund, also mein Bekannter hat sich das nicht gefallen lassen", erklärte sie, „damit wir uns nicht falsch verstehen: das ist nur ein guter Bekannter, nichts weiter."

„Verstehe", sagte der Polizist und musterte Lissy.

„Dann ist Klausi auf ihn los und ich habe versucht, ihn zurückzuhalten", wieder begann sie zu weinen. „Da ist er auch auf mich losgegangen. Ich sei eine Hure und nichts wert." Sie schluchzte. „Das hat er wirklich gesagt!"

„Wo ist der besagte Klaus jetzt?"

„Er im Kühlhaus eingesperrt."

„Im Kühlhaus?"

Lissy nickte. „Die Tür wir von außen verrammelt."

„Herr Winkler?", rief der Polizist, als er vor dem Kühlhaus stand, „hören Sie mich?"

Klaus gab keine Antwort.

„Wir öffnen jetzt die Tür!"

Klaus Winkler kauerte in einer Ecke des kleinen Raumes und hatte die Knie an seinen Körper angezogen. Er sah mit aufgerissenen Augen die beiden Beamten an und als sie ihn freundlich aufforderten aufzustehen, rührte er sich nicht.

Sie griffen ihm unter die Achseln und versuchten ihn auf die Beine zu stellen. Klaus regte sich nicht, ließ sich ohne Widerstand aus dem Kühlhaus tragen und als die Beamten ihn auf seine Beine stellen wollten, sackte er zusammen.

Die Beamten alarmierten den Notarzt.

Klaus Winkler verbrachte die Nacht im Krankenhaus. Er entschloss sich erst am nächsten Morgen zu reden, aber keiner wollte ihm zuhören. Er hätte den Ärzten gerne seine Version erzählt. Dass er keineswegs irgendjemanden angegriffen habe und er sich überhaupt nicht habe erklären können, weshalb Lissy und ihr neuer Bekannter ihn plötzlich im Kühlhaus eingesperrt hätten. Er wurde zur Beobachtung in die psychiatrische Abteilung überwiesen.

Lissy war alleine auf dem Hof. Sie fürchte sich so, meinte sie zu Norbert, ob er nicht die eine Nacht im Haus bleiben könne. Um sie zu beschützen. Norbert war einverstanden.

Kapitel 34

Ninas Lieblingserzählung aus dem Buch, das sie Allmers geschenkt hatte, hatte auch ihm sehr gut gefallen. Er nahm die „Kubanischen Kriminalgeschichten“ ein paar Tage später wieder zur Hand, blätterte darin und versuchte sich zu entscheiden, welche er als nächstes lesen sollte, als das Telefon klingelte.

„Hier ist Wiebke“, sagte sie mit verlegener Stimme.

„Hallo“, erwiderte er überrascht, „schön, dass du anrufst“

„Wie geht es dir?“

Allmers sah sie vor sich. Am Ton ihrer Stimme erkannte er, dass sie nicht angerufen hatte, um Small-Talk mit ihm zu machen.

„Na ja“, erwiderte er, „es ist viel passiert.“

„Kann ich vorbeikommen?“

„Jetzt?“, fragte er verblüfft.

„Ich bin in zehn Minuten da“, sagte sie und legte auf.

Endlich, dachte er. Endlich kommt sie.

Er sprang auf, rannte in das Badezimmer, riss sich die Kleider vom Leib und stellte sich unter die Dusche. Dass sie angerufen hatte, um mit ihm die Nacht zu verbringen, war ihm sofort klar gewesen. In den letzten Wochen war er oft zu faul gewesen, abends noch zu duschen, er fand, es lohne sich kaum, wenn er am Morgen danach wieder in einem verdreckten Stall stehen würde. Manchmal stellte er erschrocken fest, dass er schleichend begann, sich zu vernachlässigen. Gebrauchte Wäsche stapelte sich oft vor seiner Waschmaschine, es war sogar schon vorgekommen, dass er sich, wenn der Kleiderschrank praktisch geleert war, aus dem Wäscheberg gebrauchte Klamotten heraus gesucht hatte, die noch benutzbar schienen. Bisweilen fand er, dass er nach Schweiß und Jauche stank, wenn er abends ins Bett fiel, wohlig benebelt von dem abendlichen Rotwein oder Bier. Es ist ja niemand da, den es stören könnte, dachte er dann manchmal, bevor er einschlief. Als Wiebke angerufen hatte, genügte ein tiefer Atemzug. So konnte er sie auf keinen Fall empfangen. Sollte sie mit ihm schlafen wollen, wäre er eine Zumutung gewesen.

Er stand noch unter der Dusche, als Wiebke in die Küche trat.

„Hans-Georg?", rief sie und als sie das Wasser rauschen hörte, kam sie in das Badezimmer. Sie zog den Duschvorhang bei Seite und fragte nur: „Darf ich?"

Vielleicht liebt sie mich doch, dachte er, als sie später neben ihm mit geschlossenen Augen lag. Er betrachtete sie zärtlich, streichelte über ihr rotes Haar, das immer noch so dick und fest war wie vor zwanzig Jahren. Wiebke döste mehr, als dass sie richtig schlief und verlangte mit müder Stimme nach mehr, als er aufhörte. Allmers Hand fuhr die Konturen ihres Körpers nach und als er an den Füßen angekommen war, drehte sie sich auf den Rücken und sagte:

„Noch mal".

Allmers schlief tief, als Wiebke ihn weckte. Er sah auf seine Armbanduhr und bemerkte erschrocken, dass es mitten in der Nacht war.

„Halb zwei", murmelte er. „Ist irgendetwas passiert?"

„Ich muss mit dir reden", sagte sie und an ihrer Stimme merkte er, dass sie nicht geschlafen hatte.

„Jetzt?"

„Ja!", sagte sie bestimmt, „jetzt."

Allmers nickte müde.

„Hör zu", sagte sie und er erinnerte sich, dass sie diese Floskel immer verwendet hatte, wenn sie etwas sehr ernst meinte. Das letzte Mal hatte sie die beiden Worte zu ihm gesagt, als sie sich als junges Mädchen von ihm getrennt hatte.

„Hör zu", hatte sie damals zu ihm gesagt „das wird nix mit uns beiden. Werde erst einmal erwachsen."

Er bezweifelte, ob er den Rat je angenommen hatte.

„So geht das nicht weiter", fuhr sie fort und starrte auf einen Punkt irgendwo in seinem Schlafzimmer. Der Vollmond erhellte den Raum und Allmers konnte Wiebkes Silhouette gegen das Schlafzimmerfenster sehen. Als Fünfzehnjähriger war Allmers begeistert gewesen von ihrer Figur. Sie war groß und ihre Proportionen stimmten, hatte er gefunden. Egal aus welcher Perspektive er sie betrachtet hatte.

Bei ihrer Heirat mit Jochen Wiborg war sie fett gewesen, fast aufgedunsen. Allmers hatte das damals nur mit Spott bedacht, er hatte die Liebe zu ihr aufgegeben. Nach der Scheidung war sie in das andere Extrem gerutscht und so dünn geworden, dass sich Allmers Sorgen gemacht hatte. Jetzt, stellte er fest, begann sie wieder etwas zuzunehmen, aber sie sah noch nicht wieder so aus, wie er sie am liebsten hatte. Ihr großer Busen passte dann perfekt zu ihrem Oberkörper und die kleinen Speckröllchen an der Hüfte, die sie immer ärgerten, fand er erotisch. Ihre runden und festen Schenkel endeten dann im schönsten Hintern, den er sich vorstellen konnte. Das Begehrenswerteste an ihr war für ihn aber das rote, dichte Dreieck ihrer Scham. Und das war unabhängig von ihrer Figur. Es gab keine Stelle an ihrem Körper, den er so anbetete. Nicht nur, weil er dahinter immer wieder ihre Begierde fand und immer neue Wollust entdecken konnte, sondern auch, weil er es liebte, seine Nase von den kleinen krausen Haaren kitzeln zu lassen und nach der Liebe darin Wiebkes betörenden Geruch in sich auf zu nehmen.

Wiebke drehte sich zu ihm um und sah ihn schweigend an. Sein Herz klopfte, er hatte nicht nur die Befürchtung, nun sei alles zu Ende: er *wusste,* Wiebke würde ihn jetzt für immer verlassen. Diese Nacht war ihr Abschiedsgeschenk für ihn.

„Aber", versuchte er zu erwidern. Sie schnitt ihm das Wort ab:

„Lass mich ausreden. So geht das nicht weiter mit uns beiden. Seit mehr als zwanzig Jahren können wir nicht mit einander und nicht ohne einander. Ich denke, jetzt ist es Zeit. Wir müssen uns entscheiden."

Allmers kämpfte mit den Tränen. Er wusste, welche Entscheidung er fällen würde, aber er war ohne Hoffnung. Ihre stand fest, das war ihm klar.

„Und?", fragte er zaghaft, „ jetzt schickst du mich endgültig in die Wüste?"

„Ach Hans-Georg", sagte sie, „wenn du wüsstest, wie schwer mir das alles fällt. Ich habe mir zwei Alternativen überlegt, seit unserem Tag an der Elbe denke ich über nichts anderes nach. Entweder ziehe ich weg oder ich bleibe da."

Allmers lachte zaghaft, aber an Wiebkes Reaktion sah er, dass sie keinen Scherz gemacht hatte.

„Wenn ich gehe, sehen wir uns nie wieder und wir hören endlich damit auf, uns gegenseitig etwas vor zu machen. Wenn ich bleibe, gibt es ebenfalls nur eine Möglichkeit. Wir machen Nägel mit Köpfen. Wir heiraten".

Sie machte eine Pause. Dann sagte sie: „Was schlägst du vor?"

„Morgen", sagte Allmers trocken.

„Heiraten?"

„Heiraten!"

„Du wirst es kaum glauben", sagte Wiebke und küsste ihn zärtlich, „dafür habe ich mich auch entschieden."

Allmers konnte sein Glück kaum fassen. Er nahm Wiebke in die Arme und hielt sie lange fest. Er wollte sie nicht mehr loslassen. Seit ihrem ersten Mal in der Scheune ihrer Eltern liebte er sie, dass war ihm jetzt noch klarer als zuvor. Er war ihr nur ein einziges Mal böse gewesen, die Heirat mit Jochen hatte er ihr nie verziehen und ihn an ihrem Verstand zweifeln lassen. Vielleicht wusste sie es nicht, aber er war sich sicher, dass er die Beziehung mit jeder anderen Frau sofort beendet hätte, wenn sie es von ihm verlangt hätte.

„Noch mal?", fragte er und war so voller Lust auf ihre Wärme und Weichheit, dass er sich kaum zurückhalten konnte.

Wiebke nickte müde. Allmers versuchte, sie besonders zärtlich zu streicheln, aber Wiebke erwiderte seine Anstrengungen kaum. Sie stöhnte zwar bei jeder Bewegung, aber schließlich fragte Allmers: „Stöhnst du vor Lust oder Müdigkeit?"

Wiebke antwortete nicht. Sie war eingeschlafen.

Kapitel 35

Der Anwalt von Horst Winkler legte Haftbeschwerde ein. Er verwies auf die entlastende Aussage von Ines Renner und die mangelnde Fluchtgefahr.

Werner Allmers tobte, als die Richterin der Beschwerde nachgab.

„Ich habe gedacht", schrie er ins Telefon, als Hans-Georg ihn anrief, „das kann nicht wahr sein. Der Kerl ist ein abgebrühter Mörder und die Tante lässt ihn laufen. Die gehört zu diesen Gutmenschen, die hat den Schuss nicht gehört."

„Jetzt rege dich doch nicht so auf", meinte Hans-Georg. Dann stellte er die Frage, die ihm schon lange auf der Zunge lag, nur hatte ihm bisher die Gelegenheit gefehlt. „Was ist eigentlich aus der Geschichte mit Irene geworden? Willst du sie nun verhaften?"

Er wusste, dass es unfair war, seinem Bruder in dieser Situation diese Frage zu stellen. Die Aufhebung des Haftbefehls gegen Winkler war für den Staatsanwalt eine deftige persönliche Niederlage. Er war sich immer noch sicher, dass Horst Winkler Peter Gerlach getötet hatte. Nur konnte er es nicht beweisen.

Der muss kurz vor dem Platzen sein, dachte Hans-Georg Allmers und freute sich. Oft fehlte ihm die Schlagfertigkeit, wenn sein Bruder ihn vor anderen Leuten bloß zu stellen versuchte, so wie vor ein paar Wochen, als er ihn mit Nina in Stade besucht hatte. Das war die Revanche, dachte er.

Der Staatsanwalt benötigte lange, bis er sich gefangen hatte. Erst schnaubte er nur in den Hörer, dann versuchte er sehr beherrscht zu klingen: „Da war nichts, das habe ich sofort gewusst. Aber man sollte, wenn man seinen Beruf sorgfältig ausüben will, immer gewissenhaft und gradlinig vorgehen, das ist etwas, was du von mir lernen kannst. Hier mussten wir einem Anfangsverdacht nachgehen, um die Frau zu schützen. Damit kein Gerede aufkommt."

„Ah ja", sagte Allmers gedehnt, „damit kein Gerede aufkommt. Dann ist ja alles gut. Von dir lernen heißt siegen lernen. Wann kommt Horst frei?"

„Der dürfte schon auf dem Weg nach Hause sein. Mal sehen, wen er als nächstes erlegt. Vielleicht seine Schöne? Und dann heißt es wieder, wir hätten das verhindern müssen."

Lissy lehnte es ab, Horst aus dem Gefängnis abzuholen. Sie hätte zu viel zu tun, teilte sie ihm mit, als er sie auf ihrem Handy erreichte, sie müsse schließlich den ganzen Hof schmeißen. Er solle morgen ein Taxi nehmen.

Die Haustür war abgeschlossen, als Horst Winkler nach über zwei Wochen in Untersuchungshaft wieder auf seinen Hof kam. Er wunderte sich ein wenig, dann überlegte er, dass das eine kluge Vorsichtsmaßnahme von Lissy war. Schließlich war sie alleine auf dem Hof. Seine Achtung vor ihr wuchs, als er sich überlegte, dass sie die ganze Arbeit alleine gemacht hatte. Von Klausis Ausraster hatte er nur über seinen Anwalt gehört, Lissy hatte keine Zeit gefunden, ihn im Gefängnis zu besuchen. Das ist eine tolle Leistung, dachte er, sie konnte schließlich bis vor ein paar Monaten keinen Kuhschwanz von einem Spaten unterscheiden, sie hat eben keine Lehre als Landwirtin hinter sich. Aber manchmal wachsen die Menschen mit ihren Aufgaben, dachte er und hatte auch sich dabei etwas im

Blick. Bei ihm war es, fand er, ähnlich. Seit Lissy auf dem Hof war, hatte er die Arbeit viel besser erledigt als früher und der Hof stand jetzt besser da als je zuvor. Er dachte darüber nach, einen neuen Kuhstall zu bauen und freute sich schon auf Lissys überraschtes Gesicht, wenn er ihr die fertigen Pläne präsentieren würde. Die dumme Sache mit Gerlach schien jetzt ausgestanden zu sein, der Anwalt hatte gemeint, er hätte nur eine kleine Strafe zu befürchten, wegen unerlaubtem Beseitigen einer Leiche, oder so ähnlich, genau konnte er sich schon nicht mehr an den Tatbestand erinnern. Vielleicht eine kleine Geldstrafe, dazu müsse er allerdings den Schaden der Werft bezahlen.

Winkler umrundete das Haus und als er durch die große Dielentür sah, erschrak er. Die Kühe waren nicht im Stall. Er sah auf die Uhr: es war nach 18 Uhr, eigentlich war es die Melkzeit. Es war nicht ausgemistet, kein Futter vorgelegt und das Melkzeug war nicht vorbereitet.

Vielleicht war es doch ein wenig zu viel für sie, dachte er und machte sich an die Arbeit.

Gleich wird sie mit den Kühen nach Hause kommen, war er sich sicher, dann wird sie sich freuen, dass alle Arbeit schon gemacht ist.

Lissy kam nicht. Horst Winkler wurde nervös, trat aus dem Stall, wunderte sich, dass der Lärm der Schweine noch größer war als sonst und sah erstaunt auf die Weiden hinter dem Haus.

Sie waren leer. Weder auf der Kuhweide noch auf der Jungviehweide stand ein Tier.

Ausgebrochen, schoss es ihm durch den Kopf, die sind alle ausgebrochen. Und Lissy rennt jetzt hilflos hinter ihnen her.

Vor zwei Jahren war ihm Ähnliches passiert. Klausi und er hatten die Zäune nicht richtig in Ordnung gehalten, sie bestanden aus morschen Pfählen mit rostigen Drähten und nach dem die erste Kuh mehr beiläufig den Zaun zerstört hatte, war in kurzer Zeit die ganze Herde brüllend und mit hoch erhobenen Schwänzen auf der Landstraße entlang gerannt. Es hatte Stunden gedauert, bis alle Tiere wieder im Stall gewesen waren. Fast alle Bauern aus der Nachbarschaft hatten sich an der Jagd auf die wild gewordenen Kühe beteiligt.

Er nestelte sein Handy aus seiner Tasche und wählte Lissys Nummer. Niemand nahm ab. Er sprach eine Nachricht auf ihre mailbox, bat sie, ihn schnell anzurufen.

Aufgeregt ging Horst in das Haus zurück und versuchte in die Wohnung zu kommen. Die Tür, die vom Stall in die Küche führte, war abgeschlossen. Der Lärm der Schweine steigerte sich, als sie Winkler durch den Stall rennen sahen, er kam mit einem Stemmeisen aus der Werkstatt wieder und hebelte die Tür auf.

Entsetzt sah er, dass die Küche fast leer war. Es gab keinen Herd mehr, keinen Kühlschrank, die Geschirrspülmaschine war ebenso verschwunden wie die Waschmaschine aus dem Badezimmer. Selbst die elektrische Zahnbürste war weg. Winkler rannte panisch durch die Wohnung, vermisste den neuen Flachbildschirm, fand den kleinen CD-Spieler nicht mehr und stellte schließlich fest, dass das ganze Haus praktisch ausgeräumt war. Selbst sein Schlagzeug war weg.

Lissy ist überfallen worden, dachte er und begann zu weinen. Sie war so lange alleine im Haus, das hat sich ganz schnell herumgesprochen! Hoffentlich ist ihr nichts passiert!

„Lissy!“, rief er laut in das Haus, „Lissy!“ Er begann das Haus systematisch abzusuchen und mit jedem Zimmer, das er erfolglos durchsuchte, wurde ihm klarer, dass

Furchtbares geschehen sein musste. Zum Schluss nahm er allen Mut zusammen und öffnete vorsichtig die Tür zu seinem Kühlhaus. Er hätte sich nun nicht mehr gewundert, wenn er Lissy dort gefesselt und geknebelt gefunden hätte.

Aber das Kühlhaus war genauso leer wie das gesamte Haus.

Sie ist entführt worden, dachte er. Vielleicht von den Freunden von Alex. Vielleicht wollten die sich rächen.

Sein Herz klopfte vor Angst und er wusste nicht mehr weiter.

Ich muss sie suchen, dachte er plötzlich, sie braucht meine Hilfe. Die Kühe laufen, wenn es dumm kommt, bis ins Dorf.

Winkler rannte in die Schmutzschleuse, in der die Arbeitskleider hingen, zog sich den alten, schmutzigen Overall über und ging zum Schuppen. Noch während des Ankleidens hatte er entschieden, mit dem Schlepper zu fahren, sein Auto wäre auf jeder Wiese stecken geblieben.

Der Schlepperschuppen war nur durch ein morsches Tor gesichert, es gab kein Schloss und keinen Riegel mehr. Winkler verhinderte nur durch einen dicken Stein, dass das Tor bei einem Windstoß aufgeweht wurde.

Das Tor war offen, der Schuppen leer.

Panik ergriff Winkler. Lissy kann doch gar nicht fahren, dachte er und bekam Angst. Der Schlepper war so gut wie neu, Winkler hatte ihn vor zwei Jahren sehr günstig kaufen können. Der Traktor hatte kaum Betriebsstunden und obwohl er eigentlich viel zu groß für Winklers Maschinen war, hatte er sich damals entschlossen, ihn anzuschaffen. Als sein Vater starb, hatte er nur alte Maschinen übernommen, denen bei jedem Einsatz der Totalschaden drohte.

Langsam beschlich ihn ein furchtbarer Verdacht. Zögernd umrundete er die Scheune und als er vor seiner alten Garage stand, sah er das, was er befürchtet hatte: auch sein Auto war verschwunden.

Wenigstens ist das Bett noch da, dachte er. Müde und ratlos legte er sich, ohne sich auszuziehen auf sein Bett, zog die Decke über sich und versuchte einzuschlafen. Er roch an Lissy Bettdecke, die neben seiner lag, roch ihr Parfüm und ängstigte sich noch mehr. Hoffentlich, dachte er, klärt sich alles auf. Und hoffentlich ist ihr nichts passiert.

Erst als das Licht eines Autos, das auf den Hof fuhr, durch das Fenster in sein Schlafzimmer fiel, wachte er wieder auf. Erschrocken sah er auf seine Uhr, es war kurz vor Mitternacht. Er sah aus dem Fenster und erkannte seinen alten Golf, aus dem Lissy ausstieg. Sie war alleine.

Jetzt wird alles gut, dachte er glücklich und rannte ihr entgegen.

„Lissy!", rief er, „endlich bist du da."

Lissy Winkler sah entsetzt, wie ihr Horst mit offenen Armen entgegen gerannt kam und versuchte ihm auszuweichen.

„Wo hast du bloß gesteckt?", rief er. „Ich bin so froh, dass du wieder da bist."

„Lass mich", sagte Lissy scharf, „Ich bin müde. Ich brauche einen Kaffee. Wieso bist du schon da? Ich dachte, du kommst morgen erst."

„Wenn man aus dem Knast entlassen wird, kann man nicht noch eine Nacht buchen" meinte Horst und wollte Lissy umarmen, aber sie lief an ihm vorbei. „Wo bist du denn gewesen?", fragte Winkler, als sie in der Küche waren und er Wasser für einen Kaffee ausgesetzt hatte. „Und wo sind unsere Kühe?"

„Das ist lange Geschichte", meinte sie leise. Sie nahm einen großen Schluck Kaffee und sah Winkler mit ernster Miene an. „Als du im Gefängnis warst, sind alle Kühe krank geworden. Klausi sagte, sie hätten Milchfieber. Ich musste sie alle schlachten lassen."

Fassungslos starrte Winkler sie an: „Du hast sie alle schlachten lassen?" Er begann mit den Tränen zu kämpfen. „ Klausi hat doch keine Ahnung. Warum hast du nicht den Tierarzt angerufen?"

Plötzlich wurde eine Tür des Autos zugeschlagen. Horst sah aus dem Fenster und plötzlich verstand er alles. Es war, als ob jemand einen Vorhang hoch gezogen hätte.

„Du mieses Schwein", schrie er und rannte aus dem Haus. Er schnappte sich einen Besen und begann in der Dunkelheit auf den unbekannten Mann einzudreschen, bis der erschrocken davon rannte. Winkler rief ihm noch ein paar vulgäre Schimpfwörter hinterher und ging voller Zorn in das Haus zurück.

„Milchfieber! Dass ich nicht lache!", herrschte er Lissy an und schlug ihr mit der Hand in ihr Gesicht. „Du hast das ganze Haus ausgeräumt, als ich im Knast war. Und dir gleich einen neuen Beschäler angelacht, du miese Nutte." Wieder schlug er zu. Lissy tropfte Blut aus der Nase, aber Horst Winkler war nicht aufzuhalten.

„Die ganze Zeit bist du mir auf der Nase rumgetanzt", schrie er. „Und das mit Alex war alles erstunken und erlogen. Mit dem hast du auch gevögelt."

„Halt doch dein blödes Maul", keifte Lissy zurück. „Du bist doch viel zu blöde, um irgendetwas zu kapieren."

Winkler holte wutentbrannt aus und haute ihr mit aller Kraft mit dem Besenstiel auf den Kopf. Lissy schrie auf und versuchte zu fliehen.

„Du bist erbärmlicher Kotzbrocken", schrie sie, „du

noch nicht einmal richtig ficken! Das konnte Alex besser. Du so dumm wie Haufen Scheiße!"

Winkler versperrte ihr den Weg, als sie aus der Küche rennen wollte. „Das könnte dir so passen, du Hure. Jetzt kriegst du dein Milchfieber."

Er zog seinen Gürtel aus der Hose, Lissy versuchte sich weg zu ducken, aber Horst zielte genau. Er drosch den Gürtel über ihren Körper und traf mit der schweren Schnalle ihren Bauch, den Rücken und den Kopf. Lissy wimmerte, aber Horst konnte nicht mehr aufhören. „Das ist für das Milchfieber", schrie er, als er immer wieder ausholte. „Milchfieber! Milchfieber! Milchfieber!"

Lissy versuchte zu fliehen, auf allen Vieren, aber Winkler sah mitleidlos auf das winselnde Bündel und trat entschlossen mit aller Kraft zu. Immer und immer wieder holte er mit seinem Bein aus. Es war ihm egal, wo er sie traf, er wollte sie wimmern hören. Lissy sollte büßen für alles, was sie ihm angetan hatte. Als Lissy sich nicht mehr wehrte und auch nicht mehr bewegen konnte, brach Horst Winkler zusammen. Er warf sich auf sie, schluchzte und nahm sie in den Arm. Er wusste nicht, ob sie noch lebte, sie war blutig und warm und lag leblos in seinen Armen. „Lissy", schluchzte er. „Lissy." Als sie sich wieder zu regen begann, umschloss er ihren Hals mit seinen Händen. Erst zögerte er, dann drückte er zu. Bis sie sich nicht mehr bewegte.

Kapitel 36

Am nächsten Morgen stand Klaus in der Küche. Horst Winkler sah ihn erstaunt an: „Wo kommst du denn her?“

Sein Bruder antwortete nicht. Mit Entsetzen sah Winkler, dass Klaus’ Gesicht voller blauer Flecken war.

„Warst du das gestern Nacht?“ fragte er leise. Er befürchtete das Schlimmste.

Klaus nickte: „Lissy hat mich auf der Straße gesehen, als ich nach Hause laufen wollte. Ich bin entlassen worden.“

„Hast du gesehen, was passiert ist?“

„Alles weg“, sagte Klaus leise. „Und Lissy ist tot.“

„Weißt du, wie es passiert ist?“, fragte Winkler leise.

Klausi Winkler nickte und dabei färbte sich seine Hose dunkel.

Der Anruf von der Bank erreichte Horst Winkler am Vormittag. Er möge bitte so schnell wie möglich vorbeikommen, man habe schon den ganzen Tag versucht, ihn zu erreichen, aber leider habe man keine Handynummer von ihm gehabt… sagte die freundliche Frau der Bank, die er vom Schalter kannte. Er konnte sich nie ihren vollständigen Namen merken, wusste nur, dass ihr Vorname Claudia war.

Claudia von der Fecht bat Winkler sofort in einen Besprechungsraum und als sie ihm erzählte, was in den letzten Tagen geschehen war, begann er zu weinen.

„Ihre Frau“, eröffnete sie das Gespräch, „hat ihr Konto bis zur Grenze des Kontokorrent belastet. Sie hat sich den gesamten Betrag auf einmal auszahlen lassen. Ich habe mir gedacht, dass es sehr komisch ist, wo sie noch“, sie räusperte sich und fuhr fort „wo sie noch nicht wieder zu Hause sind, aber ich durfte nichts unternehmen. Sie hat schließlich Kontovollmacht."

„Und das Sparbuch?", fragte Winkler zaghaft. Noch nicht einmal Klausi wusste von der Existenz des Sparguthabens, das er, als seine Mutter gestorben war, unter ihren Papieren gefunden hatte. Sie hatte über viele Jahre eisern jeden kleinen Betrag, den sie entbehren konnte, zur Bank gebracht. Als sie starb, hatte sie über zehntausend Euro zusammengespart. Im Überschwang seiner Liebe zu Lissy und im Gefühl, alles teilen zu wollen, hatte er sie kurz nach ihrer Hochzeit in das Geheimnis eingeweiht. Das solle sie haben, wenn ihm mal etwas passieren würde, hatte er ihr gesagt, dann würde sie nicht in Not kommen. Der allerletzte Notgroschen!

Wie lieb er sei, hatte sie erwidert. Sie hatte das Sparbuch an sich genommen und zu ihren persönlichen Sachen gelegt. Winkler war einverstanden gewesen.

Lissy hatte von Anfang an das Kommando über die Finanzen übernommen. Sie hatte Winkler davon überzeugt, dass Frauen die besseren Haushälter seien und polnische Frauen sowieso. Das läge in ihren Genen, hatte sie gesagt, die Polen und vor allen Dingen die Polinnen seien eben nun mal sparsam. Winkler hatte sich nicht ungern unter ihre Knute begeben, tatsächlich schien plötzlich immer Geld da zu sein. Sie hatte ihm Taschengeld zugebilligt und die Bankkarte abgenommen. Sein Bruder Klausi hatte sich noch nie für die Finanzen interessiert und war zufrieden, als Lissy ihm jeden Monat fünfzig Euro zusteckte. Das war mehr, als er ausgab. Aber als der alte Wagen von Winklers nicht mehr vom TÜV abgenommen wurde, trickste Winkler seine Frau trotzdem aus. Mit sehr schlechtem Gewissen.

Man hatte sich schnell geeinigt, dass Winkler einen

Gebrauchten kaufen solle, einen Golf oder vielleicht auch einen Opel, hatte Lissy gemeint. Nur nicht zu teuer, hatte sie ihm eingeschärft, als er losgezogen war, um bei den Gebrauchtwagenhändlern nach etwas Passendem zu suchen. Der Golf, den er in Bützfleth, ein paar Dörfer weiter, entdeckt hatte, gefiel ihm auf Anhieb. Es war ein alter Diesel, nicht viel gelaufen und vor allen Dingen rot. Winkler liebte rote Autos. Seit er den Führerschein hatte, standen rote Autos auf seinem Hof.

Wie viel der kosten solle, wollte er wissen. Der Händler sah gelangweilt von seiner Illustrierten auf. Winkler schien kein Geschäft zu versprechen.

„Dreifünf", sagte er nur und las weiter.

„Den nehme ich", sagte Winkler ohne zu Zögern. „Ich brauche aber eine Rechnung."

„Ohne Probefahrt?", wunderte sich der Händler.

Winkler nickte nur.

„Ich hole ihn morgen ab", sagte er, „kannst du die Papiere fertigmachen?"

„Kein Problem."

„Kannst du zwei verschiedene Rechnungen schreiben? Eine für dich über dreifünf und eine für mich über vierfünf?

„Ungern", sagte der Händler, „Wenn das Finanzamt das merkt, gibt's Ärger."

„Das ist privat", meinte Winkler leichthin, „das kriegt keiner mit. Es ist wegen meiner Frau."

Der Händler lachte: „Der alte Trick. Der Alte trickst!"

Lissy hob am nächsten Tag viertausendfünfhundert Euro vom Sparbuch ab. Die ergaunerten tausend Euro, (da er sich quasi selbst beschummelt hatte, hielt sich sein schlechtes Gewissen in Grenzen), versteckte Horst in der Werkstatt hinter den Nägeln.

„Bei mir ist das Sparbuch nicht eingelöst worden", meinte die Bankangestellte. „Haben Sie die Nummer im Kopf, oder soll ich sie heraussuchen? Dann kann ich mal im System nachschauen."

Winkler überlegte und als sie ihm nicht einfiel, suchte Claudia von der Fecht die Nummer heraus.

Ihr betroffenes Schweigen ließ Winkler das Schlimmste befürchten.

„Das Sparbuch ist in den letzten Wochen kontinuierlich geleert worden", sagte sie mit leiser Stimme. „Bei unserer Filiale in Stade. Jetzt sind da noch genau 34 Euro und 45 Cent Guthaben verzeichnet." Sie sah ihn mitleidig an.

„Sie bekommen aber noch Zinsen", fügte sie beruhigend hinzu.

„Ich muss zur Polizei", sagte Winkler. Er war erstaunt über seine Kaltblütigkeit.

Claudia von der Fecht erwiderte nur: „Das können Sie bleiben lassen."

Als sie Winklers ratloses Gesicht sah, erklärte sie: „Ihre Frau hat nichts Strafbares getan. Sie hatte oder hat sogar noch immer Zeichnungsberechtigung für alle ihre Konten. Auch wenn sie einen immensen Schaden anrichtet: die Polizei ist nicht dazu da, zu verhindern, dass sich Ehepaare gegenseitig in den Ruin treiben."

„Was soll ich jetzt machen?", fragte Winkler.

„Erwarten Sie noch Geldeingänge?", fragte die Bankangestellte.

„Das Milchgeld", sagte Winkler. „Heute ist doch der vierzehnte?"

„Die Molkerei zahlt immer Mitte des Monats aus, oder?", fragte Claudia von der Fecht. Als Winkler nickte, senkte sie verschwörerisch die Stimme, als ob jemand sie belauschen könnte: „Wenn ihre Frau morgen hier auftauchen sollte und eventuell das Geld abheben will, sage ich einfach, es sei noch nicht da. Ich rufe auch alle Filialen an, das bekommen wir schon hin."

Winkler dankte ihr und verließ erschöpft die Bank. Fieberhaft überlegte er, wohin Lissy das ganze Geld gebracht haben könnte. Sie hatte alles verkauft, was zu Geld zu machen war. Normalerweise, dachte er, bekommt man das Geld für einen verkauften Trecker nicht in bar ausgezahlt. Er musste herausfinden, wer die ganzen Käufer waren, die sich auf seinem Hof bedient hatten.

Aber er hatte nicht mit Lissys Gerissenheit gerechnet. Am nächsten und auch am übernächsten Tag kam kein Geld von der Molkerei. Schließlich rief er dort an.

„Ihre Frau hat doch vor ein paar Tagen die Kontoverbindung geändert", erklärte ihm eine erstaunte Sachbearbeiterin, „wir haben das Geld natürlich pünktlich überwiesen."

Winkler wollte wortlos den Hörer auflegen, als die Frau ins Telefon rief: „Herr Winkler, wenn Sie das nächste Mal keine Milch abliefern können, sagen Sie doch bitte vorher Bescheid. Der Milchwagen ist schon zweimal umsonst zu Ihnen gefahren".

Winkler legte auf.

Bis auf die Schweine hatte ihm Lissy alles genommen.

Fritz Weber leitete die örtliche Polizeistation und kannte Winkler seit der gemeinsamen Schulzeit. Er gab der Frau von der Bank Recht, als Winkler ihm alles erzählte.

„Da können wir nichts machen", sagte er. „Horst, da bist du gelinkt worden und zwar nach Strich und Faden. Das wird schwer werden für dich, das kannst du mir glauben."

Winkler hatte sich Zuspruch erwartet und Unterstützung der Polizei, stattdessen wollte Weber ihn hinauskomplimentieren: „Wenn weiter nichts ist“, meinte er, „ich habe viel zu tun“, und zeigte zur Tür.

„Kann ich sie als vermisst melden?“, Winkler hatte plötzlich eine Eingebung.

„Hhm“, der Polizist wog den Kopf hin und her, „das ginge natürlich schon. Seit wann ist sie denn verschwunden?“

„Seit zwei Wochen“, sagte Winkler ohne Regung.

„Gut!“, sagte Weber, „das machen wir. Vielleicht bekommen wir so heraus, wo sie steckt und du kannst ein wenig von deinem Geld wieder bekommen. Aber ganz koscher ist das nicht, das muss ich dir sagen. Ich weiß von der ganzen Sache nichts, ich hoffe, das ist klar.“

Winkler nickte.

„Das geht heute noch raus“, sagte der Polizist und füllte das Formular aus. „Auch online.“

Winkler war mit sich zufrieden. Die Vermisstenanzeige, fand er, war eine geniale falsche Fährte. Sie verschaffte ihm vielleicht ein paar Tage Zeit, in denen er sein nächstes Problem lösen musste:

Wohin mit Lissys Leiche?

Allmers war noch nie in Wiebkes Wohnung gewesen. Die kurzfristige Heirat hatten sie verschieben müssen, sie beschlossen aber, keine Nacht mehr alleine zu verbringen. Allmers half Wiebke beim Umzug, sie hatte am Tag nach dem Beschluss, zusammen zu bleiben, ihre Wohnung gekündigt. Allmers schwebte, seine Traurigkeit und sein mangelnder Antrieb waren verschwunden. Selbst seine Trauer über Hella Köhlers Tod wurde langsam weniger.

Zu ihrer Beerdigung, die einige Zeit vor Wiebkes entscheidender Frage stattgefunden hatte, kamen viel mehr Menschen als die Friedhofskapelle fassen konnte, die Bäcker des Dorfes hatten sich sogar entschlossen, gemeinsam in ihrer Berufskleidung und Trauerflor zu erscheinen, um Hella, die ihr Leben lang auf die Bäcker geschimpft hatte, zu ehren. Martin Rauschenbach, dem die größte Bäckerei im Dorf gehörte, hatte jahrelang kein Wort mit ihr geredet, nachdem er herausbekommen hatte, dass seine Frau mehrmals Kuchen bei Hella bestellt hatte, da ihr die von ihrem Mann nicht geschmeckt hatten. Hella hatte diesen Triumph still genossen, hatte nie jemanden etwas davon erzählt, die Geschichte des blamierten Bäckers machte aber schnell die Runde im Dorf.

Friedel hatte sich bei Allmers eingehängt, als die Trauergemeinde zum Grab ging. Er war fahl und eingefallen und Allmers hatte Angst um ihn. Die Trauergemeinde erfüllte nur widerwillig Hellas letzten Wunsch. Sie hatte schon lange vor ihrem Tod festgelegt, dass an ihrem Grab „Geh aus mein Herz und suche Freud“ gesungen werden soll. Und zwar, so hatte sie deutlich gemacht, laut und aus voller Kehle. Sie konnte das Gepiepse, wie sie es nannte, auf Beerdigungen nie leiden. Allmers hatte mit den Kindern der Köhlers drei Strophen ausgewählt, die etwas mit der Landwirtschaft zu tun hatten. Als die Trauernden schließlich „Der Weizen steht in voller Pracht“ schmetterten, fing Allmers laut an zu weinen und konnte die Tränen während der ganzen Beerdigung nicht mehr bändigen. Sie liefen ihm in Strömen über das Gesicht. Ihm war noch einmal klar geworden, wie gewaltig ihn der Verlust getroffen hatte.

Ein paar Tage nach der Beerdigung ließ Friedel Köhler alle Kühe abholen, die meisten kamen zum Schlachter, nur drei oder vier wurden an einen Nachbarn verkauft.

Die Maschinen und Traktoren, viele hatte Köhler nicht, aber sie waren in hervorragendem Zustand, verkaufte er in kurzer Zeit. Alle Nachbarn sahen vorbei und deckten sich ein. Die meiste Zeit verbrachte er bis zu seinem Tod ein Jahr später bei seinen Kindern, schließlich war er so hinfällig, dass er in einem Pflegeheim auf sein Ende wartete. Allmers besuchte ihn ab und zu, schließlich ließ er es sein. Friedel erkannte ihn irgendwann nicht mehr. Mit dem Tod seiner Frau waren auch Friedels Lebensgeister verschwunden.

Bevor Allmers und Wiebke die letzten beiden Kisten aus der Wohnung trugen, schloss sie die Wohnungstür von innen ab.

„Was hast du vor?", fragte Allmers.

„Man muss sich von Wohnungen wie von Menschen gebührend verabschieden", sagte sie nur und nestelte an seiner Hose. Allmers grinste: „Wo denn, um Himmels Willen?", fragte er. „Alles ist ausgeräumt:"

„Dann machen wir halt einen Handstand", sagte Wiebke ernst und zog sich aus.

Später, als sie erschöpft am Türrahmen lehnten, flüsterte sie ihm ins Ohr: „Weißt du überhaupt, warum alles so gekommen ist?"

Allmers schüttelte den Kopf.

„Das hast du Hella zu verdanken". Und auf Allmers fragenden Blick sagte sie: „Als du bei ihrer Beerdigung so hemmungslos geweint hast, habe ich mich das dritte oder vierte Mal in dich verliebt. Ich musste dich haben."

Kapitel 37

Er zog sie an ihren Beinen über den Boden. Er hatte lange gewartet, bis er sich sicher war, dass sein Bruder eingeschlafen war und öffnete dann leise die Haustür. Er ließ die Tür offen, schleppte sie über die Stufen und wuchtete sie über das Fahrrad. Die Nacht war stockdunkel, mehrmals stolperte er über Wurzeln, die aus dem Moorweg wuchsen, aber er schaffte es, dass sie nicht vom Rad fiel. Er kannte sich aus, den Weg hätte er auch mit verbundenen Augen gefunden, in seiner Kindheit war er hier jeden Tag mit seinem Bruder und Hans-Georg Allmers durch die Wildnis gestreift. Sein Ziel war die große Moorschlenke, so nannte man in der Gegend ein Naturphänomen. Über einem Wasserloch mitten im Moor, bei dem sich aus unbekannten Gründen über die Jahrhunderte kein Torfmoos ansiedeln konnte, war eine Rasendecke gewachsen, die zwar einen Hasen tragen konnte, bei schwereren Tieren aber sofort nachzugeben drohte. Bei einem Menschen, der unachtsam darauf trat, gab der Schwingrasen in Sekundenbruchteilen nach, er versank und der Rasen schloss sich über ihm, als ob nie etwas gewesen wäre. Das Loch war tief, mehr als vier Meter und durch die Rasendecke herrschte unter Wasser tiefste Dunkelheit. Wer nicht gleich ertrank, geriet so in Panik, dass das Herz versagte.

Da hinein sollte sie, hatte er sich entschlossen. Er wollte sie verschwinden lassen, niemand sollte je wieder etwas von ihr hören.

Er wusste, dass er wie ein Luchs aufpassen musste, um nicht selbst Opfer des tückischen Rasens zu werden. In seiner Kindheit war es ihm streng verboten, auch nur in die Nähe des Lochs zu kommen, aber er und seine Freunde hatten natürlich oft an der Kante gesessen und mit langen Stangen die Tiefe ausgelotet. Als er die Schlenke erreicht hatte, war er bis auf seine Unterwäsche durchgeschwitzt. Die Anstrengung und die Anspannung hielt er fast nicht mehr aus. Er ließ sie vom Rad gleiten, schob sie vorsichtig auf den Schwingrasen und half mit einem Holzprügel, den er neben dem Loch fand, ein wenig nach.

Seine Augen hatten sich an die Dunkelheit gewöhnt und so sah er mit Befriedigung, wie der Rasen sich teilte und sie in der Tiefe verschwand. Es dauerte eine Weile, bis sich der Schwingrasen wieder geschlossen hatte.

Er hatte beschlossen, dass sie wie vom Erdboden verschluckt sein müsse, und als er im Dunklen vor der Moorschlenke stand, wusste er, dass er seinen Vorsatz erfolgreich durchgeführt hatte.

Später, als er wieder in seinem Bett lag, sagte er sich ein zweites Mal, dass er alles richtig gemacht hatte.

*****

Normalerweise musste Allmers 11 Milchkontrollen, auf den offiziellen Unterlagen hieß es „Probenahmen", pro Jahr durchführen. Einen Monat im Sommer, er konnte ihn selbst auswählen und entschied sich meist für den August, ruhte der Betrieb des kleinen Milchkontrollvereins. Dieses Jahr war Allmers völlig durcheinander gekommen. Nach Hella Köhlers Tod hatte er sich drei Wochen lang um keine Kontrolle bemüht und plötzlich, merkte er, war ihm die Zeit davongelaufen. Der Anruf von seiner Kollegin mit der Bitte, sie zu vertreten, kam ihm deshalb völlig ungelegen. Eigentlich wollte er die wenige Zeit, die er momentan hatte, zu viele Termine mussten nachgeholt werden und Stress verabscheute er, nur mit Wiebke verbringen. Ihre Möbel und all anderen Dingen aus ihrer Wohnung waren in seinem Haus angekommen und beide versuchten, aus ihren Einrichtungen etwas zu schaffen, was beiden gefiel.

„Ich kann nicht heute Abend“, sagte die Frau weinerlich am Telefon, „Ich bin so fertig.“ Allmers hatte von ihren Problemen mit ihrem Mann gehört und fragte nicht weiter nach.

„Aber nur dieses eine Mal“, sagte er. Trotzdem ließ er sich bereden, auch die morgendliche Kontrolle zu machen.

Über Claus Ruf meinte der örtliche Steuerberater, auch Allmers ließ dort seine Einkommensteuererklärung fertigen, es gebe nur wenige im Dorf, bei denen er froh sei, dass sie nicht zu seinen Klienten gehören würden. Ruf sei so einer.

Allmers sah ihn nur selten, er wohnte im nächsten Milchkontrollbezirk und dazu noch etwas weiter weg. Allmers kannte auch nur oberflächlich die Gründe für seine Unbeliebtheit, er wusste, dass er als gierig und rücksichtslos galt. Über Ruf gab es viele Anekdoten. Allmers kannte nur eine, seine Kollegin hatte sie ihm erzählt und wohl auch so erlebt. Bei jeder Milchkontrolle fallen ein paar Liter Milch an, die bei der Probenahme übrig bleiben. Der Kontrolleur kippt diese Milch in einen Eimer und sie kann später, wieder erwärmt, an Kälber oder Schweine verfüttert werden. Ruf hatte sich beim Milchkontrollverein beschwert, es werde zu viel Milch vergeudet. Er wolle dafür Schadenersatz.

Über Ruf wurde im Dorf gelästert, eigentlich habe er nur seine Katzen gerne. Es gab keinen Hof weit und breit, auf dem sich so viele Katzen herumtrieben. Es gab alle Farben und Altersstufen und weil er die Tiere nie sterilisieren ließ, wurden es immer mehr. Ruf ging das Wohlbefinden der Tiere über alles. Vor ein paar Jahren hatte sich eine Katze auf der Jagd nach einer der vielen Ratten, die auf seinem Hof herumliefen, in den Güllekeller verirrt, der unter dem Stall die Ausscheidungen der Kühe auffing. Die Schwimmdecke, die sich auf der Gülle gebildet hatte, konnte das kleine Tier ohne Probleme tragen und so lief es in Panik immer weiter in die Dunkelheit des Güllelagers. Ruf zögerte keinen Augenblick, zog sich bis auf die Unterhose aus und stieg in den Keller, um das Tier zu retten. Kopfschüttelnd erzählten sich die Bauern später die Geschichte. Jedem war klar gewesen, dass Ruf sein Leben riskiert hatte. Die Gase, die aus der aufgewühlten Gülle dringen, sind so gefährlich, dass man nur mit schwerem Atemschutz so ein Abenteuer wagen darf.

Allmers hatte keine Lust auf diese Kontrolle und machte sich seufzend auf den Weg.

Claus Ruf hatte in den letzten Jahren seinen Hof mehr als verdoppelt, er bewirtschaftete mittlerweile fast dreihundert Hektar, molk über hundert Kühe und kam kaum mehr zur Ruhe. Vor ein paar Wochen war sein Sohn in den Betrieb eingestiegen, ihn kannte Allmers. Er fand, dass er ein arroganter, durchtriebener Schnösel war, der ihm schon bei der Feuerwehr negativ aufgefallen war. Allmers hatte ihn als Ausbilder durch die Jugendfeuerwehr begleitet und war froh gewesen, als er endlich erwachsen geworden war und er ihn nur noch selten bei Einsätzen der Feuerwehr sehen musste.

„Scheiße", fluchte eine laute Stimme aus der Melkkammer von Claus Ruf und Allmers sah neugierig durch die Tür.

„Moin“, sagte Ruf. „Kommst du heute?“

Das siehst du doch, dachte Allmers und nickte nur.

Claus Ruf hielt eine tote Katze an den Hinterbeinen. Sie war nass und die Tropfen, die von ihr herunter liefen, waren weiß.

Allmers erfasste die Situation sofort. Er sah zu dem großen Milchtank und bemerkte, dass der Deckel, durch den die Milch gepumpt wurde, offen war.

„Ist sie …“, fragte er nur und Ruf nickte.

„Ich habe sie gerade da rausgeholt“, sagte er und sah Allmers ärgerlich an. „Die Milch hat vier Grad, da überlebt man nicht lange.“

Allmers überlegte, ob er ihn fragen sollte, ob er auch in die Milch gestiegen war, um die Katze zu retten, aber er beschloss, zu schweigen.

Als er in den Melkstand trat, erschrak er. Man benötigt hier nur drei Stunden, dachte Allmers. Drei Stunden mit dem Hochdruckreiniger, dann könnte man vielleicht hier arbeiten. Der Dreck starrte Allmers förmlich an und er wusste nicht, wo er sein kleines Pult aufbauen sollte.

Ruf war ein schneller Melker. Die Proberöhrchen flogen Allmers nur so um die Ohren, die Kühe hatten nur noch Nummern und Allmers verlor zwischendurch mehrmals den Überblick. Ruf hing ihm ein Proberöhrchen nach dem anderen ans Pult, sagte „34“ oder „56“ und drehte sich um. Allmers versuchte halbherzig Rufs Schnelligkeit zu bremsen, aber der nahm keine Rücksicht auf ihn. Allmers war es irgendwann egal und er notierte die Milchmengen, wie es gerade passte. Den Wert der Kuh 59 bei Nummer 64, 23 landete unter 78 und 45 unter 98. Die Hälfte stimmt, dachte er zwischendurch.

Während der Kontrolle fiel ihm plötzlich ein, dass die Milch, in der die Katze ertrunken war, wohl noch immer im Tank war. Und dass Ruf gerade, ohne mit der Wimper zu zucken, dabei war, die nächste Milch dazu zu melken. Und dass morgen die Milch abgeholt werden würde.

Nach der letzten Kuh begann Allmers, seine Unterlagen zusammen zu falten. Claus Ruf sagte: „Moment, da kommen noch ein paar."

„Hast du welche gekauft, oder sind es Färsen aus deinem eigenen Betrieb?", fragte Allmers genervt. Er war erschöpft und wollte so schnell wie möglich den Hof verlassen.

„Gekauft", meinte Ruf, „sie sind zur Zeit noch auf einer besonderen Weide. Es dauert lange, bis die Tiere sich aneinander gewöhnt haben."

Allmers nickte. Er ärgerte sich über Rufs Art, keine Rücksicht auf den Milchkontrolleur zu nehmen und über seine Kollegin. Sie hat es gewusst, dachte er. Sie war nicht krank, sondern hatte keine Lust, bei Ruf die vielen neuen Kühe aufzunehmen. Neue Kühe bedeuten für den Milchkontrolleur viel Arbeit. Jedes einzelne Tier muss mit der zehnstelligen Ohrmarkennummer in die Formulare eingetragen werden. Jeder kleine Zahlendreher bedeutet viele Rückfragen und wiederum neue Arbeit. Viele Telefonate und manchmal muss man noch einmal auf den Betrieb fahren, um die Nummer zu kontrollieren.

Ruf trieb die Tiere in den Melkstand. Allmers kannte nicht alle Kühe seines Bezirkes, aber an einige erinnerte er sich immer wieder. Manche hatten erstaunliche Fellzeichnungen, andere waren besonders groß oder klein. Die Tiere, die er jetzt im Melkstand vor sich sah, kannte er, dessen war er sich sicher.

„176", meinte Ruf, hängte das Proberöhrchen an Allmers Pult und drehte sich um.

„Von wem hast du die Tiere gekauft?", fragte Allmers.

„Vom Viehhändler."

„Ich meine, von welchem Betrieb stammen sie?"

„Keine Ahnung." Claus Ruf zuckte mit den Schultern und Allmers merkte, dass es ihm egal war, wie der Milchkontrolleur auf seine Aussage reagierte. Kein Bauer kauft eine ganze Herde, überlegte er, wenn er den Betrieb nicht kennt, von dem sie stammt. Außerdem steht das auf dem Rinderpass. Claus Ruf ist und bleibt ein Arschloch, dachte er.

Die Kuh 187 erkannte Allmers sofort. Es war Ingelore, Horst Winklers Lieblingskuh.

Fassungslos fragte er: „Sind die alle von Horst?"

„Ich sage doch, ich weiß es nicht. Außerdem geht dich das einen feuchten Keks an. Wir sind fertig. Morgen um halb sechs."

Nach der morgendlichen Kontrolle, in der Ruf außer für die Nummer der Kühe nicht den Mund aufmachte, fuhr Allmers zur Molkerei. Manchmal gab er die Kästen mit den Proben dem nächsten Milchwagen mit, mittlerweile war das immer schwieriger geworden, weil die Milch bei den meisten Betrieben nur noch alle drei Tage abgeholt wurde. Allmers traf auf seiner monatlichen Tour über die Höfe der Umgebung den Milchwagen praktisch nicht mehr.

Jemanden anzuzeigen war Allmers zuwider, aber die Vorstellung, dass die Molkerei die Milch von Ruf, in der vielleicht zwei Tage eine tote Katze geschwommen war, nichts ahnend zu Sahne oder Butter verarbeiten würde, fand er ekelhaft. Rufs Skrupellosigkeit konnte er, das war ihm klar, nicht durchgehen lassen.

In der Molkerei wollte zuerst niemand glauben, was Allmers erzählte. Schließlich wurde das Veterinäramt des Kreises alarmiert. Ruf musste die Milch wegschütten und bekam eine saftige Strafe. Allmers war klar, dass er auf diesem Betrieb nie wieder Milchkontrolle machen konnte.

Kapitel 38

Frau Sebilewski war Lehrerin für Deutsch, Erdkunde und Biologie in Lüdenscheid. Sie benutzte so selten ihren Vornamen, dass einige ihrer Kollegen spotteten, sie habe ihn selbst vergessen. Nicht nur bei Telefonaten mit Eltern ihrer Schüler meldete sie sich mit „Hier ist Frau Sebilewski", auch wenn sie die wenigen Freunde anrief, die sie hatte, passierte ihr das immer wieder. Die Schüler nannten sie Senilewski, aber das störte sie nicht.

Sie hatte keinen Mann und die letzte Liebschaft lag schon viele Jahre zurück. Er war ein langweiliger Studienrat gewesen, der sich nicht aus seiner Unterhose und den Socken hatte schälen wollen, als er zu ihr ins Bett gestiegen war. Jetzt war ihre einzige Leidenschaft der Kleine Moorbläuling. Seinetwegen kam sie jedes Jahr im Hochsommer in die norddeutschen Verbreitungsgebiete des kleinen Falters und war glücklich, wenn sie ein paar Exemplare davon fotografieren konnte. Auch im Aschhorner Moor flatterten einige herum und Frau Sebilewski war froh über ihre Entdeckung des Moorkiekers, einer kleinen Bahn, die auf stillgelegten Gleisen des örtlichen Torfwerks im Schritttempo durch das Moor tuckerte. Gefahren wurde sie von einem kundigen Biologen, der während der Fahrt absprang, die Weichen zu stellen und gleichzeitig die ganze Moorlandschaft von ihrer Entstehung bis zum heutigen Tag zu erklären. Frau Sebilewski hatte eigentlich keinen Draht zu Männern, zu Frauen allerdings auch nicht. Sie sei da ganz leidenschaftslos, meinte sie einmal in einem Gespräch mit einer Kollegin, der Biologe war aber, so fand sie, doch sehr ansprechend. Sein voller Rauschebart, der sicher zwanzig Jahre keine ordnende Schere mehr gesehen hatte, ließ sein Gesicht alterslos erscheinen. Er war, wie sie meinte, stattlich, eine euphemistische Umschreibung seiner Kugelplautze. Er schnaufte etwas, wenn er vom fahrenden Zug sprang und schnaufte noch mehr, wenn er nach der Weichenstellung den kurzzeitig führerlos dahintuckernden Zug wieder enterte.

Nach der halben Strecke, die in mehreren Schleifen durch das menschenleere Moor führte, an einem auf Stelzen stehenden Seminarhaus und einem Aussichtsturm vorbei, von dem man nicht nur über das abgetorfte und dann wieder vernässte Moor, sondern sogar weit entfernt stehende Windkraftanlagen sehen konnte, hielt der Zug an einem schattigen Platz. Ein paar roh gezimmerte Bänke standen unter großen Birken.

„Hier", erklärte der Biologe, „ist das Moor nicht abgetorft worden. Bitte bleiben sie auf dem befestigten Platz. Dort", er zeigte auf eine fast unnatürlich grüne Fläche, „wird es sehr gefährlich. Das ist eine so genannte Schlenke, bewachsen mit einem Schwingrasen. Nach dem Picknick zeige ich Ihnen mehr. Jetzt aber erst einmal: Guten Appetit."

Frau Sebilewski holte ihre Provianttasche heraus, biss in ein Käsebrot und schlug das kleine Buch über die Moorbläulinge auf, dass sie sich vor der Reise gekauft hatte. Sie kannte zwar den Lebenszyklus der Tiere, hoffte aber bei jeder Veröffentlichung auf neue Erkenntnisse.

„Im Raupenstadium" las sie interessiert, *„bringen sie ausgerechnet ihre Feinde, die Ameisen, dazu, sie zu betreuen, das heißt sie zu ernähren, gegen andere Feinde zu beschützen und ihnen im wetterfesten Ameisennest Unterschlupf zu gewähren. Der Lebenszyklus und die ökologischen Ansprüche sind zwar bei den vier Arten nicht in allen Einzelheiten gleich, folgen aber mehr oder weniger dem folgenden Muster."*

Sie hob den Kopf und suchte die Umgebung nach einem Ameisenhaufen ab. Nur hier, so wusste sie, kam auch ihr kleiner Liebling vor.

„Ich bitte um Ihre Aufmerksamkeit", sagte der Biologe und sie ließ sich von seiner sonoren Stimme gerne aus ihren Überlegungen reißen. „In alten Zeiten war es sehr gefährlich, sich ohne Führung in ein Moor zu wagen. Unsere Vorfahren hatten schon vor tausend Jahren Bohlenwege angelegt, auf denen man einigermaßen gefahrlos laufen konnte. Aber wehe, man machte einen Fehltritt. Das Moor verschluckt einen, ohne eine Spur zu hinterlassen. Gefährliche Stellen gibt es auch heute noch."

Der Mann nahm eine vier Meter lange Stange in die Hand und trat mit seinem linken Fuß prüfend auf den Schwingrasen. Sofort begann das Grün sich zu bewegen. „Unter dieser harmlos scheinenden Rasendecke, auf die ich nicht treten darf, da sie nicht tragfähig ist, ist ein Wasserloch versteckt, das sicher vier Meter tief ist."

Er drückte die lange Stange durch die Grasdecke und sie rauschte ohne Widerstand mit ihrer ganzen Länge ins Wasser. Sie wurde regelrecht verschluckt.

„Vor ein paar Jahren", erzählte er gut gelaunt weiter, er hatte die Blicke von Frau Sebilewski bemerkt und fühlte sich geschmeichelt, „ist auf einem Bauernhof in der Nähe ein Jungbulle ausgebrochen. Er war wie vom Erdboden verschluckt. Was er dann auch tatsächlich war, man hat nach einem Jahr zufällig seine Knochen in dieser Schlenke gefunden. Das Wasser ist, wie üblicherweise im Moor, sauer."

Weiter kam er nicht. Erst dachte er, Frau Sebilewski sei hysterisch, als er ihren schrillen Schreckensschrei hörte. Er fuhr herum, aber er konnte den Grund ihres Schreckens nicht sehen. Es waren nur Sekundenbruchteile gewesen, in denen man hatte erkennen können, was da aus dem Wasser ragte. Sein Blick aber kam zu spät, um die menschliche Hand zu sehen, die wie um Hilfe bittend, den Rasen durchstoßen zu haben schien. Frau Sebilewski schrie ohne Unterlass und stotterte „Da! Da!", die Hand war jedoch wieder verschwunden. Frau Sebilewski schluchzte und schrie und weinte und niemand konnte verstehen, was sie zwischen ihren Anfällen nach Luft schnappend zu sagen versuchte. Schließlich kippte sie um. Das Interesse des Biologen an ihr war schlagartig verschwunden.

Hysterische Kuh, dachte er verärgert, als er den Notarzt alarmierte.

*****

Horst Winkler war nicht zu Hause. Allmers erkannte dessen Bruder Klaus in der Ferne, er schien an einem Zaun zu arbeiten. Er umrundete den Hof und sah erstaunt, dass der Hof leer geräumt war, alle Maschinen schienen verschwunden. Außerdem war der Kuhstall verwaist. Nur bei den Schweinen war der übliche Lärm zu hören, wie immer, wenn jemand an ihrem Stall vorbeiging.

Irgendetwas ist hier sehr faul, dachte er.

Horst war vernarrt in seine Kühe, während des Melkens stellte er sich oft, so lange das Melkzeug an der Kuh hing, neben ein Tier und legt seine Hand auf ihren Rücken. Er sprach mit ihnen wie mit einem Menschen und Allmers dachte oft, dass er wirklich ein besonderes Gespür für die massigen Tiere hat. Dass Winkler seine ganzen Milchkühe verkauft haben sollte, war ihm völlig unverständlich. Dazu noch an Claus Ruf, den Winkler, wie Allmers wusste, nicht ausstehen konnte.

Allmers bemerkte nicht, dass ein roter Golf die Auffahrt herauf gefahren kam. Winklers Hof war einer der ältesten, über Jahrhunderte bewirtschafteten Höfe in der Gegend. Das Haupthaus war noch auf einer Wurt gebaut, diese Mühe hatte man sich schon im siebzehnten Jahrhundert nicht mehr gemacht. Die Deiche waren immer höher geworden und die Sturmfluten erreichten das Hinterland nur noch so abgeschwächt, dass man auf das arbeitsaufwendige Aufschütten künstlicher Erdhügel, nichts anderes waren die Wurten, hatte verzichten können. Wenn ein Hof auf solch einer Wurt stand, war das der Beweis, dass es sich um eine uralte Siedlungsstelle handelte.

Allmers erschrak, als Winkler plötzlich hinter ihm stand.

„Ich wollte mich eigentlich zur Kontrolle anmelden", log Allmers. „Aber hier gibt es wohl nicht mehr viel zu kontrollieren."

Winkler nickte stumm und Allmers sah, wie sich seine Augen mit Tränen füllten.

„Was ist passiert?", fragte Allmers voller Mitgefühl für seinen alten Kinderfreund.

Winkler zeigte wortlos mit dem Kopf zur Tür und Allmers folgte ihm in die Küche.

„Lissy hat mich ruiniert", sagte Horst Winkler, als sie in der Küche saßen. Er knetete hilflos seine Fäuste. „Sie hat alles verkauft, was nicht niet- und nagelfest war." Er fing an zu weinen. „Selbst die Kühe. Ich weiß noch nicht einmal, wo sie hingekommen sind. Vielleicht hat sie sie alle schlachten lassen."

Allmers war entgeistert. Er wagte nicht, Winkler zu sagen, wo seine Kühe sind.

„Wo ist Lissy jetzt?", fragte er.

„Ich habe keine Ahnung", sagte Winkler. „Sie ist einfach verschwunden. Wahrscheinlich abgehauen. Ich habe eine Vermisstenanzeige aufgegeben."

„Hat das niemand gemerkt?", fragte Allmers.

Horst zuckte mit den Schultern. „Bei der Bank haben sie sich wohl gewundert, dass sie so viel Geld abgehoben hat. Aber das durfte sie ja. Sie hatte Vollmacht. Und ich saß im Gefängnis."

„Wann hast du sie denn das letzte Mal gesehen?", fragte Allmers. „Hat sie dich im Gefängnis besucht?"

Horst Winkler schüttelte den Kopf: „Sie war doch auf einer Wallfahrt. Vor ein paar Tagen kam sie plötzlich auf den Hof. Sie dachte, ich würde erst am nächsten Tag entlassen werden, aber ich war schon da. Sie wollte wohl den allerletzten Rest abholen."

„Und?", fragte Allmers gespannt, „Was hat sie gesagt?"

„Sie hätte die Kühe verkaufen müssen, weil sie alle Milchfieber gehabt hätten."

Allmers begann laut zu lachen: „So eine dämliche Begründung. Milchfieber! Und sie hat tatsächlich gedacht, du würdest das schlucken? Milchfieber!! Dass ich nicht lache."

„Wir haben uns fürchterlich gestritten", sagte Winkler.

„Warum hast du nicht die Polizei gerufen?"

„Die helfen doch keinem Mann, dessen Frau ihn in den Ruin treibt."

„Und nun?", fragte Allmers, „wie soll es weiter gehen?"

„Die Schweine sind noch auf dem Hof. Die waren wohl noch zu klein zum Verkaufen. Wenn ich den erwische, der meine Kühe hat, bringe ich ihn um, das kannst du mir glauben."

„Davon bekommst du sie sicher nicht wieder", sagte Allmers und verabschiedete sich.

Vor dem Haus traf er Klaus.

„Wie geht's?", fragte Allmers jovial und erwartete eigentlich keine andere Antwort als ein kurzes „ganz o.k." oder ein genuscheltes „wird schon", „wat mut, dat mut" oder etwas ähnlich Sinnentleertes. Klaus Winkler aber antwortete mit einem kryptischen Satz, über den Allmers lange nachdachte, aber trotzdem nicht verstand, was gemeint war.

Klaus Winkler sah durch Allmers hindurch und sagte: „Der Ostwind ist immer kalt, egal aus welcher Richtung er weht."

Kapitel 39

„Vor zwei Jahren", sagte der Staatsanwalt, „habe ich dir schon einmal dieselbe Frage gestellt."

Allmers sah seinen Bruder fragend an.

„Ist Wiebke nur vorübergehend bei dir eingezogen oder auf Dauer?"

„Du weißt doch auf alles immer eine Antwort", erwiderte Allmers. „Was meinst du?"

„Diesmal habe ich keine Ahnung. Vielleicht kannst du die Frage auch einfach beantworten."

Allmers ärgerte sich jedes Mal, wenn sein Bruder sich für sein Privatleben interessierte. Er machte das, fand er, nie ohne Hintergedanken.

„Sie hat ihre Wohnung gekündigt", erwiderte Allmers einsilbig. Er hatte keine Lust, seinen Bruder in ihre Heiratspläne einzuweihen.

„Ist mir auch egal", entgegnete Werner Allmers. „Ich kam zufällig vorbei, ich dachte, ich schau mal rein."

„Willst du einen Tee?"

Der Staatsanwalt nickte. „Wo ist sie denn?"

„Sie arbeitet in der Apotheke."

„Wenn wir alleine sind, kann ich ja ehrlich sein: eigentlich bin ich mit Absicht gekommen", sagte Werner Allmers. „Ich wollte mit dir mal über unseren Freund Horst reden."

Der Staatsanwalt erzählte Allmers, dass Lissy Winkler eine Vorladung bei der Polizei erhalten hatte.

„Das hat nichts mit der ganzen Geschichte hier zu tun. Es geht darin um Mädchen aus Polen, die hier in verschiedenen Bordellen gelandet sind. Lissy Winkler sollte als Zeugin gehört werden, nicht als Beschuldigte."

„Und was hat sie gesagt?"

„Sie ist nicht erschienen“, erklärte Werner Allmers, „und dann flattert mir ein mysteriöser Zettel auf den Tisch. Horst hat sie als vermisst gemeldet.“

„Ich kann dir da nicht weiterhelfen“, sagte Allmers, „Ich weiß nur, dass sie Horst in den Ruin getrieben hat. Sie hat alles verhökert, was auf dem Hof zu verkaufen war. Die Trecker, die Tiere, selbst alle Elektrogeräte. Als er aus dem Gefängnis entlassen worden war, war der Hof leer. Ein paar seiner Kühe habe ich vor ein paar Tagen bei einer Kontrolle wieder gefunden. Bei Claus Ruf. Der behauptet, nicht zu wissen, woher die Kühe stammen, dabei steht das auf jedem Rinderpass.“

„Er hat sie als vermisst gemeldet, kurz nachdem er aus dem Knast entlassen worden war“, überlegte der Staatsanwalt.

„Man kann doch nur jemanden als vermisst melden, wenn man ihn längere Zeit nicht gesehen hat?“, fragte Allmers.

„Ja“, sagte sein Bruder. „Bei Ehepartnern wartet man in der Regel vierzehn Tage oder noch mehr. Bei Erwachsenen klärt sich das oft von selbst. Manche sind in Urlaub gefahren, andere brauchten Abstand. Hier bin ich eher davon überzeugt, dass die Nutte sich abgesetzt hat. Das würde ich bei Horst Winkler auch machen, wenn ich sie wäre.“

„Horst hat seine Süße aber noch einmal gesehen“, überlegte Allmers. „Er hat mir erzählt, dass sie sich furchtbar gestritten hatten. Er war einen Tag früher als geplant aus dem Gefängnis nach Hause gekommen und hat sie dabei ertappt, wie sie die letzten Reste abholen wollte. Sie hatte ihm erzählt, seine Kühe seien so krank gewesen, dass sie alle verkauft werden mussten. Sie hätten alle Milchfieber gehabt.“

„Milchfieber? Für wie blöd hält die Horst eigentlich?"

„Darauf gibt es eine eindeutige Antwort: für sehr blöd", lachte Allmers. „Aber hier hatte sie Horst wohl unterschätzt. Mittlerweile hat selbst er verstanden, wie der Hase gelaufen ist in der letzten Zeit."

„Da stimmt etwas nicht", überlegte der Staatsanwalt. „Horst meldet seine Frau als vermisst, obwohl er sie ein oder zwei Tage vorher noch gesehen hatte. Dies hat er dem Polizisten, der die Vermisstenanzeige aufgenommen hat, verschwiegen. Warum?"

„Du wirfst deine Ansichten aber schnell um. Eben warst du noch davon überzeugt, dass sie sich abgesetzt hat", meinte Allmers. „Oder siehst du wieder Ritualmorde oder eifersüchtige Ehepartner, die ihre Liebsten aus der Luke stoßen?"

„Du weißt genau", erwiderte der Staatsanwalt scharf, „dass ich mit meinen Vermutungen meistens richtig liege und der Polizei eigentlich immer einen Schritt voraus bin. Bei Hintelmann war ich mir von Anfang an sicher, dass es ein Unfall war. Nur die Tatsache, dass eine neue Unfallversicherung vorlag, hat mich dazu bewogen, der Sache nachzugehen."

Wie der sich die Welt zurechtbiegt, dachte Allmers. Und wenn er dann noch so geschwollen redet, ist er besonders unausstehlich.

„Horst hat mit dem Verschwinden von Lissy etwas zu tun", sagte Werner Allmers bestimmt. „Und ich werde das herausbekommen. Halte die Augen offen, vielleicht siehst du etwas, was mir weiterhilft."

*****

„Frau Allmers", lachte Hans-Georg Allmers, als sie das Rathaus in Stade verließen.

Die Zeremonie war kurz, Wiebke Voß und Allmers hatten außer den beiden Trauzeugen niemanden zu ihrer Hochzeit eingeladen. Wiebke hatte sich geweigert, ein großes oder auch nur kleines Fest zu feiern. Das eine Mal bei der Hochzeit mit Jochen hätte ihr genügt, meinte sie, als Allmers die Idee hatte, ein großes Fest zu feiern. Sie hätte keine Lust, wieder allen die Hand zu schütteln und nachher die Bierleichen aus dem Saal wanken zu sehen. Allmers hatte zaghaft eingeworfen, dass Leichen nicht wanken würden, also auch keine Bierleichen aus dem Saal wanken könnten, aber Wiebke ließ sich durch seinen Spott nicht umstimmen.

Allmers ging gerne zu allen Hochzeiten der Nachbarn und war auch bei Wiebkes Hochzeit mit Jochen als Gast dabei und bei Horst Winklers Hochzeit mit Lissy war er erst gegangen, als die Freunde von Alex aufgetaucht waren.

Und die Vorstellung, meinte Wiebke abschließend, dass Horst, der „Taktschlachter", auf ihrem Fest das Schlagzeug bearbeiten würde, verursache bei ihr keine Vorfreude sondern eher Übelkeit.

Sie luden noch nicht einmal die beiden Trauzeugen, ein mit Wiebke befreundetes Paar, nach der Trauung zum Essen ein. Wiebke und Allmers schlenderten durch Stade, entspannt und gelöst. Im Dorf hatten sie nicht heiraten wollen. Auch wenn es keine Aushänge über geplante Hochzeiten mehr gab, hätte doch nach kurzer Zeit das ganze Dorf über ihre Pläne Bescheid gewusst. So hatten sie sich für eine schnelle Heirat in Stade entschieden. Noch nicht einmal Werner Allmers hatte etwas von ihrem Vorhaben geahnt.

Vor einer Eisdiele blieb Allmers stehen: „Als Hochzeitsmahl gibt es drei Kugeln auf die Hand. Was meinst du?"

„Ich glaube", sagte Wiebke, „ein großer Eisbecher darf es heute sein. Zur Feier des Tages."

Allmers musste nicht überredet werden. Sie setzten sich auf die große Terrasse, sahen zufrieden auf die Menschen, die durch Stade eilten und bestellten zwei Mal den größten Eisbecher, den das Cafe zu bieten hatte.

„Wir überraschen meinen Bruder", sagte Allmers schmatzend, „das Vergnügen gönnen wir uns."

Wiebke war nicht so begeistert von dem Vorhaben, aber schließlich fügte sie sich. „Aber vorher gibt es noch einen Espresso, sonst schlägt mir dein Bruder zu sehr auf den Magen", verlangte sie.

Werner Allmers saß wie immer hinter seinem Schreibtisch. Übergewichtig und mit seinen Blähungen kämpfend.

Erst nachdem Allmers die Fenster geöffnet hatte, erfuhr der Staatsanwalt die Neuigkeit. Allmers weidete sich an seinem ungläubigen Gesicht und nach ein paar belanglosen Floskeln, die Werner Allmers herauspresste, merkte Allmers, wie sehr sein Bruder davon getroffen war, nichts von der Hochzeit gewusst zu haben und vor allen Dingen nicht dabei gewesen zu sein. Plötzlich tat er ihm leid.

Er ist zwar wirklich ein adipöser Pinscher, dachte er. Aber er ist auch mein Bruder.

„Gibt es etwas Neues mit Horst und Lissy?", fragte er, um schnell das Thema zu wechseln.

„Nicht viel", erwiderte der Staatsanwalt. „Außer, das eine durchgeknallte Lehrerin irgendwo aus dem Ruhrgebiet bei der Polizei eine komische Aussage gemacht hat. Sie habe eine Hand aus dem Moor ragen sehen. Nur war sie leider die einzige in einer großen Gruppe, die diese Erscheinung hatte."

„Wo soll das gewesen sein?", fragte Allmers.

„Du kennst doch die eine Schlenke bei der Moorbahn, wo immer Rast gemacht wird?"

Allmers nickte: „Da durften wir als Kinder nicht hin."

„Diese Frau, Moment, sie hat einen komischen Namen, irgendetwas polnisches, so wie der halbe Ruhrpott, Irmeliese Sebilewski heißt sie, behauptet steif und fest, nachdem der Lokführer dieses übliche Spielchen mit der langen Stange gemacht hatte, sei kurz eine Hand erschienen und gleich wieder verschwunden."

Allmers überlegte. Dann sagte er: „Das war der Lieblingsspielplatz von Horst. Als Kinder sind wir da immer hin, weil Horst alles Mögliche in der Schlenke versenkt hat. Wir haben einmal ein totes Reh im Moor gefunden. Das hat er mit viel Mühe dahin geschleift und sich dann gefreut, wie es vom Moor verschluckt worden war."

Werner Allmers bekam große Augen. „Da schließt sich ein Kreis, Hans-Georg. Womöglich hat die Frau doch Recht. Es kann ja möglich sein, dass nur sie das gesehen hat."

Kapitel 40

Einen Haftbefehl gegen Horst Winkler lehnte der zuständige Richter ab. Die Beweislage sei so dünn, meinte er, das könne er nicht verantworten.

Es gebe keine Leiche, es sei gerade mal ein paar Wochen her, dass die Frau noch lebend gesehen worden sei. Nicht jeder Ehestreit münde in einem Kapitalverbrechen. Und nach dem Debakel mit Horst Winkler in der Sache Peter Gerlach solle der Herr Staatsanwalt doch in Gottes Namen etwas vorsichtiger sein mit seinen schnellen Anschuldigungen. Er solle doch bitte erst einmal eine Leiche herbeischaffen. Ohne Leiche keinen Haftbefehl.

Es dauerte mehrere Tage, bis genügend Pumpen bei der Schlenke installiert waren, um mit dem Abpumpen des Wassers zu beginnen. Zuerst musste ein Bagger noch einen Abflussgraben ausheben, der Staatsanwalt hatte Allmers zusätzlich mit einem großen Güllefass, das von einem Bauern geliehen worden war, zu der Schlenke bestellt. Allmers hatte Mühe, mit dem riesigen Schlepper, der das große Fass ziehen sollte, auf den schmalen Moorwegen zu fahren. Eine kleine Unachtsamkeit und Allmers hätte das schwere Gefährt im Moor versenkt. Allmers dachte, während er konzentriert die Spur zu halten versuchte, an das letzte Manöver englischer Soldaten, die in der Nähe nichtsahnend mit schweren Panzern durch das Moor gefahren waren. Er war vierzehn oder fünfzehn gewesen, als die örtliche Feuerwehr alle Bauern mit Güllefässern alarmiert hatte. Ein Panzer drohte im Moor zu versinken, die Bauern stellten ihre Güllefässer an den Rand des großen Loches, das der Panzer gerissen hatte und pumpten tagelang Wasser, um zu verhindern, dass das schwere Gerät endgültig versank. Die englische Armee benötigte mehrere Wochen, um den wertvollen Panzer aus dem Moor zu befreien. Das Loch gab es heute noch, es war ein kleiner See geworden. Es hielten sich sogar Gerüchte, im Teufelsmoor sei eine Bergung eines Panzers missglückt, die Engländer hätten hilflos mit ansehen müssen, wie ihr Panzer langsam und unaufhaltsam im Moor versank und noch heute dort liege.

Hans-Georg Allmers sah erstaunt, wer mit der Feuerwehr an dem Einsatzort erschienen war. Für die Feuerwehrleute bedeuteten solche Einsätze eine gute Übung, sie waren deshalb sehr beliebt. Das Teil des Moores, in dem die Schlenke lag, gehörte eigentlich zu einer anderen Gemeinde, trotzdem waren Allmers Nachbarn fast vollzählig vorhanden. Als er sah, dass Horst Winkler eifrig damit beschäftigt war, Schläuche auszulegen und Verbindungen herzustellen, stieg er aus dem Schlepper aus und stellte sich neben seinen Bruder.

„Hast du gesehen", fragte er ihn leise, „wie ruhig Horst ist?"

Werner Allmers nickte: „Eigentlich müsste man ihn für seine Kaltblütigkeit bewundern. Ich könnte das nicht."

„Was hast du vor?"

„Ich habe den Polizisten Anweisung gegeben, sich direkt neben ihn zu stellen, wenn es losgeht. Wenn er abhauen sollte, kommt er nicht weit."

Der Einsatzleiter rief „Wasser marsch!" und die Pumpen begannen zu laufen. Nach einer halben Stunde war der Wasserstand in der Schlenke nur um ein paar Zentimeter gefallen.

„Wir brauchen das Güllefass", sagte der Feuerwehrmann, der das Kommando führte, „die Pumpen sind zu schwach, außerdem verstopfen sie durch den Moorschlamm."

Allmers bugsierte das Fass so nahe an den Rand der Schlenke wie möglich und warf das große Ansaugrohr in das Wasser.

Nur gemächlich sank der Wasserstand, ohne dass die darin vermutete Leiche auftauchte. Die vielen Stangen, die der Biologe während des ganzen Sommers in dem Loch versenkt hatte, kamen langsam zum Vorschein.

Allmers beobachtete Horst Winkler, der interessiert den Arbeiten zusah. Das hätte ich ihm nicht zugetraut, dachte Allmers, der hat wirklich keine Nerven.

Dann wurden die Männer unruhig. Allmers trat an den Rand und plötzlich begannen die Männer erleichtert zu lachen. Erst ungläubig, dann immer lauter.

Schließlich schlugen sie sich erleichtert auf die Schenkel. Aus dem Matsch, der den Boden der tiefen Schlenke bedeckte, schälten sich erst eine Hand, dann ein Arm und schließlich der Kopf einer Schaufensterpuppe heraus. Alle waren wie befreit, niemand hätte gerne eine halbverweste Leiche aus dem Wasser gezogen. Der Nachmittag galt später als einer der unterhaltsamsten Einsätze der Wehr und bei vielen Abenden wurde über das erst verdatterte und dann wütende Gesicht des Staatsanwaltes gelacht, der ungläubig am Rand des Loches gestanden hatte.

Werner Allmers sah zu seinem Bruder und Hans-Georg merkte, dass er vor Wut kochte. Wortlos drehte sich der Staatsanwalt um und ging zu seinem Auto.

Horst Winkler lachte herzlich mit, niemand merkte ihm an, dass er die Puppe wieder erkannte. Er ließ sich nicht anmerken, dass es ihn erschreckte, Lissys Kleider wieder zu erkennen. Es waren genau die Kleider, die sie an ihrem letzten Tag auf den Hof getragen hatte. Warum, dachte er, hat Klausi die Puppe versenkt? Und wieso hatte er ihr Lissys Kleider angezogen?

Aus der Schlenke bargen die Feuerwehrleute außer der Puppe, die sie noch im Moor zu ihrem neuen Maskottchen erklärten und ihr künftig einen Ehrenplatz in ihrem kleinen Feuerwehrhaus einräumen wollten, ein altes Moped und ein paar Knochen. Der Staatsanwalt wurde angerufen und kehrte um, insgeheim in der Hoffnung, doch Recht behalten zu haben. Der mächtige Knochen, der auf dem Birkenholztisch neben den Bänken lag, war aber viel zu groß um zu einem menschlichen Leichnam gehört zu haben. Die Polizisten debattierten, ob es sich um den Oberschenkelknochen eines Bullen oder einer Kuh handeln könnte und als einer sagte, das sei doch ganz klar ein Neandertaler, hatte Werner Allmers endgültig genug. Er ließ sich von der kleinen Moorbahn zum Parkplatz zurückbringen und stierte während der ganzen Fahrt auf seine Hände. Dass dies eine weitere krachende Niederlage und damit ein gefundenes Fressen für seine Gegner in der Stader Justizbehörde war, konnte er sich denken. Seine Chancen, an die Spitze der Behörde zu rücken, so wie er es für sich vorgesehen hatte, wenn der jetzige Oberstaatsanwalt in einem Jahr in Ruhestand gehen würde, schwanden, darüber war er sich im Klaren. Nur Erfolge in der Aufklärung und in der Ahndung von Verbrechen halfen ihm weiter. Seine Plädoyers waren nicht so geschliffen, wie er sie selbst gerne gehabt hätte und sein dauernder Kampf mit dem Haftrichter zerrte an seinem Nervenkostüm, das längst nicht so robust war, wie er es nach außen hin demonstrierte. Er hatte, so fand er, alles akribisch vorbereitet. Der Einsatzleiter der Feuerwehr war nach Stade zitiert worden und Werner Allmers hatte ihn zu absolutem Stillschweigen verpflichtet. Er sollte Winkler zu dem Einsatz abholen, um sicherzustellen, dass er auch vor Ort war. Horst Winkler sollte sich in absoluter Sicherheit wiegen und nach dem Bergen der Leiche wäre er direkt am Tatort verhaftet worden. Das wäre für die Anklage, die er dann gegen ihn vorbereitet hätte, ein Leckerbissen gewesen.

Aber nun war er sich sicher, dass Horst eine Puppe versenkt hatte, um ihn bewusst in die Irre zu führen. Eine solche Raffinesse hatte Werner Allmers nicht erwartet.

Was nur hat er damit bezweckt? überlegte er, als er in sein Auto stieg.

Er erschrak, als an das Seitenfenster geklopft wurde. Hans-Georg stand neben dem Auto und bedeutete ihm, das Fenster zu öffnen.

„Nimmst du mich mit?“, fragte er.

„Du bist doch mit dem Schlepper gekommen“, entgegnete Werner Allmers verwundert.

„Georg Brokelmann fährt damit nach Hause“, sagte Allmers. „Das Güllefass gehört ihm.“

„Wollen wir einen Tee bei mir trinken?“, fragte Hans-Georg um seinen Bruder aufzumuntern.

„Ist deine Frau auch da?“

So wie er „Frau“ betont, dachte Allmers, hat er mir noch nicht verziehen, dass wir ihn nicht zur Hochzeit eingeladen haben.

Kapitel 41

Wiebke und Allmers hatten das ganze Haus umgestaltet. Allmers hatte ihr gerne die Federführung bei der Neueinrichtung überlassen, die einzige Bedingung, die er gestellt hatte, war, dass kein Buch weggeworfen werden dürfe. Man könne sie gerne hinter Schranktüren verschwinden lassen, hatte er gemeint, aber eines wegzuwerfen käme nicht in Frage.

Wiebke hatte mit den Schultern gezuckt: das sei ihr egal, es solle nur nicht mehr so chaotisch sein. Wenn die ganzen Schinken ordentlich auf einem Regal stünden, sei das in Ordnung.

Staunend stand der Staatsanwalt in der Küche.

„Das sieht ja ganz anders aus", meinte er verwundert.

Allmers war stolz, ihm gefiel die neue Küche auch und seit Wiebke bei ihm eingezogen war, wurde sie auch wieder benutzt. In den letzten Jahren war ihm die Freude am Kochen immer mehr abhanden gekommen, schließlich ernährte er sich fast nur noch von Fertigpizzen und Nudelaufläufen aus dem Tiefkühlregal, die er nur entweder in den Backofen oder in die Mikrowelle schieben musste. Sein Bauchumfang hatte zugenommen, oft hatte er im letzten Jahr nach dem Duschen vor dem Spiegel gestanden und gelobt, sich anders zu ernähren.

Der Tisch war der alte geblieben. Als Allmers Mutter gestorben war, hatte er schon einmal das ganze Haus umgestaltet und bei einem Trödler eine massiven Tisch besorgt, der seitdem der Mittelpunkt der Küche war und auch bleiben sollte, hatte er festgelegt.

„Ich habe nicht viel Zeit", sagte er zu seinem Bruder, „ich muss nachher noch zu einer Milchkontrolle."

Es geht Werner wirklich nicht gut, dachte er, normalerweise kommt hier eine böse Bemerkung.

„Horst hat mich gelinkt", sagte der Staatsanwalt. „Ich weiß, dass er Lissy umgebracht hat. Und Kowalenko. Und Gerlach hat er auch auf dem Gewissen. Warum hat er sonst versucht, ihn verschwinden zu lassen?"

„Normalerweise finde ich", erwiderte Allmers, „dass du immer zu schnell Mord und Totschlag vermutest. Aber diesmal gebe ich dir Recht. Es gibt keine andere Erklärung."

Allmers brach nach dem Gespräch auf, er war zur Milchkontrolle bei Erich Garbe verabredet. Er ließ sich Zeit, schließlich war Garbe selbst bei dem Einsatz dabei gewesen.

Als er auf dem Hof ankam, kamen die Kühe gerade langsam in den Stall zurück, Garbe lief unaufgeregt hinter ihnen her. Er sprach wenig, gab Allmers ohne Aufhebens ein Proberöhrchen nach dem anderen. Das Schweigen in seinem großen Melkkarussell irritierte Allmers nicht. Er kannte Garbe schon lange und störte sich nicht an seiner Schweigsamkeit. Er sprach nie viel und galt als verschlossen, aber Allmers mochte ihn.

„Vor ein paar Wochen ist bei Mode-Schneider eingebrochen worden", sagte er plötzlich in die Stille. „Franz hat mir erzählt, dass eine Schaufensterpuppe geklaut worden war. Nur eine. Komisch, oder?"

„Du meinst", fragte Allmers, „wir haben die heute aus dem Loch gefischt?"

„Genau, das muss sie gewesen sein." Garbe schwieg

wieder. Das Gespräch ist wohl beendet, dachte Allmers, die Plaudertasche hat für heute genug geredet.

„Was mich gewundert hat", fing Erich Garbe unvermittelt wieder an, „die Puppe hatte doch Frauenkleider an?"

Allmers nickte und rätselte, worauf Garbe hinaus wollte.

„Ich habe diese Klamotten schon irgendwo einmal gesehen. Irgendwann fällt es mir ein."

Allmers war elektrisiert. Garbe war für sein fotografisches Gedächtnis bekannt. Er konnte Dinge und Situationen, die er einmal gesehen oder erlebt hatte, noch Jahre später präzise beschreiben.

Garbe nahm den Schaltkasten in die Hand, um das Karussell eine Position weiter zu fahren. Plötzlich drehte er sich um:

„Jetzt weiß ich es!" Er strahlte. „Lissy Winkler. Genau, das sind die Klamotten von Lissy Winkler."

Noch am gleichen Abend ließ der Staatsanwalt die Puppe beschlagnahmen. Die Kriminaltechniker hüllten die Puppe samt ihren Kleidern in eine große Plastikplane und trugen sie vorsichtig aus dem Feuerwehrhaus, wo sie zum Trocknen in den Heizungsraum gestellt worden war.

„Wozu braucht ihr denn unser neues Maskottchen?", fragten die Feuerwehrleute, die nach dem erfolgreichen Einsatz zusammen saßen, verblüfft, als die Kriminalpolizisten in der Tür aufgetaucht waren und nach der Puppe gefragt hatten.

„Sie wird obduziert", meinte ein Polizist trocken und wickelte die Puppe, die immer noch angezogen war, in eine große Plastikplane.

Die Feuerwehrleute hatten schon ein paar Biere getrunken und johlten, als die Puppe in den VW-Bus der Polizei gelegt wurde.

„Bitte tut ihr nicht weh", riefen sie mit gespielter Angst, „wir brauchen sie noch."

An den Kleidern der Puppe fanden sich braune Spuren, die bei der Bergung nicht aufgefallen waren. Die Kleidung war schmutzig, nass und schlammig gewesen. Die Kriminaltechniker fanden schnell heraus, dass nicht alle braunen Flecken vom Moorwasser herrührten, sondern getrocknetes Blut waren.

Nach drei Tagen lag der Untersuchungsbericht vor. Die meisten Blutspuren stammten, so stand es in dem Bericht, den Staatsanwalt Allmers auf den Tisch bekam, eindeutig von einer weiblichen Person. Sie waren relativ frisch, es wurde geschätzt, dass sie nur einige Tage alt waren. Es gab aber auch einige, sehr kleine Spritzer, die von einem Mann stammen mussten. Und die große Menge an verwertbarem DNA-Material, die an dem Stoff anhaftete, stammte eindeutig von einer Frau und zwar von der gleichen, von der das Blut stammte.

Werner Allmers pfiff durch die Zähne. Er rief seinen Bruder an.

„Wir brauchen eine Probe von Horst", meinte er. „Wenn das Blut von ihm stammt, dann haben wir ihn."

„Warum verhaftet ihr ihn nicht einfach?", fragte Allmers erstaunt, „oder nehmt einen Tupfer und steckt ihm den in den Mund?"

„Du kannst dir nicht vorstellen, was für ein bürokratischer Aufwand nötig ist, um dafür die richterliche Genehmigung zu bekommen. Das muss eleganter gehen."

„Nein!", sagte Allmers, der sofort verstand, worauf sein Bruder hinauswollte. „Nein! Ich liefere ihn nicht ans Messer. Das kannst du nicht von mir verlangen. Ich kenne Horst, seit ich denken kann."

„Ich weiß“, spottete Werner Allmers, „die vier Muskeltiere. Einer für alle, alle für einen. Oder war das von Raiffeisen?“

Allmers schluckte. Natürlich hatte er schon längst mit dem Versuch begonnen, Horst die Morde nachzuweisen. Er hatte sofort nach Garbes Erinnerung seinen Bruder angerufen. Außerdem wollte er nicht, und dessen war er sich ganz sicher, einen Mörder frei herumlaufen lassen.

„Wenn es sein muss“, lenkte er kleinlaut ein, „was schlägst du vor?“

„Geh doch einfach zu ihm“, sagte sein Bruder „und trinke eine Flasche Bier mit ihm. Die Flasche brauchen wir dann für die DNA-Probe. Aber verwechsele sie nicht, sonst bis du dran.“

„Sehr witzig“, murmelte Allmers und legte auf.

Wiebke hatte erstaunt das Gespräch mit angehört. Sie fragte Allmers nicht, worum es dabei gegangen war, sie wunderte sich nur, als er direkt, nachdem er den Hörer aufgelegt hatte, zu dem Kühlschrank gegangen war und zwei Flaschen Bier herausholte.

„Ich möchte keines“, sagte sie.

„Das war auch nicht für dich gedacht“, entgegnete Allmers. „Ich soll mit Horst ein Bier trinken, meint mein Bruder.“

Sie hob fragend eine Augenbraue. Allmers war wie immer begeistert. Wiebke setzte diese Geste, die so arrogant wirken konnte, immer nur ein, wenn sie auch eine spöttische Frage hätte stellen können. Er selbst konnte nur beide Augenbrauen gleichzeitig heben, schon als verliebter Schüler hatte er vor dem Spiegel versucht, Wiebke nachzuahmen, aber es war ihm nie gelungen.

„Spotte nicht!“, sagte er salbungsvoll. „Ich bin im Auftrag der Staatsanwaltschaft unterwegs.“

Wieder hob Wiebke nur eine Augenbraue, diesmal sagte sie noch: „Ah ja?“

„Mein Bruder, der hoch verehrte Herr Staatsanwalt, benötigt eine DNA-Probe von einem Verdächtigen. Und ich soll sie ihm besorgen.“

„Du bist der beste Undercoveragent, den ich mir vorstellen kann“, sagte sie und stand auf. „Du hast ja schon Jochen überführt.“ Sie gab ihm einen Kuss und meinte: „Pass schön auf dich auf. Du wirst bald Vater.“ Als Allmers das Haus verlassen hatte, war sich Wiebke Allmers nicht sicher, ob Hans-Georg ihren letzten Satz gehört hatte.

Kapitel 42

Es war noch hell, als Allmers in die lange Hofeinfahrt zu Winklers einbog. Horst sah ihn sofort. Er stand mit Klaus in der Küche und sein Bruder hatte ihm erzählt, dass er Minnie auch nicht mehr hatte haben wollen. Sie hätte auch sterben müssen, er hätte sie nicht mehr geliebt. Horst hatte nur genickt und als er Allmers aus dem Auto steigen sah, schickte er Klaus in den Stall.

Horst setzte sich an den Küchentisch und erwartete den Besuch. Allmers hatte lange nach einem Vorwand gesucht, der für Horst plausibel wäre. Nach langem Nachdenken war ihm schließlich eingefallen, dass das Ende der Milchkontrolle schriftlich festgehalten werden müsse. Das stimmte zwar nicht, aber die Unterzeichung eines kurzen Auflösungsvertrags, den er auf seinem Computer noch schnell entworfen hatte, schien ihm überzeugend genug.

Horst schöpfte kein Verdacht und unterschrieb ohne Zögern, dass er ab sofort keine Milchkontrolle mehr auf seinem Betrieb in Auftrag geben werde und er somit aus dem Milchkontrollverein ausscheide.

„Prost!", sagte Allmers und streckte ihm die geöffnete Flasche hin.

„Zum Wohl!", erwiderte Horst und trank die Flasche fast auf einen Zug aus. „Damit ich kein Milchfieber bekomme", meinte er sarkastisch.

„Wie geht es deinen Schweinen?", fragte Allmers, der eigentlich am liebsten sofort nach Hause wollte.

„Gut", erwiderte Horst und schwieg. Misstrauisch, wie Allmers fand.

„Wo ist Klausi?"

„Draußen."

„Ich gehe dann mal", meinte Allmers und nahm Horst die leere Flasche aus der Hand. „Wegen dem Pfand", sagte er und verließ den Hof.

„Das ging aber schnell", wunderte sich Wiebke, als er schon eine halbe Stunde später wieder in die Küche kam.

Allmers stopfte die Flasche, wie sein Bruder es ihm aufgetragen hatte, in eine neue Plastiktüte und stellte sie in den Kühlschrank. Dann rief er ihn an und meldete Vollzug.

Eine Stunde später holte ein Zivilfahrzeug, der Staatsanwalt wollte keinerlei Risiko eingehen, die Flasche ab. Die Untersuchung begann noch am Abend.

In der Nacht flüsterte Wiebke Hans-Georg Allmers noch einmal den Satz in sein Ohr, den er ein paar Stunden vorher nicht gehört hatte.

Allmers konnte vor Glück nicht einschlafen, selbst als Wiebke neben ihm längst tief atmete. Er dachte an sein erstes Kind, das nicht einmal zur Welt kommen durfte und nahm sich vor, dieses Mal dürfe nichts schief gehen.

Drei Tage später wurde Horst Winkler verhaftet. Das Blut am Kleid der Puppe, das von einer männlichen Person stammte, war eindeutig seines. Der Haftbefehl lautete auf Mord.

Eine Leiche konnte der Staatsanwalt nicht präsentieren, deshalb war sich der Anwalt von Winkler sicher, dass sein Mandat bald wieder frei sein würde.

Horst Winkler schwieg eisern. Nur ab und zu erkundigte er sich nach dem Zustand seiner Schweine. Als zweites dann nach Klausi.

Allmers erinnerte sich an seinen Schwur aus der Zeit der „Muskeltiere". Wörtlich hatte er ihn nicht mehr im Kopf, aber er wusste noch, dass sich die drei Kinder damals geschworen hatten, immer für einander da zu sein. Er hatte wegen Horst deshalb kein schlechtes Gewissen, schließlich war er ein Mörder geworden und dafür hatte der Schwur sicher nicht gegolten. Er dachte an Klausi und nahm sich vor, öfter bei ihm vorbei zu sehen. Es war nur eine Frage der Zeit für Allmers, bis Klaus Winkler entweder selbst aufgab oder irgendeine Behörde bei ihm eingreifen musste. Für ein dauerhaft selbstständiges Leben war Klausi nicht stark genug.

Allmers half Klausi Winkler deshalb an manchen Tagen. Meist kam er nach der abendlichen Milchkontrolle vorbei und kontrollierte, ob die Schweine gefüttert und ausgemistet waren. Danach warf er einen Blick in die Küche und musste manchmal dafür sorgen, dass Winkler genügend aß. Manchmal kam Klaus mit den Futtermengen durcheinander. Bei den Schweinen und bei sich selbst. Nach ein paar Wochen glaubte Allmers, beide Probleme gelöst zu haben. Winkler hatte sich langsam daran gewöhnt, alleine zu leben und die Tiere entwickelten sich gut.

„In drei Wochen", dachte er, „können sie geschlachtet werden."

*****

„Kubanische Kriminalgeschichten", las Wiebke Allmers leise, als sie die letzten Bücher in die neuen Regale einräumte. Seit ihrem Einzug und dem Umräumen im Haus standen zwei Bücherkisten in einer Ecke des Schlafzimmers. Heute, hatte sie sich vorgenommen, bereite ich dem Provisorium ein Ende.

„Hast du das Buch schon gelesen?", fragte sie Allmers.

Er nickte. „Zum Teil, Nina hat es mir mitgebracht."

„Gut?", fragte Wiebke nur und stellte es in das Regal.

„Ja, vor allem die Geschichte, wo ein Vergewaltiger an die Schweinchen verfüttert wird."

„Igitt", meinte Wiebke, „das muss ich nicht lesen."

Allmers drehte sich um und wollte das Schlafzimmer verlassen.

„Moment", sagte er plötzlich, „Wo ist das Buch?"

Wiebke zog es wieder aus dem Regal und reichte es ihm. Allmers begann hektisch zu blättern und las dann laut vor:

„Nein!", rief Raul entsetzt, „Raffaelita, bei allen Heiligen! Du bist wahnsinnig! Das dürfen wir nicht tun."

Sie kam ganz dicht an sein Ohr: „Wenn du mich liebst, musst du es machen."

Raul rang nach Fassung. Er schüttelte den Kopf.

Raffaelita aber schien sich völlig in der Gewalt zu haben. Sie zog ihre Unterhose an, knöpfte ihr halb zerrissenes Kleid zu, beugte sich über den Mann und begann, ihn anzuziehen. Als sie die Hose über seine Beine zog und sein Geschlecht schlaff auf seinem Schenkel lag, musste sie die Augen schließen und einen Brechreiz bekämpfen.

Der Mann bewegte sich leicht, so als ob er im Halbschlaf beim Anziehen behilflich sein wollte.

„Nein!", sagte Raul noch einmal bestimmt und riss sie zurück.

Raffaelita schrie ihn an: „Du musst es machen. Für mich, Raul! Er wird es immer wieder versuchen. Dich wird er bei der nächsten Gelegenheit umbringen. Wenn wir keinen Fehler machen, wird es wie ein Unfall aussehen."

Sie wusste, dass die Schweine nicht lange zögern würden, hungrig wie sie waren. Raffealita zog den schweren

Körper des Mannes vor den Schweinetrog und Raul begann ihr widerstrebend zu helfen.

Der Mann war früher ein in der Provinz lange ungeschlagener Boxer gewesen, noch immer war er muskulös und schwer. Sie mussten sich sehr anstrengen, mit vielen Mühen gelang es ihnen schließlich, den Körper über die Holzabtrennung zu hieven und ihm einen kleinen Stoß zu versetzen. Er fiel vor den verdutzten Schweinen auf den Betonboden.

Zuerst steigerte sich der aufgeregte Lärm der Schweine noch, dann war es im Stall ruhig.

Entsetzt sah Wiebke Hans-Georg Allmers an. „Das ist ja eine schreckliche Geschichte", sagte sie. „Ich habe mal gehört, dass die Mafia in Italien ihre Gegner auch so beseitigt. Andere werden, glaube ich, auch gerne mal in die Fundamente von Hochhäusern einbetoniert."

Allmers war leichenblass. Er musste mehrmals schlucken, bevor er etwas sagen konnte.

„Ich glaube, ich muss meinen Bruder anrufen."

Wiebke sah ihn erstaunt an: „Jetzt, um diese Tageszeit? Der ist sicher nicht mehr im Büro."

„Wiebke!", sagte Allmers nur und jetzt schien sie zu verstehen.

„Du glaubst doch nicht, Horst hat … ?"

„Doch", sagte Allmers, „das glaube ich. Sonst wäre Lissy nicht wie vom Erdboden verschwunden."

Kapitel 43

Ein paar Kilometer von Winklers Hof wohnte ein Schlachter, der mit seinem Sohn ein kleines Schlachthaus betrieb. Sie lebten davon, für die Schlachterläden in den umliegenden Dörfern und Städten Rinder aufzukaufen, zu schlachten und dann in den gewünschten Portionen zu liefern. Kein Schlachter in den Städten und Dörfern hatte heute mehr die Lizenz, mitten in Fußgängerzonen oder Wohngebieten noch selbst Tiere zu schlachten und so wuchs ihr Geschäft mit den Rindervierteln, Kuhpistolen und halben Jungbullen und sicherte ihnen ein gutes Einkommen.

Das Schlachten von Schweinen hatten sie schon lange aufgegeben und hatten sich deshalb geweigert, die Schweine von Horst Winkler zu schlachten, aber nachdem der Staatsanwalt erst gedroht und dann einen sehr guten Preis geboten hatte, waren sie einverstanden gewesen.

Werner Allmers ließ alle Schweine beschlagnahmen und sie nach einander in dem kleinen Schlachthaus schlachten. Zwei Kriminaltechniker untersuchten bei jedem Schwein den Darminhalt, verdünnten ihn und ließen ihn durch ein Küchensieb laufen. Sie fanden nichts. Der Staatsanwalt hatte auf irgendetwas gehofft, was einen Hinweis auf Lissy erlaubt hätte, einen Ring oder Zahngold oder ähnliches. Entweder war alles schon durch die Schweine hindurch gegangen, oder Winkler hatte alle verräterischen Dinge, die auf Lissy hindeuten könnten, schon vorher verschwinden lassen.

Was er mit den Tieren machen solle, fragte der Schlachter, die könne man wohl kaum verkaufen.

Er solle den Abdecker anrufen, meinte der Staatsanwalt resigniert. Vorher hatte er noch von jedem Darminhalt eine Probe nehmen lassen, die er auf Lissys DNA untersuchen lassen wollte.

Fündig wurde man im Mist. Zwei Tage benötigten die Polizeischüler, die extra von der Polizei-Fachhochschule aus Hannoversch-Münden im Rahmen ihrer praxisnahen Ausbildung abkommandiert worden waren, um den Mist aus den Schweineställen von Horst Winkler Mistgabel für Mistgabel auf das Genaueste zu untersuchen. Jede Ecke des Stalles wurde akribisch durchforstet. Am Ende des zweiten Tages fanden sich einige Zähne, ein wenig Zahngold und ein Ehering in dem Eimer, in dem unbekannte Objekte aus dem Mist gesammelt wurden. Nicht alle Zähne stammten von einem Menschen, Winkler hatte wohl alle toten Tiere des Hofes, egal ob es sich um Kaninchen oder Kälber handelte, an die Schweine verfüttert.

Die meisten Zähne stammten aber von einer weiblichen Person, nach drei Tagen stand auch fest von wem: Es waren die Zähne von Lissy Winkler.

„In Liebe Lissy und Horst“ war in dem Ehering eingraviert.

Der Rechtsanwalt von Horst Winkler verzichtete darauf, Haftbeschwerde einzulegen.

Epilog

Manchmal, wenn Allmers auf dem Weg zu einer Milchkontrolle an dem alten Hof von Hella und Friedel Köhler vorbeifuhr und sich vorstellte, wie leer und verlassen die Ställe, das Haus und besonders die Küche nun waren, überkam ihn eine tiefe Traurigkeit. Er sehnte sich nach den stundenlangen Gesprächen an ihrem abgewetzten Küchentisch, den Kuchenvariationen und dem frischen Kaffee.

Er fand, das Leben war nach ihrem Tod für ihn hektischer geworden. Die Bauern meldeten mittlerweile die Geburten und Abgänge ihrer Tiere über das Internet an und zogen die Ohrmarken bei den Kälbern selbst ein, alles Arbeiten, die früher er erledigen musste und nach denen er noch bürokratischen Kleinkram zu erledigen hatte. Dazu hatte man sich in die Küche der Bauern setzen müssen, man hatte einen Schnaps oder ein Bier getrunken und noch eine Weile geredet, während lange Listen ausgefüllt worden waren.

Alles vorbei, dachte Allmers. Ich komme zur Milchkontrolle und verlasse den Hof sofort wieder. Zeit für einen gemütlichen Klönschnack hatte sich tatsächlich nur noch Hella Köhler genommen. Den meisten anderen Bauern fehlt mittlerweile die Zeit dazu.

Und Kuchen? Das gab es wirklich schon immer nur bei Hella.

„Wenn du so eine Lust auf Kuchen hast", schlug ihm Wiebke vor, „backe ihn dir doch selbst. Du hast doch ein paar Rezepte von ihr aufgeschrieben."

Das Projekt eines Backbuchs war mit Hellas Tod beendet gewesen und Allmers hatte die entsprechende Datei auf seinem Laptop nicht wieder geöffnet.

Nach der Aufforderung von Wiebke, fand er, war die Zeit gekommen. Feierlich zog er den Pfeil auf die Datei auf seinem Laptopbildschirm.

Als die Rezepte aus den Tiefen des Computers hervorgekramt wurden und er die Namen der Kuchen las, hatte er einen Kloß im Hals.

„Amerikaner", las er. „Schwäbischer Käsekuchen, Sachertorte, Käsesahne, Petits Fours…" Ungeordnet, so wie ihr die Rezepte eingefallen waren, hatte Hella sie ihm diktiert.

Er solle nicht mit dem Schwierigsten beginnen, hatte ihm Wiebke geraten und das Haus verlassen. Allmers hatte darauf bestanden, die Küche ganz für sich alleine zu beanspruchen, er wollte bei seinen ersten Versuchen ungestört sein.

Er entschloss sich, obwohl Hella sicher dagegen gewesen wäre, mit einem Marmorkuchen zu beginnen. Er schien ihm am einfachsten. Hella Köhler hatte keinen gemocht und ihn immer gebacken, wenn der Besuch ihr nicht wichtig war.

„Ein Pfund Mehl", las er , „ein ¼ Pfund Zucker, ½ Pfund Butter."

Daraus und aus weiteren Zutaten sollte er, so hatte es jedenfalls Hella ihm diktiert, einen Rührteig machen.

Allmers war ratlos. Er suchte lange in den Kochbüchern von Wiebke, bis er eines fand, in dem beschrieben stand, wie man einen Rührteig macht.

Er benötigte zwei Stunden, bis die Form endlich mit dem Teig gefüllt war. Und eine ganze Stunde, um die Spuren seines Kampfes mit Zucker, erwärmter Butter, Mehl, Eiern und Kakaopulver zu beseitigen.

„Na?", fragte Wiebke jovial, als sie von der Arbeit in der Apotheke wieder nach Hause kam. „Schon fertig?"

Allmers saß erschöpft am Tisch und sah auf die Uhr.
„Noch zwanzig Minuten, dann müsste er fertig sein", sagte er, „kannst du ihn aus dem Backofen nehmen? Ich muss zu Dammann, zur Kontrolle."
„Willst du ihm nicht ein Stück mitbringen?"
„Der ist für uns!" bestimmte Allmers, „aber ich lasse mich sofort scheiden, wenn du sagst: Schmeckt gut, aber den brauchst du nicht mehr zu backen."

Krimis von Thomas B. Morgenstern

im MCE-Verlag

Thomas B. Morgenstern
Jacob Ovens

Hochstapler * Betrüger * Deichbauer

Wir schreiben das Jahr 1717: Am Heiligabend werden die Menschen an der Unterelbe von einer der schwersten Sturmfluten der Geschichte heimgesucht. Deichbauer versuchen, die Riesenlücke in dem Schutzwall zu schließen – ohne Erfolg. Da taucht ein gewisser Jacob Ovens auf, der vollmundig Hilfe verspricht. Doch letztlich verfolgt der obskure Ovens ganz andere Interessen als die Sanierung des maroden Deiches ...

Gebunden, 155 Seiten, ISBN: 978-3-938097-18-2

Der Milchkontrolleur von Thomas B. Morgenstern als Hörbuch – gelesen von Peter Kühn

5 CDs (ungekürzte Fassung) 360 Minuten

ISBN: 978-3-938097-08-3

MCE HÖRBUCH

Thomas B. Morgenstern

Der Milchkontrolleur

Kriminalroman. 224 Seiten.
Piper Taschenbuch

Mit durchgeschnittener Kehle wird Else Weber in einem Graben aufgefunden. Ihr Ruf im kleinen Dorf war eher zweifelhaft, entsprechend viele Verdächtige gibt es. Der ermittelnde Staatsanwalt Allmers aus Stade nutzt gern die Kontakte seines Bruders Hans-Georg, der als Milchkontrolleur in den Gehöften des Ortes ein- und ausgeht und jedes Gerücht aufschnappt. Doch dann gerät Hans-Georg Allmers selbst in Verdacht und wird verhaftet … Treffsicher und mit viel Humor zeichnet Thomas B. Morgenstern in seinem Krimidebüt das sympathisch-skurrile Bild eines Bauerndorfs zwischen Elbmarsch und Moor.

»Morgenstern hält die Spannung bis zur letzten Seite.«
Hamburger Abendblatt

05/2444/01/L

Arnold Küsters

Schweineblut

Ein Niederrhein-Krimi. 352 Seiten.
Piper Taschenbuch

Beim traditionellen »Schweineblut«-Abend einer Schützenbruderschaft wird ein Brauereiangestellter brutal erstochen. Ein schwieriger Fall für die Mönchengladbacher Kriminalhauptkommissare Borsch und Eckers, denn nicht nur der Brauchtumsverein bereitet Probleme, sondern auch die Tatsache, dass der Ermordete Kontakte zur Drogenszene unterhielt. Um die Ermittlungen voranzutreiben, wird die junge Kommissarin Viola Kaumanns in das Drogenkartell eingeschleust, doch die Sache geht schief …

05/2531/01/R